I0699749

CHARLES PERRAULT

LA CENICIENTA, EL GATO CON BOTAS Y OTROS CUENTOS INFANTILES

(Además: Rudyard Kipling, Óscar Wilde, los hermanos Grimm Y Hans Christian Andersen).

LA CENICIENTA, EL GATO CON BOTAS Y OTROS CUENTOS INFANTILES

Charles Perrault

(Además: Rudyard Kipling, Óscar Wilde, los hermanos Grimm y Hans Christian Andersen).

ÉRASE UNA VEZ...

Un libro que no era un libro cualquiera, sino un cofre encantado, hecho de tinta de luna, papel de nube y letras que susurraban cuando nadie las miraba. En su interior dormían cuentos traídos de reinos muy lejanos, esperando solo que un niño o una niña curiosa abriera sus páginas para despertar.

Aquí conocerás al Gato con Botas, que no solo hablaba, ¡sino que llevaba botas relucientes y tenía más astucia que cien hombres juntos! Verás cómo una niña de capa roja atraviesa el bosque y cómo Pulgarcito, más pequeño que un dedo, puede tener un corazón tan valiente como el de un dragón.

En la segunda parte del viaje, llegarás a los senderos misteriosos del bosque, donde Rudyard Kipling hace hablar a los gatos salvajes y los barcos sueñan con encontrarse a sí mismos en alta mar.

Más adelante, conocerás a un gigante egoísta que guarda su jardín solo para él, a un príncipe de oro con el corazón más tierno que el de un ruiseñor, y a un niño nacido de una estrella que debe aprender qué es el amor verdadero. Estos cuentos vienen del alma brillante de Oscar Wilde, un mago de palabras tristes y hermosas.

Cuando creas que ya nada puede sorprenderte... los Hermanos Grimm te llevarán a pasear por castillos encantados, pueblos con flautistas mágicos, y bosques donde habita una princesa que duerme cien años entre espinas y sueños.

Y al final, cruzarás la puerta secreta que conduce al mundo de Hans Christian Andersen, donde un abeto sueña con ser árbol de Navidad, una hoja baja del cielo con una historia en su interior, y el viento susurra leyendas antiguas sobre dunas y mares.

Este libro es más que una colección de cuentos. Es una brújula hacia la fantasía, una alfombra voladora que despega en cuanto abres la primera página. En cada historia hay una chispa de magia, un espejo que habla al corazón y una llave para abrir los ojos del alma.

Así que acércate, lector o lectora valiente...

Apoya el oído en la cubierta, escucha los latidos del cuento que te llama.

Y prepárate para un viaje donde cada palabra puede convertirse en estrella, cada página en hechizo, y cada historia... en un recuerdo para siempre.

PRIMERA PARTE: CHARLES PERRAULT

BARBA AZUL

Érase una vez un hombre que tenía hermosas casas en la ciudad y en el campo, vajilla de oro y plata, muebles forrados en finísimo brocado y carrozas todas doradas. Pero, desgraciadamente, este hombre tenía la barba azul; esto le daba un aspecto tan feo y terrible que todas las mujeres y las jóvenes huían de él.

Una vecina suya, dama distinguida, tenía dos hijas hermosísimas. Él le pidió la mano de una de ellas, dejando a su elección cuál querría darle. Ninguna de las dos quería y se lo pasaban una a la otra, pues no podían resignarse a tener un marido con la barba azul. Pero lo que más les disgustaba era que ya se había casado varias veces y nadie sabía qué había pasado con esas mujeres.

Barba Azul, para conocerlas, las llevó con su madre y tres o cuatro de sus mejores amigas, y algunos jóvenes de la comarca, a una de sus casas de campo, donde permanecieron ocho días completos. El tiempo se les iba en paseos, cacerías, pesca, bailes, festines, meriendas y cenas; nadie dormía y se pasaban la noche entre bromas y diversiones. En fin, todo marchó tan bien que la menor de las jóvenes empezó a encontrar que el dueño de casa ya no tenía la barba tan azul y que era un hombre muy correcto.

Tan pronto hubieron llegado a la ciudad, quedó arreglada la boda. Al cabo de un mes, Barba Azul le dijo a su mujer que tenía que viajar a provincia por seis semanas, al menos, debido a un negocio importante; le pidió que se divirtiera en su ausencia, que hiciera venir a sus buenas amigas, que las llevara al campo si lo deseaban, que se diera gusto.

—Aquí tienes —le dijo— las llaves de los dos guardamuebles; estas son las de la vajilla de oro y plata que no se usa todos los días, aquí están las de los estuches donde guardo mis pedrerías, y esta es la llave maestra de todos los aposentos. En cuanto a esta llavecita, es la del gabinete al fondo de la galería de mi departamento: abre todo, entra donde quieras, pero te prohíbo entrar a este pequeño gabinete, y te lo prohíbo de tal manera que, si llegas a abrirlo, puedes esperarte lo peor de mi parte.

Ella prometió cumplir exactamente con lo que se le acababa de ordenar; y él, luego de abrazarla, subió a su carruaje y emprendió su viaje.

Las vecinas y las buenas amigas no se hicieron de rogar para ir donde la recién casada, tan impacientes estaban por ver todas las riquezas de su casa, no habiéndose atrevido a venir mientras el marido estaba presente, a causa de su barba azul, que les daba miedo.

De inmediato se pusieron a recorrer las habitaciones, los gabinetes, los armarios de trajes, cada uno con vestidos más hermosos y ricos que el otro. Subieron enseguida a los guardamuebles, donde no se cansaban de admirar la cantidad y magnificencia de las tapicerías, las camas, los sofás, los bargueños, los veladores, las mesas y los espejos, donde uno se miraba de la cabeza a los pies, y cuyos marcos, unos de cristal, otros de plata o de plata recamada en oro, eran los más hermosos y magníficos que jamás se vieran. No dejaban de alabar y envidiar la felicidad de su amiga, quien, sin embargo, no se divertía nada al ver tantas riquezas debido a la impaciencia que sentía por ir a abrir el gabinete del departamento de su marido.

Tan apremiante fue su curiosidad que, sin considerar que dejarlas solas era una falta de cortesía, bajó por una angosta escalera secreta y tan precipitadamente, que estuvo a punto de romperse los huesos dos o tres veces. Al llegar a la puerta del gabinete, se detuvo un momento, pensando en la prohibición que le había hecho su marido, y temiendo que esta desobediencia pudiera traerle alguna desgracia. Pero la tentación era tan grande que no pudo resistirla: tomó, pues, la llavecita y, temblando, abrió la puerta del gabinete.

Al principio no vio nada porque las ventanas estaban cerradas; al cabo de un momento, empezó a ver que el piso estaba todo cubierto de sangre coagulada, y que en esta sangre se reflejaban los cuerpos de varias mujeres muertas y atadas a las paredes (eran todas las mujeres que habían sido esposas de Barba Azul y que él había degollado una tras otra).

Creyó que iba a morir de miedo, y la llave del gabinete que había sacado de la cerradura se le cayó de la mano. Después de reponerse un poco, recogió la llave, salió, cerró la puerta y subió a su habitación para recuperar la calma; pero no lo lograba, tan conmovida estaba.

Al ver que la llave del gabinete estaba manchada de sangre, la limpió dos o tres veces, pero la sangre no se quitaba; por mucho que la lavara e incluso la refregara con arenilla, la sangre siempre seguía allí, porque la llave era mágica, y no había forma de limpiarla del todo: si se le quitaba la mancha de un lado, aparecía en el otro.

Barba Azul regresó de su viaje esa misma tarde, diciendo que en el camino había recibido cartas informándole que el asunto por el cual había viajado acababa de resolverse a su favor. Su esposa hizo todo lo que pudo para demostrarle que estaba encantada con su pronto regreso.

Al día siguiente, él le pidió que le devolviera las llaves, y ella se las dio, pero con una mano tan temblorosa que él adivinó sin dificultad todo lo que había pasado.

—¿Y por qué —le dijo— la llave del gabinete no está con las demás?

—Debo haberla dejado —contestó ella— allá arriba sobre mi mesa.

—No tardes en dármela —dijo Barba Azul.

Después de aplazar la entrega varias veces, no tuvo más remedio que traer la llave.

Habiéndola examinado, Barba Azul dijo a su esposa:

—¿Por qué hay sangre en esta llave?

—No lo sé —respondió la pobre mujer, pálida como una muerta.

—No lo sabes —repuso Barba Azul—, pero yo sí lo sé muy bien. ¡Has entrado al gabinete! Pues bien, señora, entrarás y ocuparás tu lugar junto a las damas que allí has visto.

Ella se echó a los pies de su marido, llorando y pidiéndole perdón, con todas las demostraciones de un verdadero arrepentimiento por no haber sido obediente. Habría enternecido a una roca, hermosa y afligida como estaba; pero Barba Azul tenía el corazón más duro que una roca.

—Tienes que morir —le dijo—, y de inmediato.

—Puesto que voy a morir —respondió ella, mirándolo con los ojos llenos de lágrimas—, dame un poco de tiempo para rezarle a Dios.

—Te doy quince minutos —replicó Barba Azul—, y ni un momento más.

Cuando estuvo sola llamó a su hermana y le dijo:

—Ana (pues así se llamaba), hermana mía, te lo ruego, sube a lo alto de la torre para ver si vienen mis hermanos. Prometieron venir hoy a verme, y si los ves, hazles señas para que se den prisa.

La hermana Ana subió a lo alto de la torre, y la pobre afligida le gritaba de tanto en tanto:

—Ana, hermana mía, ¿ves venir a alguien?

Y la hermana respondía:

—No veo más que el sol que brilla y la hierba que reverdece.

Mientras tanto, Barba Azul, con un enorme cuchillo en la mano, le gritaba con todas sus fuerzas a su esposa:

—¡Baja pronto o subiré hasta allá!

—Dame un momento más, por favor —respondía ella; y luego exclamaba en voz baja—: Ana, hermana mía, ¿ves venir a alguien?

Y la hermana Ana respondía:

—No veo más que el sol que brilla y la hierba que reverdece.

—¡Baja ya! —gritaba Barba Azul— o yo subiré.

—¡Ya voy! —le respondía su esposa; y luego suplicaba—: Ana, hermana mía, ¿ves venir a alguien?

—Veo —respondió la hermana Ana— una gran polvareda que viene de este lado.

—¿Son mis hermanos?

—¡Ay, hermana, no! Es un rebaño de ovejas.

—¿No piensas bajar? —gritaba Barba Azul.

—En un momento más —respondía su mujer, y en seguida clamaba—: Ana, hermana mía, ¿no ves venir a nadie?

—Veo —respondió ella— a dos jinetes que vienen hacia acá, pero están muy lejos todavía… ¡Alabado sea Dios! —exclamó un instante después—. Son mis hermanos; les estoy haciendo señas tanto como puedo para que se den prisa.

Barba Azul comenzó a gritar tan fuerte que toda la casa temblaba. La pobre mujer bajó y se arrojó a sus pies, deshecha en lágrimas y fuera de sí.

—Es inútil —dijo Barba Azul—, hay que morir.

Luego, agarrándola del cabello con una mano, y levantando la otra con el cuchillo, se dispuso a cortarle la cabeza. La infeliz mujer, volviéndose hacia él y mirándolo con ojos desfallecidos, le rogó que le concediera un momento para recogerse.

—No, no —dijo él—. Encomiéndate a Dios.

Y alzando su brazo…

En ese mismo instante golpearon tan fuerte la puerta que Barba Azul se detuvo bruscamente; al abrirse, entraron dos jinetes que, espada en mano, corrieron derecho hacia él.

Barba Azul reconoció a los hermanos de su esposa, uno dragón y el otro mosquetero, de modo que intentó huir para ponerse a salvo; pero ellos lo persiguieron tan de cerca que lo atraparon antes de que pudiera escapar. Le atravesaron el cuerpo con sus espadas y lo dejaron muerto. La pobre mujer estaba casi tan muerta como su marido, y no tenía fuerzas para levantarse y abrazar a sus hermanos.

Ocurrió que Barba Azul no tenía herederos, de modo que su esposa pasó a ser dueña de todos sus bienes. Usó una parte para casar a su hermana Ana con un joven gentilhombre que la amaba desde hacía mucho tiempo; otra parte en comprar cargos de capitán para sus dos hermanos; y el resto para casarse ella misma con un hombre muy correcto que la hizo olvidar los malos ratos pasados con Barba Azul.

MORALEJA

La curiosidad, teniendo sus encantos,
a menudo se paga con penas y con llantos;
a diario mil ejemplos se ven aparecer.
Es, con perdón del sexo, placer harto menguado;
no bien se experimenta cuando deja de ser,
y el precio que se paga es siempre exagerado.

Otra moraleja
Por poco que tengamos buen sentido
y del mundo conozcamos el tinglado,
a las claras habremos advertido
que esta historia es de un tiempo muy pasado;
ya no existe un esposo tan terrible,
ni capaz de pedir un imposible,
aunque sea celoso, antojadizo.
Junto a su esposa se le ve sumiso,
y cualquiera que sea de su barba el color,
cuesta saber, de entre ambos, cuál es amo y señor.

CAPERUCITA ROJA

Había una vez una niñita en un pueblo, la más bonita que jamás se hubiera visto; su madre estaba enloquecida con ella, y su abuela mucho más todavía. Esta buena mujer le había mandado hacer una caperucita roja, y le quedaba tan bien que todos la llamaban Caperucita Roja.

Un día su madre, habiendo cocinado unas tortas, le dijo:

—Ve a ver cómo está tu abuela, pues me dicen que ha estado enferma; llévale una torta y este tarrito de mantequilla.

Caperucita Roja partió enseguida a ver a su abuela, que vivía en otro pueblo. Al pasar por un bosque, se encontró con el compadre lobo, que tuvo muchas ganas de comérsela, pero no se atrevió porque unos leñadores andaban cerca. Él le preguntó a dónde iba. La pobre niña, que no sabía que era peligroso detenerse a hablar con un lobo, le respondió:

—Voy a ver a mi abuela, y le llevo una torta y un tarrito de mantequilla que mi madre le envía.

—¿Vive muy lejos? —preguntó el lobo.

—¡Oh, sí! —dijo Caperucita Roja—. Más allá del molino que se ve allá lejos, en la primera casita del pueblo.

—Pues bien —dijo el lobo—, yo también quiero ir a verla; yo iré por este camino, y tú por aquel, y veremos quién llega primero.

El lobo partió corriendo a toda velocidad por el camino más corto, y la niña se fue por el más largo, entreteniéndose en recoger avellanas, en correr tras las mariposas y en hacer ramos con las florecillas que encontraba. Poco tardó el lobo en llegar a casa de la abuela; golpeó: Toc, toc.

—¿Quién es?

—Es su nieta, Caperucita Roja —dijo el lobo, disfrazando la voz—. Le traigo una torta y un tarrito de mantequilla que mi madre le envía.

La cándida abuela, que estaba en cama porque no se sentía bien, le gritó:

—Tira la aldaba y el cerrojo caerá.

El lobo tiró la aldaba y la puerta se abrió. Se abalanzó sobre la buena mujer y la devoró en un santiamén, pues hacía más de tres días que no comía. Enseguida cerró la puerta y fue a acostarse en el lecho de la abuela, esperando a Caperucita Roja, quien, un rato después, llegó a golpear la puerta: Toc, toc.

—¿Quién es?

Caperucita Roja, al oír la ronca voz del lobo, primero se asustó, pero creyendo que su abuela estaba resfriada, contestó:

—Es su nieta, Caperucita Roja. Le traigo una torta y un tarrito de mantequilla que mi madre le envía.

El lobo le gritó, suavizando un poco la voz:

—Tira la aldaba y el cerrojo caerá.

Caperucita Roja tiró la aldaba y la puerta se abrió. Viéndola entrar, el lobo le dijo, mientras se escondía en la cama bajo la frazada:

—Deja la torta y el tarrito de mantequilla en la repisa y ven a acostarte conmigo.

Caperucita Roja se desvistió, se metió en la cama y quedó muy asombrada al ver la forma de su abuela en camisa de dormir. Ella dijo:

—Abuela, ¡qué brazos tan grandes tienes!

—Es para abrazarte mejor, hija mía.

—Abuela, ¡qué piernas tan grandes tienes!

—Es para correr mejor, hija mía.

—Abuela, ¡qué orejas tan grandes tienes!

—Es para oírte mejor, hija mía.

—Abuela, ¡qué ojos tan grandes tienes!

—Es para verte mejor, hija mía.

—Abuela, ¡qué dientes tan grandes tienes!

—¡Para comerte mejor!

Y diciendo estas palabras, este lobo malo se abalanzó sobre Caperucita Roja y se la comió.

MORALEJA

Aquí vemos que la adolescencia,
en especial las señoritas,
bien hechas, amables y bonitas,
no deben a cualquiera oír con complacencia.
Y no resulta causa de extrañeza
ver que muchas del lobo son la presa.
Y digo el lobo, pues bajo su envoltura
no todos son de igual calaña:
los hay con no poca maña,
silenciosos, sin odio ni amargura,
que en secreto, pacientes, con dulzura,
van tras las damiselas
hasta las casas y en las callejuelas.
Mas bien sabemos que los zalameros,
entre todos los lobos, ¡ay!, son los más fieros.

El GATO CON BOTAS

Un molinero dejó, como única herencia a sus tres hijos, su molino, su burro y su gato. El reparto fue bien simple: no se necesitó llamar ni al abogado ni al notario. Habrían consumido todo el pobre patrimonio.

El mayor recibió el molino, el segundo se quedó con el burro y al menor le tocó solo el gato. Este se lamentaba de su mísera herencia:

—Mis hermanos —decía— podrán ganarse la vida convenientemente trabajando juntos; lo que es yo, después de comerme a mi gato y hacerme un manguito con su piel, me moriré de hambre.

El gato, que escuchaba estas palabras, aunque se hacía el desentendido, le dijo en tono serio y pausado:

—No tienes por qué afligirte, mi señor. Solo dame una bolsa y un par de botas para andar entre los matorrales, y vas a ver que tu herencia no es tan pobre como piensas.

Aunque el dueño del gato no tenía muchas esperanzas, lo había visto hacer tantas cosas hábiles para cazar ratas y ratones —como colgarse de los pies o esconderse en la harina para hacerse el muerto— que no perdió por completo la fe en recibir ayuda de él.

Cuando el gato tuvo lo que había pedido, se puso las botas y, echándose la bolsa al cuello, sujetó los cordones con las patas delanteras y se dirigió a un campo donde había muchos conejos. Puso afrecho y hierbas dentro del saco y, tendiéndose en el suelo como si estuviera muerto, esperó a que algún conejillo, ingenuo aún, se acercara a meter el hocico para comer. No había pasado mucho tiempo cuando se vio satisfecho: un atolondrado conejillo entró en el saco, y el maestro gato, tirando rápidamente de los cordones, lo atrapó y lo mató sin piedad.

Muy contento con su presa, se fue al palacio del rey y pidió audiencia. Lo hicieron subir a los aposentos reales donde, al entrar, hizo una gran reverencia y dijo:

—He aquí, Majestad, un conejo de campo que el señor Marqués de Carabás —nombre que se inventó para su amo— me ha encargado obsequiaros de su parte.

—Dile a tu amo —respondió el rey— que le doy las gracias y que me agrada mucho.

En otra ocasión, se escondió en un trigal, dejando su saco abierto; y cuando dos perdices entraron en él, tiró de los cordones y las cazó a ambas. Fue enseguida a ofrecérselas al rey, tal como había hecho con el conejo. El rey las recibió con agrado y ordenó que le dieran de beber.

El gato continuó así durante dos o tres meses, llevándole de vez en cuando al rey productos de caza supuestamente enviados por su amo.

Un día supo que el rey iría a pasear a orillas del río con su hija, la princesa más hermosa del mundo, y le dijo a su amo:

—Si quieres seguir mi consejo, tu fortuna está hecha: solo báñate en el río, en el lugar que te indicaré, y yo haré el resto.

El Marqués de Carabás hizo lo que el gato le aconsejaba, sin saber para qué serviría. Mientras se bañaba, el rey pasó por ahí, y el gato comenzó a gritar con todas sus fuerzas:

—¡Socorro, socorro! ¡El señor Marqués de Carabás se está ahogando!

Al oír los gritos, el rey asomó la cabeza por la portezuela de la carroza y, reconociendo al gato que tantas veces le había llevado caza, ordenó a sus guardias que corrieran a rescatar al Marqués. Mientras lo sacaban del río, el gato se acercó a la carroza y le dijo al rey que, mientras su amo se bañaba, unos ladrones se habían llevado su ropa, a pesar de haber gritado ¡al ladrón! con todas sus fuerzas. En realidad, el astuto gato las había escondido bajo una enorme piedra.

El rey ordenó enseguida a sus sirvientes que trajeran sus mejores ropas para vestir al señor Marqués de Carabás. El rey fue muy amable con él, y como el traje realzaba su figura —ya que era apuesto y bien formado—, la princesa lo encontró muy de su agrado. Bastaron dos o tres miradas respetuosas y tiernas del Marqués para que la princesa quedara locamente enamorada.

El rey lo invitó a subir a la carroza y acompañarlos en el paseo. El gato, encantado al ver que su plan funcionaba, se adelantó, y encontrando a unos campesinos que segaban un prado, les dijo:

—Buenos segadores, si no le dicen al rey que este prado pertenece al Marqués de Carabás, los haré picadillo como carne de budín.

En efecto, el rey preguntó a los segadores de quién era el prado que estaban trabajando.

—Es del señor Marqués de Carabás —respondieron todos a una sola voz, pues estaban aterrados por la amenaza del gato.

—Tienes una hermosa heredad —dijo el rey al Marqués.

—Verá, Majestad, es una tierra que produce con abundancia cada año.

El maestro gato, que iba siempre delante, encontró a unos campesinos que cosechaban y les dijo:

—Buena gente, si no dicen que todos estos campos pertenecen al Marqués de Carabás, los haré picadillo como carne de budín.

El rey, que pasó poco después, preguntó a quién pertenecían los campos.

—Son del señor Marqués de Carabás —respondieron los campesinos. Y el rey se mostró aún más complacido.

El gato repetía lo mismo a todos los que encontraba en el camino, y el rey cada vez se sorprendía más con las riquezas del Marqués de Carabás.

Finalmente, el gato llegó a un hermoso castillo cuyo dueño era un ogro, el más rico que se haya conocido, pues todas las tierras que habían atravesado dependían de ese castillo.

El gato, que se había informado bien sobre el ogro y sus habilidades, pidió hablar con él, diciendo que no había querido pasar tan cerca sin rendirle sus respetos. El ogro lo recibió de manera cortés y lo invitó a descansar.

—Me han dicho —comentó el gato— que puedes transformarte en cualquier tipo de animal, como un león o un elefante.

—Es cierto —respondió el ogro bruscamente—, y para demostrártelo, verás.

Y se transformó en un león. El gato se asustó tanto que en un instante trepó a las canaletas del techo, no sin dificultad por las botas que llevaba.

Un rato después, cuando el ogro volvió a su forma original, el gato bajó y confesó que había tenido mucho miedo.

—También me dijeron —añadió el gato—, aunque no lo creo, que puedes convertirte en algo tan pequeño como una rata o un ratón. Francamente, eso me parece imposible.

—¿Imposible? —respondió el ogro—. Ya verás.

Y en ese momento se transformó en una rata que comenzó a correr por el piso. Apenas la vio, el gato se lanzó sobre ella y se la comió.

Mientras tanto, el rey, que al pasar vio el castillo, quiso visitarlo. El gato, al oír el ruido del carruaje en el puente levadizo, corrió a su encuentro y dijo:

—Vuestra Majestad sea bienvenida al castillo del señor Marqués de Carabás.

—¿Cómo, señor Marqués? —exclamó el rey—. ¿Este castillo también es tuyo? ¡Qué hermoso patio y qué bellos edificios! Quiero ver el interior.

El Marqués ofreció su brazo a la princesa, y junto al rey, que iba delante, entraron en una gran sala donde encontraron un espléndido banquete que el ogro había preparado para sus amigos. Estos no se habían atrevido a llegar, sabiendo que el rey estaba allí.

El rey, encantado con las cualidades del Marqués de Carabás, y viendo además los bienes que poseía, le dijo después de beber cinco o seis copas:

—Solo depende de ti, señor Marqués, ser mi yerno.

El Marqués, haciendo grandes reverencias, aceptó el honor, y ese mismo día se casó con la princesa. El gato se convirtió en gran señor y ya no volvió a cazar ratas, sino por diversión.

LA BELLA DURMIENTE DEL BOSQUE

Había una vez un rey y una reina que estaban tan afligidos por no tener hijos, tan afligidos que no hay palabras para expresarlo. Fueron a todas las aguas termales del mundo; votos, peregrinaciones, pequeñas devociones, todo se ensayó sin resultado.

Al fin, sin embargo, la reina quedó embarazada y dio a luz una hija. Se celebró un hermoso bautizo; fueron madrinas de la princesita todas las hadas que pudieron encontrarse en la región (eran siete), para que cada una de ellas, al concederle un don —como era la costumbre de las hadas en aquel tiempo— colmara a la princesa de todas las perfecciones imaginables.

Después de las ceremonias del bautizo, todos los invitados regresaron al palacio del rey, donde había un gran festín para las hadas. Delante de cada una de ellas colocaron un magnífico juego de cubiertos en un estuche de oro macizo, que incluía cuchara, tenedor y cuchillo de oro fino, adornados con diamantes y rubíes. Cuando cada una se estaba sentando a la mesa, vieron entrar a una hada muy vieja que no había sido invitada porque hacía más de cincuenta años que no salía de una torre, y se la creía muerta o hechizada.

El rey ordenó ponerle un cubierto, pero no había forma de ofrecerle un estuche de oro macizo como a las otras, ya que solo se habían mandado a hacer siete, uno para cada hada. La anciana pensó que la despreciaban y murmuró entre dientes algunas amenazas. Una de las hadas jóvenes que se encontraba cerca la escuchó, y pensando que pudiera conceder un don maligno a la princesa, fue a esconderse tras una cortina para hablar la última y así reparar en lo posible el daño que la vieja pudiera causar.

Entretanto, las hadas comenzaron a conceder sus dones a la princesita. La primera le otorgó el don de ser la persona más bella del mundo, la siguiente el de tener el alma de un ángel, la tercera el de poseer una gracia admirable en todo lo que hiciera, la cuarta el de bailar de maravilla, la quinta el de cantar como un ruiseñor, y la sexta el de tocar toda clase de instrumentos musicales a la perfección. Llegado el turno de la vieja hada, esta dijo, meneando la cabeza más por despecho que por vejez, que la princesa se pincharía la mano con un huso, lo que le causaría la muerte.

Ese don terrible hizo temblar a todos los presentes y no hubo quien no llorara. En ese momento, el hada joven salió de su escondite y dijo en voz alta:

—Tranquilos, rey y reina, su hija no morirá. Es verdad que no tengo poder suficiente para deshacer por completo lo que la otra hada ha dicho. La princesa se clavará la mano con un huso; pero en lugar de morir, caerá en un sueño profundo que durará cien años, al cabo de los cuales el hijo de un rey llegará a despertarla.

Para evitar la desgracia anunciada por la anciana, el rey mandó publicar de inmediato un edicto que, bajo pena de muerte, prohibía a toda persona hilar con huso o conservar husos en casa.

Pasaron quince o dieciséis años. Un día en que el rey y la reina habían ido a una de sus mansiones de recreo, sucedió que la joven princesa, recorriendo el castillo, subiendo de cuarto en cuarto, llegó a lo alto de un torreón, a una pequeña buhardilla donde una anciana estaba sola hilando su copo. Esta buena mujer no había oído hablar de la prohibición del rey.

—¿Qué haces aquí, buena mujer? —dijo la princesa.

—Estoy hilando, mi bella niña —respondió la anciana, que no sabía quién era ella.

—¡Ah, qué lindo es! —replicó la princesa—. ¿Cómo lo haces? Déjame ver si yo también puedo.

Apenas tomó el huso, y siendo muy vivaz y algo atolondrada —además de que el destino fijado por las hadas así lo había dispuesto—, se pinchó la mano con él y cayó desmayada.

La buena anciana, muy angustiada, pidió ayuda. Llegaron de todos lados, le echaron agua al rostro a la princesa, la desabrocharon, le golpearon las manos, le frotaron las sienes con agua de la reina de Hungría; pero nada la reanimó.

Entonces el rey, que acababa de regresar y había subido al oír el alboroto, recordó la predicción de las hadas y, pensando que todo estaba ocurriendo como ellas lo habían anunciado, ordenó colocar a la princesa en el aposento más hermoso del palacio, sobre una cama bordada en oro y plata. Se veía tan bella que parecía un ángel, pues el desmayo no le había quitado el color del rostro: sus mejillas seguían rosadas y sus labios como el coral; solo tenía los ojos cerrados, pero se la oía respirar suavemente, lo que indicaba que no estaba muerta. El rey ordenó que la dejaran dormir en paz hasta que llegara la hora de despertar.

El hada buena que le había salvado la vida al predecir el sueño de cien años, se encontraba en el reino de Mataquín, a doce mil leguas de distancia, cuando ocurrió el accidente. Pero en un instante recibió la noticia, traída por un enanito que calzaba botas de siete leguas (botas que recorrían siete leguas con cada paso). El hada partió enseguida y, en una hora, llegó en un carro de fuego tirado por dragones.

El rey la recibió dándole la mano al bajar. Ella aprobó todo lo que el rey había hecho; pero como era muy previsora, pensó que, cuando la princesa despertara, se sentiría confundida al encontrarse sola en ese viejo palacio.

Entonces tocó con su varita todo lo que había en el castillo (menos al rey y la reina): ayas, damas de honor, sirvientas, caballeros, oficiales, mayordomos, cocineros. Tocó también a los caballos de las caballerizas, a los palafreneros, a los perros grandes del gallinero, y a la pequeña Puf, la perrita de la princesa que yacía junto a ella sobre el lecho. Al tocarlos, todos cayeron dormidos, para despertar al mismo tiempo que su dueña, y estar listos para atenderla llegado el momento. Hasta los asadores que estaban al fuego con perdices y faisanes se durmieron, así como el fuego mismo. Todo ocurrió en un instante: las hadas no tardaban en realizar sus tareas.

Entonces el rey y la reina, luego de besar a su querida hija sin lograr despertarla, salieron del castillo y ordenaron publicar en todo el reino la prohibición de acercarse al lugar. Estas medidas no eran necesarias, pues en un cuarto de hora creció alrededor del parque una cantidad inmensa de árboles, zarzas y espinas entrelazadas, de tal forma que ni hombre ni bestia podrían pasar. Solo se veían las torres del castillo desde muy lejos. Nadie dudó de que aquello también era obra del hada, para proteger el sueño de la princesa de los curiosos.

Al cabo de cien años, el hijo del rey que gobernaba entonces —y que no era pariente de la princesa— andaba de caza por esa región. Al ver por encima del bosque unas torres altas, preguntó qué eran. Cada quien respondió según lo que había escuchado. Unos decían que era un castillo encantado poblado de fantasmas; otros, que allí se reunían los brujos de la región. La versión más común era que allí vivía un ogro que atrapaba niños para comérselos a gusto, pues solo él podía abrirse paso por el bosque. El príncipe no sabía qué creer, hasta que un viejo campesino tomó la palabra y le dijo:

—Príncipe, hace más de cincuenta años le oí decir a mi padre que en ese castillo duerme una princesa, la más bella del mundo; que dormirá durante cien años y será despertada por el hijo de un rey, a quien está destinada.

Al oír esto, el joven príncipe se sintió enardecido. No dudó en que él pondría fin a esa hermosa historia; e impulsado por el amor y la gloria, decidió investigar de inmediato.

Apenas se acercó al bosque, los enormes árboles, zarzas y espinas se apartaron por sí solos para dejarlo pasar. Caminó hacia el castillo, visible al fondo de una gran avenida, pero con asombro notó que ninguno de sus acompañantes pudo seguirlo: los árboles se cerraban tras él. Sin embargo, continuó. Un príncipe joven y enamorado siempre es valiente.

Llegó a un gran patio de entrada donde todo lo que apareció ante su vista era para helarlo de temor. Reinaba un silencio espantoso, por todas partes se presentaba la imagen de la muerte: cuerpos tendidos de hombres y animales que parecían muertos. Pero se dio cuenta, por la nariz granujienta y la cara rubicunda de los guardias, que solo estaban dormidos, y sus jarras, donde aún quedaban unas gotas de vino, mostraban a las claras que se habían dormido bebiendo.

Atravesó un gran patio pavimentado de mármol, subió por la escalera y llegó a la sala de los guardias, que estaban formados en hilera, con la carabina al hombro, roncando a más y mejor. Pasó por varias cámaras llenas de caballeros y damas, todos dormidos, unos de pie, otros sentados; entró en un cuarto todo dorado, donde vio, sobre una cama cuyas cortinas estaban abiertas, el más bello espectáculo que jamás hubiera imaginado: una princesa que parecía tener quince o dieciséis años, cuyo brillo resplandeciente tenía algo luminoso y divino.

Se acercó temblando y, en actitud de admiración, se arrodilló junto a ella. Entonces, como había llegado el término del hechizo, la princesa despertó, y mirándolo con ojos más tiernos de lo que una primera vista parecía permitir:

—¿Eres tú, príncipe mío? —le dijo—. Bastante te has hecho esperar.

El príncipe, atraído por estas palabras y más aún por la forma en que fueron dichas, no sabía cómo demostrar su alegría y gratitud; le aseguró que la amaba más que a sí mismo. Sus palabras eran torpes, y por eso gustaron más: poca elocuencia, mucho amor, con eso se llega lejos. Estaba más confundido que ella, y no era para menos; la princesa había tenido tiempo de soñar con lo que le diría, pues parece (aunque la historia no lo dice) que el hada buena, durante tan prolongado letargo, le había procurado el placer de tener sueños agradables. En fin, hacía cuatro horas que hablaban y no habían conversado ni de la mitad de las cosas que tenían que decirse.

Mientras tanto, el palacio entero se había despertado junto con la princesa; todos se disponían a cumplir con su tarea, y como no todos estaban enamorados, ya se morían de hambre. La dama de honor, apremiada como los demás, anunció a la princesa que la cena estaba servida. El príncipe ayudó a la princesa a levantarse y notó que estaba toda vestida, y con gran magnificencia; pero se abstuvo de decirle que sus ropas eran de otra época y que todavía usaba gorguera. No por eso se veía menos hermosa.

Pasaron a un salón de espejos y allí cenaron, atendidos por los servidores de la princesa; violines y oboes interpretaron piezas antiguas pero excelentes, que ya no se tocaban desde hacía casi cien años; y después de la cena, sin pérdida de tiempo, el capellán los casó en la capilla del castillo, y la dama de honor les cerró las cortinas. Durmieron poco, la princesa no lo necesitaba mucho, y el príncipe la dejó por la mañana temprano para regresar a la ciudad, donde su padre debía de estar preocupado por él.

El príncipe dijo que, estando de caza, se había perdido en el bosque y que había pasado la noche en la choza de un carbonero, quien le había dado de comer queso y pan negro. El rey, su padre —que era un buen hombre—, le creyó, pero su madre no quedó muy convencida. Al ver que iba casi todos los días a cazar y que siempre tenía una excusa cuando pasaba dos o tres noches fuera, no dudó que se trataba de algún amorío. En efecto, vivió más de dos años con la princesa y tuvieron dos hijos: la mayor, una niña llamada Aurora, y el segundo, un varón llamado el Día, porque parecía aún más bello que su hermana.

La reina le decía una y otra vez a su hijo, para hacerlo confesar, que había que darse gusto en la vida, pero él nunca se atrevió a confiarle su secreto. Aunque la quería, le temía, pues era de la raza de los ogros, y el rey se había casado con ella por sus riquezas. En la corte se murmuraba incluso que tenía inclinaciones de ogresa, y que al ver pasar niños, le costaba un mundo contenerse para no abalanzarse sobre ellos; por eso el príncipe nunca quiso contarle nada.

Sin embargo, cuando murió el rey, al cabo de dos años, y él se sintió dueño del reino, declaró públicamente su matrimonio y, con gran ceremonia, fue a buscar a su esposa al castillo. Se le hizo un recibimiento magnífico en la capital, adonde ella entró acompañada de sus dos hijos.

Algún tiempo después, el rey fue a la guerra contra el emperador Cantalabutte, su vecino. Encargó la regencia del reino a su madre, recomendándole encarecidamente que cuidara a su esposa y a sus hijos. Debía estar fuera durante todo el verano. Apenas partió, la reina madre envió a su nuera y sus hijos a una casa de campo en el bosque para poder satisfacer más fácilmente sus horribles deseos. Fue allí algunos días más tarde y le dijo una noche a su mayordomo:

—Mañana, para la cena, quiero comerme a la pequeña Aurora.

—¡Ay, señora! —dijo el mayordomo.

—¡Lo quiero! —dijo la reina (y lo dijo con tono de ogresa que desea comer carne fresca)—. Y deseo comérmela con salsa, Roberto.

El pobre hombre, sabiendo que no podía desobedecer a una ogresa, tomó su enorme cuchillo y subió al cuarto de la pequeña Aurora. Ella tenía entonces cuatro años, y al verlo, corrió a su cuello pidiéndole caramelos. Él se echó a llorar, el cuchillo se le cayó de las manos, y fue al corral a degollar un corderito, cocinándolo con una salsa tan buena que su ama le aseguró que nunca había comido algo tan sabroso. Al mismo tiempo llevó a la niña donde su mujer para que la escondiera en una habitación al fondo del corral.

Ocho días después, la malvada reina le dijo al mayordomo:

—Para cenar quiero al pequeño Día.

Él no respondió, decidido a engañarla como la vez anterior. Fue a buscar al niño y lo encontró, florete en mano, practicando esgrima con un mono muy grande, aunque solo tenía tres años. Lo llevó con su mujer, quien lo escondió junto a Aurora, y en lugar del niño sirvió un cabrito muy tierno que la ogresa encontró delicioso.

Hasta aquí todo iba bien; pero una tarde, esa reina perversa le dijo al mayordomo:

—Quiero comerme a la reina con la misma salsa que sus hijos.

Esta vez el pobre mayordomo perdió la esperanza de engañarla. La joven reina tenía más de veinte años, sin contar los cien que había dormido. Aunque hermosa y de piel blanca, su carne era algo dura; ¿y cómo encontrar en el corral un animal tan duro? Decidió entonces, para salvar su vida, degollar a la reina, y subió a sus aposentos con intención de acabar de una vez. Tratando de sentir furia, con el puñal en la mano, entró a la habitación. Sin embargo, no quiso sorprenderla y le comunicó respetuosamente la orden que había recibido de la reina madre.

—Cumple con tu deber —le dijo ella, tendiendo el cuello—. Ejecuta la orden que te han dado. Iré a reunirme con mis hijos, mis pobres hijos tan queridos...

(Pues ella los creía muertos desde que se los habían llevado sin decirle nada.)

—No, no, señora —respondió el mayordomo, enternecido—. No morirás, y tampoco dejarás de reunirte con tus queridos hijos. Pero será en mi casa, donde los tengo escondidos, y volveré a engañar a la reina, haciéndole comer una cierva en lugar tuyo.

La llevó enseguida al cuarto de su mujer y, dejando que la reina abrazara a sus hijos y llorara con ellos, fue a preparar una cierva que la reina madre comió en la cena con el mismo apetito que si hubiera sido la joven reina. Se sentía muy satisfecha con su crueldad, preparándose para contarle al rey, a su regreso, que los lobos rabiosos se habían comido a la reina y a sus dos hijos.

Una noche, como de costumbre, mientras rondaba por los patios y corrales del castillo para olfatear alguna carne fresca, oyó en una sala de la planta baja al pequeño Día que lloraba porque su madre quería reprenderlo por portarse mal, y escuchó también a la pequeña Aurora pidiendo perdón por su hermano.

La ogresa reconoció la voz de la reina y de sus hijos, y furiosa por haber sido engañada, a primera hora de la mañana siguiente ordenó con una voz espantosa —que hacía temblar a todo el mundo— que pusieran en medio del patio una gran cuba, y que la llenaran con sapos, víboras, culebras y serpientes, para arrojar allí a la reina, a sus hijos, al mayordomo, su esposa y su criado. Había dado la orden de traerlos con las manos atadas a la espalda.

Ahí estaban, y los verdugos se preparaban para lanzarlos a la cuba, cuando el rey —a quien no esperaban tan pronto— entró a caballo en el patio. Había regresado a toda prisa por la posta, y preguntó atónito qué significaba aquel horrible espectáculo. Nadie se atrevía a responderle, cuando de pronto la ogresa, fuera de sí al ver lo que veía, se lanzó de cabeza dentro de la cuba, y en un instante fue devorada por las bestias horrendas que ella misma había mandado poner.

El rey no dejó de afligirse: era su madre. Pero se consoló muy pronto con su bella esposa y sus queridos hijos.

MORALEJA

Esperar algún tiempo para hallar un esposo
rico, galante, apuesto y cariñoso
parece una cosa natural,
pero aguardarlo cien años en calidad de durmiente,
ya no hay doncella tal que duerma tan apaciblemente.
La fábula, además, parece querer enseñar
que a menudo, del vínculo el atrayente lazo
no será menos dichoso por haberle dado un plazo,
y que nada se pierde con esperar.
Pero la mujer, con tal ardor
aspira a la fe conyugal,
que no tengo la fuerza ni el valor
de predicarle esta moral.

LA CENICIENTA

Había una vez un gentilhombre que se casó en segundas nupcias con una mujer altanera y orgullosa como pocas se habían visto. Tenía dos hijas que se le parecían en todo.

El marido, por su parte, tenía una hija de una dulzura y bondad sin igual; lo había heredado de su madre, que había sido la mejor persona del mundo.

Tan pronto se celebró la boda, la madrastra dio rienda suelta a su mal carácter: no soportaba las cualidades de la joven, que hacían aún más insoportables los defectos de sus propias hijas. La obligó a realizar las tareas más viles de la casa: ella fregaba los pisos y la vajilla, limpiaba los cuartos de la señora y de las señoritas, y dormía en lo más alto de la casa, en una buhardilla, sobre una mísera paja, mientras sus hermanas ocupaban lujosas habitaciones con parquet, camas de moda y grandes espejos en los que podían contemplarse de cuerpo entero.

La pobre muchacha lo soportaba todo con paciencia, y no se atrevía a quejarse ante su padre, temerosa de que él la reprendiera, pues su esposa lo dominaba por completo. Cuando terminaba sus tareas, se sentaba en el rincón de la chimenea, sobre las cenizas, lo que le valió el apodo de Culocenizón. La menor de las hermanastras, que no era tan cruel como la mayor, la llamaba Cenicienta. Sin embargo, pese a sus harapos, Cenicienta era cien veces más hermosa que sus hermanas, aunque ellas vistieran con gran riqueza.

Sucedió que el hijo del rey organizó un baile al que invitó a todas las personas distinguidas. Las dos hermanastras fueron invitadas, pues gozaban de buena reputación en la comarca. Se mostraron muy contentas y se preocuparon de elegir los trajes y peinados que mejor les sentaran. Fue nuevo trabajo para Cenicienta, que tuvo que planchar la ropa, plisar los adornos y preparar todo lo necesario. Solo se hablaba de peinados y vestidos.

—Yo —dijo la mayor— me pondré mi vestido de terciopelo rojo y mis adornos de Inglaterra.

—Y yo —dijo la menor— llevaré mi falda sencilla, pero me pondré mi abrigo con flores de oro y mi prendedor de brillantes. No pasarán desapercibidos.

Manos expertas les armaron los peinados en dos pisos, se compraron lunares postizos, y hasta llamaron a Cenicienta para que diera su opinión, pues tenía buen gusto. Ella las aconsejó con esmero y se ofreció incluso para peinarlas, lo que aceptaron.

Mientras las arreglaba, le decían burlonas:

—Cenicienta, ¿te gustaría ir al baile?

—Ay, señoritas, ¿se están burlando? Eso no es para mí.

—Tienes razón —dijeron—. Se reirían bastante si vieran entrar a una Culocenizón al baile.

Otra en su lugar las habría despeinado, pero ella, que era buena, las peinó con perfección.

Estaban tan emocionadas que pasaron casi dos días sin comer. Rompieron más de doce cordones al tratar de apretarse el talle, y no se apartaban del espejo.

Finalmente, llegó el día esperado. Partieron, y Cenicienta las siguió con la mirada. Cuando las perdió de vista, se puso a llorar. Su madrina, que la vio anegada en lágrimas, le preguntó qué le pasaba.

—Me gustaría... me gustaría...

Lloraba tanto que no pudo terminar. Su madrina, que era un hada, le dijo:

—¿Te gustaría ir al baile, verdad?

—¡Ay, sí! —suspiró Cenicienta.

—Bueno, si te portas bien, te haré ir.

La llevó a su cuarto y le dijo:

—Ve al jardín y tráeme un zapallo.

Cenicienta fue de inmediato, cogió el mejor que encontró y lo llevó a su madrina sin saber cómo aquello la ayudaría a ir al baile. El hada vació el zapallo, dejando solo la cáscara, y al tocarlo con su varita mágica, este se convirtió en un hermoso carruaje dorado.

Luego miró dentro de la ratonera, donde había seis ratas vivas. Le pidió a Cenicienta que levantara un poco la puerta, y a medida que salían, el hada las tocaba con su varita, transformándolas en briosos caballos color gris ratón. Como no encontraba un cochero, dijo:

—Voy a ver si hay algún ratón en la trampa, para hacer un cochero.

—Buena idea —dijo su madrina—, anda a ver.

Cenicienta le trajo la trampa con tres ratones gordos. El hada eligió uno por su imponente barba y, al tocarlo, lo transformó en un cochero gordo con un precioso bigote.

Después le dijo:

—Ve al jardín, detrás de la regadera hay seis lagartos. Tráemelos.

Cuando Cenicienta los trajo, el hada los convirtió en seis lacayos que subieron enseguida a la parte posterior del carruaje, con sus trajes galoneados, como si en su vida hubieran hecho otra cosa. El hada dijo entonces:

—Bueno, ya estás lista para el baile. ¿No estás bien equipada?

—Sí... pero, ¿puedo ir así, con estos vestidos tan feos?

Su madrina solo la tocó con la varita, y sus ropas se transformaron en magníficos vestidos de paño de oro y plata, bordados con pedrería. Luego le dio un par de zapatillas de cristal, las más hermosas del mundo.

Así ataviada, Cenicienta subió al carruaje, pero su madrina le advirtió:

—Recuerda salir antes de la medianoche. Si te quedas más tiempo, el carruaje volverá a ser un zapallo, los caballos ratas, los lacayos lagartos, y tus vestidos volverán a ser harapos.

Cenicienta prometió salir antes de medianoche. Partió loca de felicidad.

El hijo del rey, al saber que había llegado una princesa desconocida, corrió a recibirla. Le dio la mano para bajar del carruaje y la condujo al salón. Todos se quedaron en silencio: el baile se detuvo, los violines dejaron de tocar, y todos la contemplaron asombrados. Solo se oía un murmullo:

—¡Qué hermosa es!

Incluso el rey, pese a su edad, no dejaba de mirarla, y susurraba a la reina que hacía mucho no veía a alguien tan bella y encantadora. Todas las damas observaban su peinado y su vestido, esperando poder copiar el estilo si hallaban telas y manos igual de hábiles.

El hijo del rey la colocó en el sitio de honor y bailó con ella. Su gracia fue tal, que todos quedaron aún más maravillados.

Trajeron manjares exquisitos, pero el príncipe no los probó, tan ocupado estaba en mirarla. Cenicienta se sentó junto a sus hermanas y las colmó de atenciones, compartiendo con ellas los limones y naranjas que el príncipe le había obsequiado. Las hermanas estaban muy sorprendidas, pues no la reconocían.

Mientras conversaban, Cenicienta oyó que el reloj marcaba las once y tres cuartos. Se despidió con una gran reverencia y salió rápidamente.

Apenas hubo llegado, fue a buscar a su madrina y, después de darle las gracias, le dijo que deseaba mucho ir al baile al día siguiente porque el príncipe se lo había pedido. Mientras le contaba todo lo que había sucedido, las dos hermanas golpearon a la puerta. Cenicienta fue a abrir.

—¡Qué tarde han llegado! —les dijo bostezando, frotándose los ojos y estirándose como si acabara de despertar; aunque, en realidad, no había tenido ganas de dormir desde que se separaron.

—Si hubieras ido al baile —le dijo una de las hermanas—, no te habrías aburrido. Estuvo la princesa más bella que jamás se ha visto; nos hizo mil atenciones, nos dio naranjas y limones.

Cenicienta estaba radiante de alegría. Les preguntó cómo se llamaba esa princesa, pero respondieron que nadie la conocía; que el hijo del rey estaba desesperado y daría todo por saber quién era. Cenicienta sonrió y dijo:

—¿Era entonces muy hermosa? ¡Dios mío! Qué suerte tuvieron. ¿No podría verla yo? Ay, señorita Javotte, ¿me prestarías el vestido amarillo que usas todos los días?

—¡De ninguna manera! —dijo la señorita Javotte—. ¿Prestarte mi vestido a ti, una Culocenizón tan fea? Tendría que estar loca.

Cenicienta esperaba esa negativa y se alegró, porque se habría sentido muy incómoda si su hermana hubiese querido prestarle el vestido.

Al día siguiente, las dos hermanas se fueron nuevamente al baile, y Cenicienta también, aún más ricamente vestida que la vez anterior. El hijo del rey estuvo todo el tiempo a su lado, diciéndole cosas agradables. La joven estaba tan encantada que olvidó la recomendación de su madrina. Oyó la primera campanada de medianoche cuando creía que aún no eran las once. Se levantó de inmediato y salió corriendo como una gacela. El príncipe la siguió, pero no pudo alcanzarla; ella había dejado caer una de sus zapatillas de cristal, que él recogió con todo cuidado.

Cenicienta llegó a casa sin aliento, sin carroza, sin lacayos, y con sus viejos vestidos. Solo le quedaba una de sus zapatillas, igual a la que se le había caído.

Preguntaron a los porteros del palacio si habían visto salir a una princesa. Dijeron que no, que solo había salido una muchacha muy mal vestida, con más aspecto de campesina que de dama.

Cuando las hermanas regresaron del baile, Cenicienta les preguntó si se habían divertido y si había asistido la hermosa dama. Dijeron que sí, pero que se había marchado justo al dar las doce, y con tanta prisa que había dejado una zapatilla de cristal, la más bonita del mundo; que el hijo del rey la había recogido y se la había pasado contemplando el resto del baile, claramente enamorado de la dueña.

Y era cierto, porque a los pocos días, el hijo del rey mandó anunciar, al son de trompetas, que se casaría con la persona a la que le calzara la zapatilla.

Primero se la probaron a las princesas, luego a las duquesas y a todas las damas de la corte, pero fue en vano. Llegaron hasta las dos hermanastras, que hicieron todo lo posible para que les cupiera, pero no lo lograron. Cenicienta, que las miraba, y que había reconocido su zapatilla, dijo riendo:

—¿Puedo probar si a mí me calza?

Las hermanas se pusieron a reír y a burlarse de ella. El gentilhombre encargado de la prueba, al verla y encontrarla muy linda, dijo que tenía orden de probar la zapatilla a todas las jóvenes. Hizo que Cenicienta se sentara y, acercándole la zapatilla, vio que encajaba sin el menor esfuerzo: era su medida exacta.

Grande fue el asombro de las hermanas, pero aún mayor cuando Cenicienta sacó del bolsillo la otra zapatilla y se la puso. En ese momento llegó la madrina, que, tocando los vestidos de Cenicienta con su varita, los convirtió en un atuendo aún más deslumbrante que los anteriores.

Entonces las hermanas la reconocieron como la joven que habían visto en el baile. Se arrojaron a sus pies para pedirle perdón por todos los malos tratos que le habían dado. Cenicienta las levantó, las abrazó y les dijo que las perdonaba de todo corazón, y que solo pedía que la quisieran siempre.

Fue llevada ante el joven príncipe, vestida como estaba. Él la encontró más hermosa que nunca y, pocos días después, se casaron. Cenicienta, tan buena como hermosa, hizo llevar a sus hermanas al palacio y las casó con dos grandes señores de la corte.

MORALEJA

En la mujer, rico tesoro es la belleza,
el placer de admirarla no se acaba jamás;
pero la bondad, la gentileza,
la superan y valen mucho más.

Es lo que a Cenicienta el hada concedió
a través de enseñanzas y lecciones,
tanto que al final a ser reina llegó
(según dice este cuento con sus moralizaciones).

Bellas, ya lo saben: más que andar bien peinadas,
les conviene, en el afán de ganar corazones,
que como virtudes les concedan las hadas
bondad y gentileza, los más preciados dones.

OTRA MORALEJA

Sin duda, es de gran conveniencia
nacer con mucha inteligencia,
coraje, alcurnia, buen sentido
y otros talentos parecidos,

que el cielo da con indulgencia;
pero con ellos nada se ha de lograr
en el camino del destino
si quien los tiene, al destacar,
no cuenta con una madrina o un padrino.

LAS HADAS

Érase una viuda que tenía dos hijas. La mayor se le parecía tanto en el carácter como en el físico, que quien veía a la hija creía ver a la madre. Ambas eran tan desagradables y orgullosas que no se podía vivir con ellas. La menor, verdadero retrato de su padre por su dulzura y suavidad, era además de una extrema belleza.

Como por naturaleza amamos a quien se nos parece, esta madre tenía locura por su hija mayor y, en cambio, sentía una aversión atroz por la menor. La hacía comer en la cocina y trabajar sin cesar.

Entre otras cosas, esta pobre niña tenía que ir dos veces al día a buscar agua a una media legua de la casa y volver con una enorme jarra llena. Un día, cuando estaba en la fuente, se le acercó una pobre mujer rogándole que le diera de beber.

—Cómo no, mi buena señora —dijo la hermosa niña.

Y, enjuagando de inmediato su jarra, sacó agua del mejor lugar de la fuente y se la ofreció, sosteniéndola siempre para que la mujer bebiera más cómodamente. La buena mujer, después de beber, le dijo:

—Eres tan bella, tan buena y tan amable, que no puedo dejar de hacerte un don.

(Pues era un hada que había tomado la forma de una pobre aldeana para ver hasta dónde llegaba la gentileza de la joven.)

—Te concedo el don —prosiguió el hada— de que por cada palabra que pronuncies saldrá de tu boca una flor o una piedra preciosa.

Cuando la joven llegó a casa, su madre la reprendió por regresar tan tarde de la fuente.

—Perdón, madre mía —dijo la muchacha— por haberme demorado.

Y al decir esas palabras, le salieron de la boca dos rosas, dos perlas y dos grandes diamantes.

—¡Qué estoy viendo! —exclamó la madre, llena de asombro—. ¡Parece que de tu boca salen perlas y diamantes! ¿Cómo es eso, hija mía?

Era la primera vez que la llamaba "hija". La niña le contó ingenuamente todo lo que le había sucedido, no sin botar una infinidad de diamantes mientras hablaba.

—Verdaderamente —dijo la madre—, tengo que mandar a mi otra hija. Mira, Fanchon, mira lo que sale de la boca de tu hermana cuando habla. ¿No te gustaría tener un don semejante? Bastará con que vayas a buscar agua a la fuente y, cuando una pobre mujer te pida de beber, se la ofrezcas muy gentilmente.

—¡Lo que faltaba! —respondió groseramente la joven—. ¡Ir yo a la fuente!

—Quiero que vayas —replicó la madre— ¡y de inmediato!

Ella fue, pero refunfuñando todo el camino. Tomó el jarro de plata más hermoso de la casa. Apenas llegó a la fuente, vio salir del bosque a una dama magníficamente vestida, que se acercó a pedirle de beber: era la misma hada que se había aparecido a su hermana, pero esta vez con el aspecto y las ropas de una princesa, para comprobar hasta dónde llegaba la maldad de la niña.

—¿Habré venido acaso —dijo la malcriada— para darte de beber? ¡Justamente traje un jarro de plata solo para que lo uses tú! Si quieres, bebe directamente.

—No eres nada amable —respondió el hada, sin mostrar enojo—. Muy bien, ya que eres tan grosera, te concedo el don de que por cada palabra que pronuncies salga de tu boca una serpiente o un sapo.

Apenas la madre la vio regresar, gritó:

—¿Y bien, hija mía?

—¡Y bien, madre mía! —respondió la joven, arrojando dos víboras y dos sapos.

—¡Cielos! —exclamó la madre—. ¿Qué estoy viendo? ¡Es culpa de tu hermana, me las pagará!

Y corrió a golpearla.

La pobre niña escapó y se refugió en el bosque cercano. El hijo del rey, que regresaba de cazar, la encontró y, viéndola tan hermosa, le preguntó qué hacía sola y por qué lloraba.

—¡Ay, señor! —dijo ella—. Es mi madre, que me ha echado de casa.

El príncipe, al ver salir de su boca cinco o seis perlas y otros tantos diamantes, le rogó que le contara de dónde venía tal maravilla. Ella le relató toda su historia. El príncipe se enamoró de ella y, considerando que tal don valía más que cualquier dote, la llevó al palacio de su padre, donde se casaron. En cuanto a la hermana, se volvió tan odiosa que su propia madre la echó de casa. Vagó de un lugar a otro sin que nadie quisiera recibirla, y finalmente murió sola en el fondo del bosque.

OTRA MORALEJA

La honradez cuesta cuidados,
exige esfuerzo y mucho afán;
pero, cuando menos se espera,
su recompensa llegará.

LOS DESEOS RIDÍCULOS

Si fueras menos razonable, me guardaría mucho de contarte esta fábula loca y poco galante que voy a relatarte.

De una vara de morcilla es la materia.

—¡Una vara de morcilla! ¡Piedad, querida mía! ¡Qué horror! —gritaría una Preciosa, que, siempre tierna y seria, no quiere oír hablar más que de asuntos del corazón.

Pero a ti, que sabes contar más cautivadoramente que nadie, y con esa expresión tan natural que parece que vemos lo que escuchamos; que sabes que la belleza está más en la manera de inventar una historia que en su materia, a ti te gustará mi fábula y su moralidad. Me atrevo a decir que estoy plenamente convencido.

Érase una vez un pobre leñador que estaba harto de la vida tan penosa que llevaba y solía decir que tenía ganas de irse a descansar a los bordes del Aqueronte, porque veía que, en su profundo dolor, jamás el Cielo cruel le había querido conceder ni uno de sus deseos.

Un día, mientras se quejaba en el bosque, Júpiter, con el rayo en la mano, se le apareció. Difícilmente podría describirse el miedo que sintió el buen hombre.

—No quiero nada —exclamó, arrojándose al suelo—; no deseo nada, ni truenos ni nada. Vamos a hablar, Señor, de igual a igual.

—Deja de temblar —le dijo Júpiter—. Vengo compadecido por tus quejas, para demostrarte que han sido injustas. Escucha: yo te prometo, yo, que soy el soberano dueño del mundo, concederte tus tres primeros deseos, los que quieras formular, sobre cualquier cosa. Mira bien qué podría hacerte feliz y, como tu felicidad depende de tus votos, piénsalo bien antes de pedir.

Y, diciendo estas palabras, Júpiter ascendió a los Cielos, y el leñador, muy contento, echándose su haz de leña a la espalda, emprendió el camino de regreso. Nunca le pareció la carga menos pesada.

—No hay que actuar con ligereza —decía trotando—. Este asunto es importante; hay que pedir consejo a la mujer.

Cuando entró bajo el techo de su cabaña con la carga de helechos, dijo:

—Fanchon, hagamos un buen fuego y una buena comida. Somos muy ricos. Solo necesitamos formular nuestros deseos.

Y, punto por punto, le contó todo lo sucedido. Al oír su relato, la esposa, viva y presurosa, concibió mil planes en su mente. Pero, considerando la importancia de actuar con prudencia, le dijo a su esposo:

—Blas, amigo mío, para no cometer una tontería por impaciencia, pensemos juntos qué nos conviene. Dejemos para mañana nuestro primer deseo y consultémoslo con la almohada.

—Estoy de acuerdo —dijo el buen Blas—. Anda, trae un poco de vino añejo.

Cuando volvió con él, bebió y, saboreando cómodamente, cerca del fuego, aquel dulce descanso, dijo apoyándose en el respaldo de su silla:

—¡Con estas brasas tan buenas, qué bien vendría una vara de morcilla!

Apenas pronunció esas palabras, su mujer, muy asombrada, vio una larga morcilla que, saliendo de una esquina de la chimenea, se acercaba serpenteando. Al instante lanzó un grito; pero, al darse cuenta de que esa extraña aparición se debía al deseo formulado por el imprudente de su marido, no hubo injuria, ni insulto, ni improperio que no le dijera al pobre hombre, hecha una furia.

—¡Cuando se podría haber pedido un imperio, oro, perlas, rubíes, diamantes, vestidos! ¿Y no se te ocurre otra cosa que una morcilla?

—Bueno, me equivoqué —dijo él—. Mi elección fue desacertada. Cometí una gran falta. Lo haré mejor la próxima vez.

—¡Claro! —repuso ella—. ¡Quédate sentado! ¡Hay que ser un animal para desear eso!

El esposo, más de una vez, llevado por la cólera, estuvo tentado de formular un deseo silencioso. Y, entre nosotros, habría sido lo mejor que podía hacer.

—Los hombres —pensaba— hemos venido al mundo a padecer. ¡Maldita sea la morcilla! ¡Ojalá, Dios mío, se le quede pegada a la nariz!

Y esa súplica, en el acto, fue escuchada por el Cielo. Apenas el marido dijo esas palabras, la vara de morcilla se quedó pegada a la nariz de Fanchon. Este prodigio inesperado enfureció a la pobre mujer. Era bonita, muy graciosa, y la verdad, este adorno en su nariz no quedaba bien. Aunque, al colgarle sobre la boca y dificultarle el habla, fue una ventaja para su esposo, tan grande que en ese momento pensó en no desear nada más.

—Podría ahora —pensaba—, después de una desgracia tan grande, pedir con el deseo que me queda convertirme en rey. Desde luego, nada iguala la grandeza de un trono, pero hay que pensar en la tristeza de la reina si, al sentarse en su trono, tiene una nariz más larga que una vara.

Voy a preguntarle si prefiere ser una gran princesa con esa nariz horrible o seguir siendo una simple leñadora con su nariz normal, como antes.

Al fin, examinada bien la cosa, aunque el poder que dan el cetro y la corona es grande, y aunque cuando se está coronada una siempre tiene la nariz bien hecha, como nada iguala al deseo de agradar, Fanchon prefirió conservar su cofia antes que hacerse reina y ser fea.

Así pues, el leñador no cambió de vida, no se convirtió en un potentado, no llenó su bolsa de riquezas, y fue feliz empleando su último deseo en devolver a su esposa su estado primitivo. Débil felicidad, pobre recurso.

Qué cierto es que los hombres —miserables, ciegos, imprudentes y cambiantes— no deberían formular deseos, y qué pocos hay entre ellos que sepan hacer buen uso de los dones que el cielo les ha concedido.

PIEL DE ASNO

Érase una vez un rey tan famoso, tan amado por su pueblo, tan respetado por todos sus vecinos, que de él podía decirse que era el más feliz de los monarcas. Su dicha se confirmaba aún más por la elección que hizo de una princesa tan bella como virtuosa; y estos felices esposos vivían en la más perfecta unión. De su casto matrimonio había nacido una hija dotada de encantos y virtudes tales que no lamentaban tan corta descendencia.

La magnificencia, el buen gusto y la abundancia reinaban en su palacio. Los ministros eran hábiles y prudentes; los cortesanos, virtuosos y leales; los servidores, fieles y laboriosos. Sus caballerizas eran grandes y albergaban los más hermosos caballos del mundo, ricamente enjaezados. Pero lo que asombraba a los visitantes que acudían a admirar csas hermosas cuadras era que, en el sitio más destacado, un señor asno exhibía sus grandes y largas orejas. No era por capricho, sino con razón, que el rey le había reservado ese lugar de honor. Las virtudes de este extraño animal merecían semejante distinción, pues la naturaleza lo había dotado de manera tan extraordinaria que su pesebre, en vez de suciedades, amanecía cada día cubierto con hermosos escudos y luises* de todos los tamaños, que eran recogidos a su despertar.

Pues bien, como las vicisitudes de la vida alcanzan tanto a los reyes como a los súbditos, y como los bienes siempre están mezclados con males, el cielo permitió que la reina fuera aquejada repentinamente de una penosa enfermedad para la cual, pese a la ciencia y la habilidad de los médicos, no se encontró remedio.

La desolación fue general. El rey, sensible y enamorado —a pesar del famoso proverbio que dice que el matrimonio es la tumba del amor—, sufría sin consuelo, hacía fervientes votos en todos los templos del reino y ofrecía su vida a cambio de la de su esposa tan querida. Pero dioses y hadas eran invocados en vano.

La reina, sintiendo que se acercaba su última hora, dijo a su esposo —que estaba deshecho en llanto—:

—Permíteme, antes de morir, exigirte una sola cosa, si algún día decidieras volver a casarte...

A estas palabras, el rey, con quejas lastimosas, tomó las manos de su mujer, las bañó en lágrimas, y le aseguró que no tenía sentido hablarle de un segundo matrimonio.

—No, no —dijo por fin—, mi amada reina, háblame mejor de seguirte.

—El Estado —repuso la reina, con una firmeza que aumentaba las lamentaciones del príncipe—, el Estado exige sucesores. Y como solo te he dado una hija, te verás obligado a tener otros hijos que se te parezcan. Pero te ruego, por todo el amor que me has tenido, que no cedas a los ruegos de tus súbditos sino hasta que encuentres una princesa más bella y mejor que yo. Quiero tu promesa, y entonces moriré contenta.

Es de presumir que la reina, que no carecía de amor propio, había exigido esta promesa convencida de que nadie en el mundo podría igualarla, y de este modo se aseguraba que el rey jamás volviera a casarse.

Finalmente, ella murió. Nunca un marido hizo tanto alarde de dolor: llorar, sollozar día y noche —ese frecuente derecho que otorga la viudez— fue su única ocupación.

Pero los grandes dolores son efímeros. Los consejeros del Estado se reunieron y, en conjunto, fueron a pedirle al rey que volviera a casarse.

Esta proposición le pareció cruel y le hizo derramar nuevas lágrimas. Invocó la promesa hecha a la reina, y desafió a todos a encontrar una princesa más hermosa y más perfecta que su difunta esposa, seguro de que eso era imposible.

El consejo consideró tal promesa una trivialidad y opinó que poco importaba la belleza, con tal de que la nueva reina fuera virtuosa y fértil; que el Estado exigía príncipes por su tranquilidad y su paz; que, si bien la infanta tenía todas las cualidades para ser una buena reina, debía casarse con un príncipe extranjero; y que entonces, o ese príncipe la llevaría consigo o, si reinaba con ella, sus hijos no serían considerados del mismo linaje. Además, al no haber un príncipe de la dinastía, los pueblos vecinos podrían provocar guerras que acabarían arruinando el reino. El rey, movido por estas consideraciones, prometió pensarlo.

Efectivamente, comenzó a buscar entre las princesas casaderas cuál podría convenirle. A diario le llevaban retratos encantadores, pero ninguno exhibía los encantos de la difunta reina. De ese modo, no tomaba ninguna decisión.

Por desgracia, empezó a notar que la infanta, su hija, no solo era hermosa y bien formada, sino que sobrepasaba largamente a la reina su madre en inteligencia y gracia. Su juventud, la frescura luminosa de su piel, inflamaron al rey de un modo tan violento que no pudo ocultárselo a la princesa. Le confesó que había resuelto casarse con ella, pues era la única que podía desligarlo de la promesa hecha a la reina.

La joven princesa, llena de virtud y pudor, creyó desmayar ante semejante horror. Se arrojó a los pies del rey, su padre, y le suplicó con toda su alma que no la obligara a cometer un crimen tan espantoso.

El rey, empecinado con ese proyecto insensato, consultó a un anciano druida para tranquilizar la conciencia de la joven. Este druida, más ambicioso que virtuoso, sacrificó la causa de la inocencia por el honor de ser confidente del poderoso monarca. Se insinuó con tal destreza en el espíritu del rey, suavizó de tal manera el crimen que este iba a cometer, que llegó a persuadirlo de que casarse con su hija era casi un acto de piedad.

El rey, halagado por tal discurso, abrazó al malvado druida y salió más obstinado que nunca en su intención. Ordenó a la infanta que se preparara para obedecerlo.

La princesa, sobrecogida de espanto, decidió recurrir a su madrina, el hada de las Lilas. Partió esa misma noche en un delicado cochecito tirado por un cordero que conocía todos los caminos. Llegó con toda felicidad. El hada, que la amaba tiernamente, le dijo que ya sabía lo que venía a contarle, pero que no se preocupara: nada le pasaría si ejecutaba con exactitud lo que ella le indicaría.

—Porque, mi amada niña —le dijo—, sería una falta gravísima casarte con tu padre. Pero sin necesidad de contradecirlo, puedes evitarlo. Dile que, para satisfacer un capricho que tienes, te regale un vestido color del tiempo. Jamás, por más amor y poder que tenga, logrará conseguirlo.

La princesa agradeció a su madrina, y a la mañana siguiente dijo al rey lo que el hada le había aconsejado. Reiteró que no podría consentir en el matrimonio hasta tener un vestido color del tiempo.

El rey, encantado con esa esperanza, reunió a los más famosos costureros y les encargó el vestido bajo amenaza de muerte si no lo conseguían.

No fue necesario llegar a tanto: a los dos días, trajeron el vestido. El firmamento no tiene un azul más bello, cuando lo circundan nubes de oro, que el de aquel traje al desplegarse. La infanta se sintió acongojada y no sabía cómo salir del paso. El rey apremiaba la decisión. Hubo que recurrir de nuevo a la madrina, que, asombrada de que su idea no hubiera surtido efecto, dijo:

—Pide entonces un vestido color de luna.

El rey, que nada podía negarle, hizo venir a los más diestros artesanos. Les encargó la prenda con tal urgencia que, en menos de veinticuatro horas, la trajeron. La infanta, más deslumbrada por este nuevo traje que por el anterior, se afligió desmedidamente. Lloró con sus damas y su nodriza.

El hada de las Lilas, que todo lo sabía, vino en su ayuda:

—O me equivoco mucho —le dijo— o, si pides un vestido color del sol, lograremos desanimar al rey. Jamás podrán hacer uno así.

La infanta siguió su consejo. El rey entregó sin reparo todos los diamantes y rubíes de su corona para la confección de tan maravillosa obra, con la orden de no escatimar nada. Y cuando el vestido apareció, todos los que lo vieron desplegarse tuvieron que cerrar los ojos: era deslumbrante.

¡Qué impresión le causó a la infanta! Jamás se había visto algo tan hermoso y tan artísticamente trabajado. Se sintió confundida y, con el pretexto de que el brillo le había afectado los ojos, se retiró a su aposento, donde el hada la esperaba, llena de vergüenza. Fue peor aún, porque al ver el vestido color del sol, se puso roja de ira.

—¡Oh, como último recurso, hija mía —le dijo— vamos a someter el indigno amor de tu padre a una prueba terrible! Creo que está resuelto a casarse contigo, pero vamos a ver si puede soportar esto: pídele como último deseo la piel del asno que tanto ama, ese animal que financia tan generosamente todos sus gastos. Ve, y no dejes de decirle que eso es lo que quieres.

La princesa, encantada de encontrar una nueva manera de eludir un matrimonio que detestaba, y pensando que su padre jamás se resignaría a sacrificar su asno, fue a verlo y le expuso su deseo de tener la piel de aquel bello animal.

Aunque extrañado por este capricho, el rey no vaciló en satisfacerlo. El pobre asno fue sacrificado y su piel galantemente llevada a la infanta, quien, no viendo ya ningún otro modo de esquivar su desgracia, iba a caer en la desesperación cuando su madrina acudió.

—¿Qué haces, hija mía? —dijo, viendo a la princesa arrancándose los cabellos y golpeándose sus hermosas mejillas—. Este es el momento más hermoso de tu vida. Cúbrete con esta piel, sal del palacio y parte hasta donde la tierra pueda llevarte: cuando se sacrifica todo a la virtud, los dioses saben recompensarlo. ¡Parte! Yo me encargo de que todo tu tocador y tu guardarropa te sigan a todas partes; dondequiera que te detengas, tu cofre conteniendo vestidos y alhajas seguirá tus pasos bajo tierra. Y he aquí mi varita, que te doy: al golpear con ella el suelo cuando necesites tu cofre, este aparecerá ante tus ojos. Pero apresúrate en partir, no tardes más.

La princesa abrazó mil veces a su madrina, le rogó que no la abandonara, se revistió con la horrible piel luego de haberse restregado con hollín de la chimenea y salió de aquel suntuoso palacio sin que nadie la reconociera.

La ausencia de la infanta causó gran revuelo. El rey, que había hecho preparar una magnífica fiesta, estaba desesperado e inconsolable. Hizo salir a más de cien guardias y más de mil mosqueteros en busca de su hija; pero el hada, que la protegía, la hacía invisible a los más hábiles rastreos. De modo que al fin hubo que resignarse.

Mientras tanto, la princesa caminaba. Llegó lejos, muy lejos, todavía más lejos. En todas partes buscaba un trabajo. Pero, aunque por caridad le daban de comer, la encontraban tan sucia que nadie la tomaba.

Andando y andando, entró a una hermosa ciudad, a cuyas puertas había una granja. La granjera necesitaba una sirvienta para lavar la ropa de cocina y limpiar los pavos y las pocilgas de los puercos. Esta mujer, viendo a aquella viajera tan sucia, le propuso entrar a servir en su casa, lo que la infanta aceptó con gusto, tan cansada estaba de todo lo que había caminado.

La pusieron en un rincón apartado de la cocina donde, durante los primeros días, fue el blanco de las groseras bromas de la servidumbre, tal era la repugnancia que inspiraba su piel de asno.

Al fin se acostumbraron; además, ella ponía tanto empeño en cumplir con sus tareas que la granjera la tomó bajo su protección. Estaba encargada de los corderos, los metía al redil cuando era preciso, llevaba a los pavos a pacer, todo con una habilidad como si nunca hubiese hecho otra cosa. Así pues, todo fructificaba bajo sus bellas manos.

Un día estaba sentada junto a una fuente de agua clara, donde deploraba a menudo su triste condición. Se le ocurrió mirarse: la horrible piel de asno que constituía su peinado y su ropaje la espantó. Avergonzada de su apariencia, se restregó hasta que se sacó toda la mugre de la cara y de las manos, las que quedaron más blancas que el marfil, y su hermosa tez recuperó su frescura natural.

La alegría de verse tan bella le provocó el deseo de bañarse, lo que hizo; pero tuvo que volver a ponerse la indigna piel para regresar a la granja. Felizmente, al día siguiente era día de fiesta; así que tuvo tiempo para sacar su cofre, arreglar su apariencia, empolvar sus hermosos cabellos y ponerse su precioso traje color del tiempo. Su cuarto era tan pequeño que no se podía extender la cola de aquel magnífico vestido. La linda princesa se miraba y se admiraba a sí misma con razón, de modo que, para no aburrirse, decidió ponerse por turno todas sus hermosas tenidas los días de fiesta y los domingos, lo que hacía puntualmente. Con un arte admirable, adornaba sus cabellos mezclando flores y diamantes; a menudo suspiraba pensando que los únicos testigos de su belleza eran sus corderos y sus pavos, que la amaban igual con su horrible piel de asno, la cual había dado origen al apodo con que la nombraban en la granja.

Un día de fiesta en que Piel de Asno se había puesto su vestido color del sol, el hijo del rey —a quien pertenecía esta granja— hizo allí un alto para descansar al volver de caza. El príncipe era joven, hermoso y apuesto; era el amor de su padre y de la reina su madre, y su pueblo lo adoraba. Ofrecieron a este príncipe una colación campestre, que él aceptó; luego se puso a recorrer los gallineros y todos los rincones.

Yendo así de un lugar a otro entró por un callejón sombrío al fondo del cual vio una puerta cerrada. Llevado por la curiosidad, puso el ojo en la cerradura. ¿Pero qué le pasó al divisar a una princesa tan bella y ricamente vestida, que por su aspecto noble y modesto, él tomó por una diosa? El ímpetu del sentimiento que lo embargó en ese momento lo habría llevado a forzar la puerta, a no mediar el respeto que le inspiraba esta persona maravillosa.

Tuvo que hacer un esfuerzo para regresar por ese callejón oscuro y sombrío, pero lo hizo para averiguar quién vivía en ese pequeño cuartito. Le dijeron que era una sirvienta que se llamaba Piel de Asno, a causa de la piel con que se vestía, y que era tan sucia que nadie la miraba ni le hablaba, y que la habían tomado por lástima para que cuidara los corderos y los pavos.

El príncipe, no satisfecho con estas referencias, se dio cuenta de que esas gentes rudas no sabían nada más y que era inútil hacerles más preguntas. Volvió al palacio del rey su padre, indeciblemente enamorado, teniendo constantemente ante sus ojos la imagen de esa diosa que había visto por el ojo de la cerradura. Se lamentó de no haber golpeado a la puerta y decidió que no dejaría de hacerlo la próxima vez.

Pero la agitación de su sangre, causada por el ardor de su amor, le provocó esa misma noche una fiebre tan terrible que pronto decayó hasta el más grave extremo. La reina su madre, que tenía a este único hijo, se desesperaba al ver que todos los remedios eran inútiles. En vano prometía las más suntuosas recompensas a los médicos; estos empleaban todas sus artes, pero nada mejoraba al príncipe. Finalmente, adivinaron que un sufrimiento mortal era la causa de todo este daño; se lo dijeron a la reina, quien, llena de ternura por su hijo, fue a suplicarle que contara la causa de su mal; y aunque se tratara de que le cedieran la corona, el rey su padre bajaría de su trono sin pena para hacerlo subir a él; que si deseaba a alguna princesa, aunque estuvieran en guerra con el rey su padre y hubiese justos motivos de agravio, sacrificarían todo para darle lo que deseaba; pero le suplicaba que no se dejara morir, puesto que de su vida dependía la de sus padres. La reina terminó este conmovedor discurso no sin antes derramar un torrente de lágrimas sobre el rostro de su hijo.

—Señora —le dijo por fin el príncipe con una voz muy débil—, no soy tan desnaturalizado como para desear la corona de mi padre. ¡Quiera el cielo que él viva largos años y me acepte durante mucho tiempo como el más respetuoso y fiel de sus súbditos! En cuanto a las princesas que me ofreces, aún no he pensado en casarme, y bien sabes que, sumiso como soy a sus voluntades, los obedeceré siempre, a cualquier precio.

—¡Ay, hijo mío! —repuso la reina—. Ningún precio es muy alto para salvarte la vida. Pero, querido hijo, salva la mía y la del rey tu padre, diciéndome lo que deseas, y ten la plena seguridad de que te será concedido.

—¡Pues bien, señora! —dijo él—, si tengo que descubrirte mi pensamiento, te obedeceré. Me sentiría un criminal si pongo en peligro dos cabezas que me son tan queridas. Sí, madre mía, deseo que Piel de Asno me haga una torta y, tan pronto como esté hecha, me la traigan.

La reina, sorprendida ante este extraño nombre, preguntó quién era Piel de Asno.

—Es, señora —replicó uno de sus oficiales que por casualidad había visto a esa niña—, la sabandija más vil después del lobo; una mugrienta que vive en la granja de usted y que cuida sus pavos.

—No importa —dijo la reina—, mi hijo, al volver de caza, ha probado tal vez su pastelería; es una fantasía de enfermo. En una palabra, quiero que Piel de Asno, puesto que de Piel de Asno se trata, le haga ahora mismo una torta.

Corrieron a la granja y llamaron a Piel de Asno para ordenarle que hiciera con el mayor esmero una torta para el príncipe.

Algunos autores sostienen que Piel de Asno, cuando el príncipe puso sus ojos en la cerradura, con los suyos lo había visto; y que enseguida, mirando por su ventanuco, contempló a aquel príncipe tan joven, tan hermoso y bien plantado, que no pudo olvidar su imagen y que, a menudo, ese recuerdo le arrancaba suspiros.

Como sea, si Piel de Asno lo vio o había oído decir de él muchos elogios, encantada de hallar una forma para darse a conocer, se encerró en su cuartucho, se quitó su fea piel, se lavó manos y rostro, peinó sus rubios cabellos, se puso un corselete de plata brillante, una falda igual, y se puso a hacer la torta tan apetecida: usó la más pura harina, huevos y mantequilla fresca. Mientras trabajaba, ya fuera adrede o de otra manera, un anillo que llevaba en el dedo cayó dentro de la masa y se mezcló con ella. Cuando la torta estuvo cocida, se colocó su horrible piel y fue a entregar la torta al oficial, a quien le preguntó por el príncipe; pero este hombre, sin dignarse contestar, corrió donde el príncipe a llevarle la torta.

El príncipe la arrebató de manos de aquel hombre y se la comió con tal avidez que los médicos presentes no dejaron de pensar que ese furor no era buen signo. En efecto, el príncipe casi se ahogó con el anillo que encontró en uno de los pedazos, pero se lo sacó diestramente de la boca; y el ardor con que devoraba la torta se calmó al examinar esta fina esmeralda montada en un junquillo de oro cuyo círculo era tan estrecho que, pensó él, solo podía caber en el dedo más hermoso del mundo.

Besó mil veces el anillo, lo puso bajo sus almohadas y lo sacaba cada vez que sentía que nadie lo observaba. Se atormentaba imaginando cómo hacer venir a aquella a quien ese anillo le calzara; no se atrevía a creer, si llamaba a Piel de Asno que había hecho la torta, que le permitieran hacerla venir; no se atrevía tampoco a contar lo que había visto por el ojo de la cerradura, temiendo ser objeto de burla y tomado por un visionario. Acosado por todos estos pensamientos simultáneos, la fiebre volvió a aparecer con fuerza. Los médicos, sin saber ya qué hacer, declararon a la reina que el príncipe estaba enfermo de amor. La reina acudió junto a su hijo acompañada del rey, que se desesperaba.

—Hijo mío, hijo querido —exclamó el monarca afligido—, nómbranos a la que quieres. Juramos que te la daremos, aunque fuese la más vil de las esclavas.

Abrazándolo, la reina le reiteró la promesa del rey. El príncipe, enternecido por las lágrimas y caricias de sus padres, les dijo:

—Padre y madre míos, no me propongo hacer una alianza que les disguste. Y en prueba de esta verdad —añadió, sacando la esmeralda que escondía bajo la cabecera—, me casaré con aquella a quien le venga este anillo; y no parece que quien tenga este precioso dedo sea una campesina ordinaria.

El rey y la reina tomaron el anillo, lo examinaron con curiosidad y pensaron, al igual que el príncipe, que este anillo no podía quedarle bien sino a una joven de alta alcurnia. Entonces el rey, abrazando a su hijo y rogándole que sanara, salió, hizo tocar los tambores, los pífanos y las trompetas por toda la ciudad, y anunció por los heraldos que no tenían más que venir al palacio a probarse el anillo; y aquella a quien le cupiera justo se casaría con el heredero del trono.

Las princesas acudieron primero, luego las duquesas, las marquesas y las baronesas; pero por mucho que se hubieran afinado los dedos, ninguna pudo ponerse el anillo. Hubo que pasar a las modistillas que, aunque bonitas, tenían los dedos demasiado gruesos. El príncipe, que se sentía mejor, hacía él mismo probar el anillo.

Al fin les tocó el turno a las camareras, que no tuvieron mejor resultado. Ya no quedaba nadie que no hubiese intentado infructuosamente la joya, cuando el príncipe pidió que vinieran las cocineras, las ayudantes, las cuidadoras de rebaños. Todas acudieron, pero sus dedos regordetes, cortos y enrojecidos no dejaron pasar el anillo más allá de la uña.

—¿Hicieron venir a esa Piel de Asno que me hizo una torta hace unos días? —preguntó el príncipe.

Todos se echaron a reír y le dijeron que no, que era demasiado inmunda y repulsiva.

—¡Que la traigan en el acto! —dijo el rey—. No se dirá que yo haya hecho una excepción.

La princesa, que había escuchado los tambores y los gritos de los heraldos, se imaginó muy bien que su anillo era lo que provocaba ese alboroto. Ella amaba al príncipe y, como el verdadero amor es tímido y carece de vanidad, continuamente la asaltaba el temor de que alguna dama tuviera el dedo tan menudo como el suyo. Sintió, pues, una gran alegría cuando vinieron a buscarla y golpearon su puerta.

Desde que supo que buscaban un dedo adecuado para su anillo, no se sabe qué esperanza la había llevado a peinarse cuidadosamente y a ponerse su hermoso corselete de plata con la falda llena de adornos de encaje del mismo color, salpicados de esmeraldas. Tan pronto como oyó que golpeaban a su puerta y que la llamaban para presentarse ante el príncipe, se cubrió rápidamente con su piel de asno, abrió su puerta y aquellas gentes, burlándose de ella, le dijeron que el rey la llamaba para casarla con su hijo. Luego, en medio de estruendosas risotadas, la condujeron ante el príncipe, quien, sorprendido él mismo por el extraño atavío de la joven, no se atrevió a creer que era la misma que había visto tan elegante y bella. Triste y confundido por haberse equivocado, le dijo:

—¿Eres tú la que habita al fondo de ese callejón oscuro, en el tercer gallinero de la granja?

—Sí, su señoría —respondió ella.

—Muéstrame tu mano —dijo él temblando y dando un hondo suspiro.

¡Señores! ¿Quién quedó asombrado? Fueron el rey y la reina, así como todos los chambelanes y los grandes de la corte, cuando de adentro de esa piel negra y sucia se alzó una mano delicada, blanca y sonrosada, y el anillo entró sin esfuerzo en el dedito más lindo del mundo. Y, mediante un leve movimiento que hizo caer la piel, la infanta apareció con una belleza tan deslumbrante que el príncipe, aunque todavía estaba débil, se puso a sus pies y le estrechó las rodillas con un ardor que a ella la hizo enrojecer. Pero casi no se dieron cuenta, pues el rey y la reina fueron a abrazar a la princesa, pidiéndole si quería casarse con su hijo.

La princesa, confundida con tantas caricias y ante el amor que le demostraba el joven príncipe, iba, sin embargo, a darles las gracias, cuando el techo del salón se abrió, y el hada de las Lilas, bajando en un carro hecho de ramas y flores de su nombre, contó, con infinita gracia, la historia de la infanta.

El rey y la reina, encantados al saber que Piel de Asno era una gran princesa, redoblaron sus muestras de afecto. Pero el príncipe fue más sensible ante la virtud de la princesa, y su amor creció al saberlo. La impaciencia del príncipe por casarse con la princesa fue tanta que a duras penas dio tiempo para los preparativos apropiados a este augusto matrimonio.

El rey y la reina, que estaban locos con su nuera, le hacían mil cariños y siempre la tenían abrazada. Ella había declarado que no podía casarse con el príncipe sin el consentimiento del rey su padre. De modo que fue el primero a quien le enviaron una invitación, sin decirle quién era la novia; el hada de las Lilas, que supervigilaba todo, como era natural, lo había exigido por prudencia.

Vinieron reyes de todos los países; unos en silla de manos, otros en calesa, unos más distantes montados sobre elefantes, sobre tigres, sobre águilas. Pero el más imponente y magnífico de los ilustres personajes fue el padre de la princesa, quien, felizmente, había olvidado su amor descarriado y contraído nupcias con una viuda muy hermosa que no le había dado hijos.

La princesa corrió a su encuentro; él la reconoció en el acto y la abrazó con gran ternura, antes de que ella tuviera tiempo de echarse a sus pies. El rey y la reina le presentaron a su hijo, a quien colmó de amistad. Las bodas se celebraron con toda la pompa imaginable. Los jóvenes esposos, poco sensibles a esas magnificencias, solo tenían ojos para ellos mismos.

El rey, padre del príncipe, hizo coronar a su hijo ese mismo día y, besándole la mano, lo puso en el trono, pese a la resistencia de aquel hijo bien nacido; pero había que obedecer.

Las fiestas de esta ilustre boda duraron cerca de tres meses y el amor de los dos esposos todavía duraría si los dos no hubieran muerto cien años después.

PULGARCITO

Érase una vez un leñador y una leñadora que tenían siete hijos, todos ellos varones. El mayor tenía diez años y el menor, solo siete. Puede parecer sorprendente que el leñador haya tenido tantos hijos en tan poco tiempo; pero es que a su esposa le cundía la tarea, pues los tenía de dos en dos. Eran muy pobres, y sus siete hijos eran una pesada carga, ya que ninguno podía aún ganarse la vida. Sufrían además porque el menor era muy delicado y no hablaba palabra alguna, interpretando como estupidez lo que en realidad era un rasgo de la bondad de su alma. Era tan pequeñito que, al llegar al mundo, no era más grande que un pulgar, por lo cual lo llamaron Pulgarcito.

Este pobre niño era en la casa el que pagaba los platos rotos y siempre le echaban la culpa de todo. Sin embargo, era el más fino y el más agudo de sus hermanos, y si hablaba poco, en cambio escuchaba mucho.

Sobrevino un año muy difícil, y fue tanta la hambruna que esta pobre pareja resolvió deshacerse de sus hijos. Una noche, estando los niños acostados, el leñador, sentado con su mujer junto al fuego, le dijo:

—Tú ves que ya no podemos alimentar a nuestros hijos. Ya no me resigno a verlos morirse de hambre ante mis ojos, y estoy resuelto a dejarlos perderse mañana en el bosque, lo que será bastante fácil, pues mientras estén entretenidos haciendo atados de astillas, solo tendremos que huir sin que nos vean.

—¡Ay! —exclamó la leñadora—. ¿Serías capaz de dejar tú mismo perderse a tus hijos?

Por mucho que su marido le hiciera ver su gran pobreza, ella no podía permitirlo; era pobre, pero era su madre. Sin embargo, al pensar en el dolor que sería para ella verlos morirse de hambre, consintió y fue a acostarse llorando.

Pulgarcito oyó todo lo que dijeron, pues, habiendo escuchado desde su cama que hablaban de asuntos serios, se había levantado muy despacio y se deslizó debajo del taburete de su padre para oírlos sin ser visto. Volvió a la cama y no durmió más, pensando en lo que tenía que hacer.

Se levantó de madrugada y fue hasta la orilla de un riachuelo, donde se llenó los bolsillos con guijarros blancos, y enseguida regresó a casa. Partieron todos, y Pulgarcito no dijo nada a sus hermanos de lo que sabía.

Fueron a un bosque muy tupido, donde, a diez pasos de distancia, no se veían unos a otros. El leñador se puso a cortar leña y sus niños a recoger astillas para hacer atados. El padre y la madre, viéndolos preocupados en su trabajo, se alejaron de ellos sin hacerse notar y luego echaron a correr por un pequeño sendero desviado.

Cuando los niños se vieron solos, se pusieron a gritar y a llorar a mares. Pulgarcito los dejaba gritar, sabiendo muy bien por dónde volverían a casa, pues al caminar había dejado caer a lo largo del camino los guijarros blancos que llevaba en los bolsillos. Entonces les dijo:

—No teman, hermanos. Mi padre y mi madre nos dejaron aquí, pero yo los llevaré de vuelta a casa. No tienen más que seguirme.

Lo siguieron, y él los condujo a su morada por el mismo camino que habían hecho hacia el bosque. Al principio no se atrevieron a entrar, pero se pusieron todos junto a la puerta para escuchar lo que hablaban su padre y su madre.

En el momento en que el leñador y la leñadora llegaron a su casa, el señor de la aldea les envió diez escudos que les estaba debiendo desde hacía tiempo y cuyo reembolso ya no esperaban. Esto les devolvió la vida, ya que los infelices se morían de hambre. El leñador mandó de inmediato a su mujer a la carnicería. Como hacía tiempo que no comían, compró tres veces más carne de la que se necesitaba para la cena de dos personas. Cuando estuvieron saciados, la leñadora dijo:

—¡Ay! ¿Qué será de nuestros pobres hijos? Buena comida tendrían con lo que nos queda. Pero también, Guillermo, fuiste tú el que quiso perderlos. Bien decía yo que nos arrepentiríamos. ¿Qué estarán haciendo en ese bosque? ¡Ay, Dios mío, quizás los lobos ya se los han comido! Eres harto inhumano de haber perdido así a tus hijos.

El leñador se impacientó al fin, pues ella repitió más de veinte veces que se arrepentirían y que ella bien lo había dicho. Él la amenazó con pegarle si no se callaba. No era que el leñador no estuviera más afligido que su mujer, sino que ella le machacaba la cabeza, y sentía lo mismo que muchos como él que gustan de las mujeres que dicen bien, pero que consideran inoportunas a las que siempre tienen razón. La leñadora estaba deshecha en lágrimas.

—¡Ay! ¿Dónde están ahora mis hijos, mis pobres hijos?

Una vez lo dijo tan fuerte que los niños, agolpados a la puerta, la oyeron y se pusieron a gritar todos juntos:

—¡Aquí estamos, aquí estamos!

Ella corrió de prisa a abrirles la puerta y les dijo abrazándolos:

—¡Qué contenta estoy de volver a verlos, mis queridos niños! Están bien cansados y tienen hambre; y tú, Pierrot, mira cómo estás de embarrado, ven para limpiarte.

Este Pierrot era su hijo mayor, al que amaba más que a todos los demás, porque era un poco pelirrojo, y ella también lo era un poco.

Se sentaron a la mesa y comieron con un apetito que deleitó al padre y a la madre; contaban el susto que habían tenido en el bosque y hablaban todos casi al mismo tiempo. Estas buenas gentes estaban felices de ver nuevamente a sus hijos junto a ellos, y esta alegría duró tanto como duraron los diez escudos. Cuando se gastó todo el dinero, recayeron en su preocupación anterior y nuevamente decidieron perderlos; pero para no fracasar, los llevarían mucho más lejos que la primera vez.

No pudieron hablar de esto tan en secreto como para no ser oídos por Pulgarcito, quien decidió arreglárselas igual que en la ocasión anterior. Pero, aunque se levantó de madrugada para ir a recoger los guijarros, no pudo hacerlo, pues encontró la puerta cerrada con doble llave. No sabía qué hacer; cuando la leñadora les dio a cada uno un pedazo de pan como desayuno, pensó que podría usar su pan en vez de los guijarros, dejándolo caer en migas a lo largo del camino que recorrerían. Lo guardó, pues, en el bolsillo.

El padre y la madre los llevaron al lugar más oscuro y tupido del bosque y, tan pronto como llegaron, tomaron un sendero apartado y dejaron a los niños.

Pulgarcito no se afligió mucho, porque creía que podría encontrar fácilmente el camino por medio del pan que había diseminado por todas partes donde había pasado. Pero quedó muy sorprendido cuando no pudo encontrar ni una sola miga: habían venido los pájaros y se lo habían comido todo.

Helos ahí, entonces, muy afligidos, pues mientras más caminaban, más se extraviaban y se hundían en el bosque. Vino la noche, y empezó a soplar un fuerte viento que les producía un susto terrible. Por todos lados creían oír los aullidos de lobos que se acercaban a ellos para comérselos. Casi no se atrevían a hablar ni a darse vuelta. Empezó a caer una lluvia tupida que los caló hasta los huesos; resbalaban a cada paso y caían en el barro, de donde se levantaban cubiertos de lodo, sin saber qué hacer con sus manos.

Pulgarcito se trepó a la cima de un árbol para ver si descubría algo; girando la cabeza de un lado a otro, divisó una lucecita como de un candil, pero que estaba lejos, más allá del bosque. Bajó del árbol, y cuando llegó al suelo, ya no vio nada más; esto lo desesperó. Sin embargo, después de caminar un rato con sus hermanos hacia donde había visto la luz, volvió a divisarla al salir del bosque.

Llegaron a la casa donde estaba el candil no sin pasar muchos sustos, pues de tanto en tanto la perdían de vista, lo que ocurría cada vez que atravesaban un bajo. Golpearon a la puerta y una buena mujer les abrió. Les preguntó qué querían; Pulgarcito le dijo que eran unos pobres niños que se habían extraviado en el bosque y pedían albergue por caridad. La mujer, viéndolos a todos tan lindos, se puso a llorar y les dijo:

—¡Ay, mis pobres niños! ¿Dónde han venido a caer? ¿Saben ustedes que esta es la casa de un ogro que se come a los niños?

—¡Ay, señora! —respondió Pulgarcito, que temblaba entero igual que sus hermanos—. ¿Qué podemos hacer? Los lobos del bosque nos comerán con toda seguridad esta noche si usted no quiere cobijarnos en su casa. Siendo así, preferimos que sea el señor quien nos coma; quizás se compadezca de nosotros, si usted se lo ruega.

La mujer del ogro, que creyó poder esconderlos de su marido hasta la mañana siguiente, los dejó entrar y los llevó a calentarse a la orilla de un buen fuego, pues había un cordero entero asándose al palo para la cena del ogro.

Cuando empezaban a entrar en calor, oyeron tres o cuatro fuertes golpes en la puerta: era el ogro que regresaba. En el acto la mujer hizo que los niños se ocultaran debajo de la cama y fue a abrir la puerta. El ogro preguntó primero si la cena estaba lista, si habían sacado vino, y enseguida se sentó a la mesa. El cordero estaba aún sangrando, pero por eso mismo lo encontró mejor. Olfateaba a derecha e izquierda, diciendo que olía a carne fresca.

—Tiene que ser —le dijo su mujer— ese ternero que acabo de preparar lo que sientes.

—Huelo carne fresca, otra vez te lo digo —repuso el ogro, mirando de reojo a su mujer—. Aquí hay algo que no comprendo.

Al decir estas palabras, se levantó de la mesa y fue derecho a la cama.

—¡Ah! —dijo él—. Así me quieres engañar, maldita mujer. ¡No sé por qué no te como a ti también! Suerte para ti que eres una bestia vieja. Esta caza me viene muy a tiempo para festejar a tres ogros amigos que deben venir en estos días.

Sacó a los niños de debajo de la cama, uno tras otro. Los pobres se arrodillaron pidiéndole misericordia; pero estaban ante el más cruel de los ogros, quien, lejos de sentir piedad, los devoraba ya con los ojos y decía a su mujer que se convertirían en sabrosos bocados cuando ella les hiciera una buena salsa. Fue a coger un enorme cuchillo y, mientras se acercaba a los infelices niños, lo afilaba en una piedra que llevaba en la mano izquierda. Ya había cogido a uno de ellos cuando su mujer le dijo:

—¿Qué quieres hacer a esta hora? ¿No tendrás tiempo mañana por la mañana?

—Cállate —repuso el ogro—. Así estarán más tiernos.

—Pero todavía tienes tanta carne —replicó la mujer—. Hay un ternero, dos corderos y la mitad de un puerco.

—Tienes razón —dijo el ogro—. Dales una buena cena para que no adelgacen, y llévalos a acostarse.

La buena mujer se puso contentísima, y les trajo una buena comida, pero ellos no podían tragar de puro susto. En cuanto al ogro, siguió bebiendo, encantado de tener algo tan bueno para festejar a sus amigos. Bebió unos doce tragos más que de costumbre, que se le fueron un poco a la cabeza, obligándolo a ir a acostarse.

El ogro tenía siete hijas muy pequeñas todavía. Estas pequeñas ogresas tenían todas un lindo colorido, pues se alimentaban de carne fresca, como su padre; pero tenían ojitos grises muy redondos, nariz ganchuda y boca grande con unos afilados dientes muy separados uno de otro. Aún no eran malvadas del todo, pero prometían bastante, pues ya mordían a los niños para chuparles la sangre.

Las habían acostado temprano, y estaban las siete en una gran cama, cada una con una corona de oro en la cabeza. En el mismo cuarto había otra cama del mismo tamaño; ahí la mujer del ogro puso a dormir a los siete muchachos, después de lo cual se fue a acostar al lado de su marido.

Pulgarcito, que había observado que las hijas del ogro llevaban coronas de oro en la cabeza y, temiendo que el ogro se arrepintiera de no haberlos degollado esa misma noche, se levantó en mitad de la noche y, tomando los gorros de sus hermanos y el suyo, fue despacito a colocarlos en las cabezas de las niñas, después de haberles quitado sus coronas de oro, las que puso sobre la cabeza de sus hermanos y en la suya, a fin de que el ogro los tomara por sus hijas, y a sus hijas por los muchachos que quería degollar.

La cosa resultó tal como había pensado; pues el ogro, habiéndose despertado a medianoche, se arrepintió de haber dejado para el día siguiente lo que pudo hacer la víspera. Salió, pues, bruscamente de la cama, y cogiendo su enorme cuchillo:

—Vamos a ver —dijo— cómo están estos chiquillos; no lo dejemos para otra vez.

Subió entonces al cuarto de sus hijas y se acercó a la cama donde estaban los muchachos; todos dormían, menos Pulgarcito, que tuvo mucho miedo cuando sintió la mano del ogro que le tanteaba la cabeza, como había hecho con sus hermanos. El ogro, que sintió las coronas de oro:

—Verdaderamente —dijo— ¡buen trabajo habría hecho! Veo que anoche bebí demasiado.

Fue enseguida a la cama de las niñas donde, tocando los gorros de los muchachos:

—¡Ah! —exclamó—. ¡Aquí están nuestros mozuelos! Trabajemos con coraje.

Diciendo estas palabras, degolló sin trepidar a sus siete hijas. Muy satisfecho después de esta expedición, volvió a acostarse junto a su mujer.

Apenas Pulgarcito oyó los ronquidos del ogro, despertó a sus hermanos y les dijo que se vistieran rápido y lo siguieran. Bajaron muy despacio al jardín y saltaron por encima del muro. Corrieron durante toda la noche, tiritando siempre y sin saber a dónde se dirigían.

El ogro, al despertar, dijo a su mujer:

—Anda arriba a preparar a esos chiquillos de ayer.

Muy sorprendida quedó la ogresa ante la bondad de su marido, sin sospechar de qué manera entendía él que los preparara; y creyendo que le ordenaba vestirlos, subió, y cuál no sería su asombro al ver a sus siete hijas degolladas y nadando en sangre. Empezó por desmayarse (que es lo primero que discurren casi todas las mujeres en circunstancias parecidas). El ogro, temiendo que la mujer tardara demasiado en realizar la tarea que le había encomendado, subió para ayudarla. Su asombro no fue menor que el de su mujer cuando vio este horrible espectáculo.

—¡Ay, qué hice! —exclamó—. ¡Me la pagarán estos desgraciados, y en el acto!

Echó un tazón de agua en la nariz de su mujer, haciéndola volver en sí.

—Dame pronto mis botas de siete leguas —le dijo— para ir a atraparlos.

Se puso en campaña, y después de haber recorrido lejos de un lado a otro, tomó finalmente el camino por donde iban los pobres muchachos, que ya estaban a solo cien pasos de la casa de sus padres. Vieron al ogro ir de cerro en cerro, y atravesar ríos con tanta facilidad como si se tratara de arroyuelos. Pulgarcito, que descubrió una roca hueca cerca de donde estaban, hizo entrar a sus hermanos y se metió él también, sin perder de vista lo que hacía el ogro.

Éste, que estaba agotado de tanto caminar inútilmente (pues las botas de siete leguas son harto cansadoras), quiso reposar, y por casualidad fue a sentarse sobre la roca donde se habían escondido los muchachos. Como no podía más de fatiga, se durmió después de reposar un rato, y se puso a roncar en forma tan espantosa que los niños se asustaron igual que cuando sostenía el enorme cuchillo para cortarles el pescuezo.

Pulgarcito sintió menos miedo, y les dijo a sus hermanos que huyeran de prisa a casa mientras el ogro dormía profundamente y que no se preocuparan por él. Le obedecieron y partieron raudos.

Pulgarcito, acercándose al ogro, le sacó suavemente las botas y se las puso rápidamente. Las botas eran bastante anchas y grandes; pero como eran mágicas, tenían el don de adaptarse al tamaño de quien las calzara, de modo que se ajustaron a sus pies y a sus piernas como si hubiesen sido hechas a su medida. Partió derecho a casa del ogro, donde encontró a su mujer que lloraba junto a sus hijas degolladas.

—Su marido —le dijo Pulgarcito— está en grave peligro; ha sido capturado por una banda de ladrones que han jurado matarlo si él no les da todo su oro y su dinero. En el momento en que lo tenían con el puñal al cuello, me divisó y me pidió que viniera a advertirle del estado en que se encuentra, y a decirle que me dé todo lo que tenga disponible en la casa sin guardar nada, porque de otro modo lo matarán sin misericordia. Como el asunto apremia, quiso que me pusiera sus botas de siete leguas para cumplir con su encargo, también para que usted no crea que estoy mintiendo.

La buena mujer, asustadísima, le dio en el acto todo lo que tenía; pues este ogro no dejaba de ser buen marido, aun cuando se comiera a los niños. Pulgarcito, entonces, cargado con todas las riquezas del ogro, volvió a la casa de su padre, donde fue recibido con la mayor alegría.

Hay muchas personas que no están de acuerdo con esta última circunstancia y sostienen que Pulgarcito jamás cometió ese robo; que, por cierto, no tuvo ningún escrúpulo en quitarle las botas de siete leguas al ogro porque este las usaba solamente para perseguir a los niños. Estas personas aseguran saberlo de buena fuente, hasta dicen que lo saben por haber estado comiendo y bebiendo en casa del leñador. Aseguran que cuando Pulgarcito se calzó las botas del ogro, partió a la corte, donde sabían que estaban preocupados por un ejército que se hallaba a doscientas leguas y por el éxito de una batalla que se había librado. Cuentan que fue a ver al rey y le dijo que, si lo deseaba, él le traería noticias del ejército esa misma tarde. El rey le prometió una gruesa cantidad de dinero si cumplía con este cometido.

Pulgarcito trajo las noticias esa misma tarde y, habiéndose dado a conocer por este primer encargo, ganó todo lo que quiso; pues el rey le pagaba generosamente por transmitir sus órdenes al ejército. Además, una cantidad de damas le daban lo que él pidiera por traerles noticias de sus amantes, lo que le proporcionaba sus mayores ganancias. Había algunas mujeres que le encargaban cartas para sus maridos, pero le pagaban tan mal y representaban tan poca cosa, que ni se dignaba tomar en cuenta lo que ganaba por ese lado.

Después de hacer durante algún tiempo el oficio de correo y de haber amasado grandes bienes, regresó donde su padre, donde la alegría de volver a verlo es imposible de describir. Estableció a su familia con las mayores comodidades. Compró cargos recién creados para su padre y sus hermanos y así fue colocándolos a todos, formando a la vez con habilidad su propia corte.

MORALEJA

Nadie se lamenta de una larga descendencia
cuando todos los hijos tienen buena presencia,
son hermosos y bien desarrollados;
mas si alguno resulta enclenque o silencioso,
de él se burlan, lo engañan y se ve despreciado.
A veces, sin embargo, será este mocoso
el que a la familia ha de colmar de agrados.

RIQUET EL DEL COPETE

Había una vez una reina que dio a luz un hijo tan feo y tan contrahecho que mucho se dudó si tendría forma humana. Un hada, que asistió a su nacimiento, aseguró que el niño no dejaría de tener gracia, pues sería muy inteligente, y agregó que, en virtud del don que acababa de concederle, él podría darle tanta inteligencia como la propia a la persona que más quisiera.

Todo esto consoló un poco a la pobre reina, que estaba muy afligida por haber echado al mundo un bebé tan feo. Es cierto que este niño, no bien empezó a hablar, decía mil cosas lindas, y había en todos sus actos algo tan espiritual que irradiaba encanto. Olvidaba decir que vino al mundo con un copete de pelo en la cabeza, así que lo llamaron Riquet-el-del-Copete, pues Riquet era el nombre de familia.

Al cabo de siete u ocho años, la reina de un reino vecino dio a luz dos hijas. La primera que llegó al mundo era más bella que el día; la reina se sintió tan contenta que llegaron a temer que esta inmensa alegría le hiciera mal. Se hallaba presente la misma hada que había asistido al nacimiento del pequeño Riquet-el-del-Copete, y para moderar la alegría de la reina, le declaró que esta princesita no tendría inteligencia, que sería tan estúpida como hermosa. Esto mortificó mucho a la reina; pero algunos momentos después tuvo una pena mucho mayor, pues la segunda hija que dio a luz resultó extremadamente fea.

—No debe afligirse, señora —le dijo el hada—. Su hija tendrá una compensación: estará dotada de tanta inteligencia que casi no se notará su falta de belleza.

—Dios lo quiera —contestó la reina—; pero, ¿no hay forma de darle un poco de inteligencia a la mayor, que es tan hermosa?

—No tengo ningún poder, señora, en cuanto a la inteligencia, pero puedo todo por el lado de la belleza; y como nada dejaría yo de hacer por su satisfacción, le otorgaré el don de volver hermosa a la persona que le guste.

A medida que las princesas fueron creciendo, sus perfecciones crecieron con ellas y por doquier no se hablaba más que de la belleza de la mayor y de la inteligencia de la menor. Es cierto que también sus defectos aumentaron con la edad. La menor se ponía cada día más fea, y la mayor cada vez más estúpida. O no contestaba lo que le preguntaban, o decía una tontería. Era además tan torpe que no habría podido colocar cuatro porcelanas en el borde de una chimenea sin quebrar una, ni beber un vaso de agua sin derramar la mitad en sus vestidos.

Aunque la belleza sea una gran ventaja para una joven, la menor, sin embargo, se destacaba casi siempre sobre su hermana en las reuniones. Al principio, todos se acercaban a la mayor para verla y admirarla, pero muy pronto iban al lado de la más inteligente para escucharla decir mil cosas ingeniosas; y era motivo de asombro ver que en menos de un cuarto de hora la mayor no tenía ya a nadie a su lado y que todo el mundo rodeaba a la menor. La mayor, aunque era bastante tonta, se daba cuenta, y habría dado sin pena toda su belleza por tener la mitad del ingenio de su hermana.

La reina, aunque era muy prudente, no podía a veces dejar de reprocharle su tontería, con lo que esta pobre princesa casi se moría de pena. Un día que se había refugiado en un bosque para desahogar su desgracia, vio acercarse a un hombre bajito, muy feo y de aspecto desagradable, pero ricamente vestido. Era el joven príncipe Riquet-el-del-Copete que, habiéndose enamorado de ella por sus retratos que circulaban profusamente, había partido del reino de su padre para tener el placer de verla y de hablar con ella.

Encantado de encontrarla así, completamente sola, la abordó con todo el respeto y cortesía imaginables.

Habiendo observado, luego de decirle las amabilidades de rigor, que ella estaba bastante melancólica, le dijo:

—No comprendo, señora, cómo una persona tan bella como usted puede estar tan triste como parece; pues, aunque puedo vanagloriarme de haber visto una infinidad de personas hermosas, debo decir que jamás he visto a alguien cuya belleza se acerque a la suya.

—Usted lo dice por cortesía, señor —contestó la princesa, y no siguió hablando.

—La belleza —replicó Riquet-el-del-Copete— es una ventaja tan grande que compensa todo lo demás; y cuando se tiene, no veo que haya nada capaz de afligirnos.

—Preferiría —dijo la princesa— ser tan fea como usted y tener inteligencia, que tener tanta belleza como yo y ser tan estúpida como soy.

—Nada hay, señora, que denote más inteligencia que creer que no se tiene, y es de la naturaleza misma de este bien que, mientras más se tiene, menos se cree tener.

—No sé nada de eso —dijo la princesa—, pero sí sé que soy muy tonta, y de ahí viene esta pena que me mata.

—Si es solo eso lo que le aflige, puedo fácilmente poner fin a su dolor.

—¿Y cómo lo hará? —dijo la princesa.

—Tengo el poder, señora —dijo Riquet-el-del-Copete— de otorgar cuanta inteligencia es posible a la persona que más llegue a amar, y como es usted, señora, esa persona, de usted dependerá tener tanto ingenio como se puede tener, si consiente en casarse conmigo.

La princesa quedó atónita y no contestó nada.

—Veo —dijo Riquet-el-del-Copete— que esta proposición le causa pena, y no me extraña; pero le doy un año entero para decidirse.

La princesa tenía tan poca inteligencia, y a la vez tantos deseos de tenerla, que se imaginó que el término del año no llegaría nunca; de modo que aceptó la proposición que se le hacía.

Tan pronto como prometiera a Riquet-el-del-Copete que se casaría con él dentro de un año exactamente, se sintió como otra persona; le resultó increíblemente fácil decir todo lo que quería, y decirlo de una manera fina, suelta y natural. Desde ese mismo instante, inició con Riquet-el-del-Copete una conversación graciosa y sostenida, en la que se lució tanto que Riquet-el-del-Copete pensó que le había dado más inteligencia de la que había reservado para sí mismo.

Cuando ella regresó al palacio, en la corte no sabían qué pensar de este cambio tan repentino y extraordinario, ya que por todas las sandeces que se le habían oído anteriormente, se le escuchaban ahora otras tantas cosas sensatas y sumamente ingeniosas. Toda la corte se alegró a más no poder; solo la menor no estaba muy contenta, pues, no teniendo ya sobre su hermana la ventaja de la inteligencia, a su lado no parecía ahora más que una alimaña desagradable. El rey tomaba en cuenta sus opiniones y aun a veces celebraba el consejo en sus aposentos.

Habiéndose difundido la noticia de este cambio, todos los jóvenes príncipes de los reinos vecinos se esforzaban por hacerse amar, y casi todos la pidieron en matrimonio; pero ella encontraba que ninguno tenía inteligencia suficiente y los escuchaba a todos sin comprometerse. Sin embargo, se presentó un pretendiente tan poderoso, tan rico, tan genial y tan apuesto, que no pudo refrenar una inclinación hacia él. Al notarlo, su padre le dijo que ella sería dueña de elegir a su esposo y no tenía más que declararse. Pero como mientras más inteligencia se tiene más cuesta tomar una resolución definitiva en esta materia, ella, luego de agradecer a su padre, le pidió un tiempo para reflexionar.

Fue casualmente a pasear por el mismo bosque donde había encontrado a Riquet-el-del-Copete, a fin de meditar con tranquilidad sobre lo que haría. Mientras se paseaba, hundida en sus pensamientos, oyó un ruido sordo bajo sus pies, como de gente que va y viene y está en actividad. Escuchando con atención, oyó que alguien decía: "Tráeme esa marmita"; otro: "Dame esa caldera"; y otro más: "Echa leña a ese fuego". En ese momento, la tierra se abrió, y pudo ver, bajo sus pies, una especie de enorme cocina llena de cocineros, pinches y toda clase de servidores como para preparar un magnífico festín. Salió de allí un grupo de unos veinte encargados de las carnes, que fueron a instalarse en un camino del bosque, alrededor de un largo mesón; quienes, tocino en mano y cola de zorro en la oreja, se pusieron a trabajar rítmicamente al son de una armoniosa canción.

La princesa, asombrada ante tal espectáculo, les preguntó para quién estaban trabajando.

—Es —contestó el que parecía el jefe— para el príncipe Riquet-el-del-Copete, cuyas bodas se celebrarán mañana.

La princesa, más asombrada aún, y recordando de pronto que ese día se cumplía un año desde que había prometido casarse con el príncipe Riquet-el-del-Copete, casi se cayó de espaldas. No lo recordaba porque, cuando hizo tal promesa, era estúpida, y al recibir la inteligencia que el príncipe le diera, había olvidado todas sus tonterías.

No había alcanzado a caminar treinta pasos continuando su paseo, cuando Riquet-el-del-Copete se presentó ante ella, elegante, magnífico, como un príncipe que se va a casar.

—Aquí me ve, señora —dijo él—, puntual para cumplir con mi palabra, y no dudo que usted esté aquí para cumplir con la suya y, al concederme su mano, hacerme el más feliz de los hombres.

—Le confieso francamente —respondió la princesa— que aún no he tomado una resolución al respecto, y no creo que jamás pueda tomarla en el sentido que usted desea.

—Me sorprende, señora —le dijo Riquet-el-del-Copete.

—Pues eso creo —replicó la princesa— y seguramente si tuviera que habérmelas con un patán, un hombre sin finura, estaría muy confundida. "Una princesa no tiene más que una palabra, me diría él, y se casará conmigo puesto que así lo prometió." Pero como el que está hablando conmigo es el hombre más inteligente del mundo, estoy segura de que atenderá razones. Usted sabe que cuando yo era solo una tonta, no pude resolverme a aceptarlo como esposo; ¿cómo quiere que, teniendo ahora la lucidez que usted me ha otorgado, que me ha hecho aún más exigente respecto a las personas, tome hoy una resolución que no pude tomar en aquella época? Si pensaba casarse conmigo de todos modos, ha hecho mal en quitarme mi simpleza y permitirme ver más claro que antes.

—Puesto que un hombre sin genio —respondió Riquet-el-del-Copete— estaría en su derecho, según acaba de decir, de reprochar su falta de palabra, ¿por qué quiere, señora, que no haga yo lo mismo en algo que significa toda la dicha de mi vida? ¿Es acaso razonable que las personas dotadas de inteligencia estén en peor condición que los que no la tienen? ¿Puede pretenderlo usted, que tiene tanta y que tanto deseó tenerla? Pero vamos a los hechos, por favor. Aparte de mi fealdad, ¿hay alguna cosa en mí que le desagrade? ¿Le disgustan mi origen, mi carácter, mis modales?

—De ningún modo —contestó la princesa—. Me agrada en usted todo lo que acaba de decir.

—Si es así —replicó Riquet-el-del-Copete—, seré feliz, ya que usted puede hacer de mí el más atrayente de los hombres.

—¿Cómo puedo hacerlo? —le dijo la princesa.

—Ello es posible —contestó Riquet-el-del-Copete— si me ama lo suficiente como para desear que así sea; y para que no dude, señora, ha de saber que la misma hada que al nacer yo me otorgó el don de hacer inteligente a la persona que yo quisiera, le otorgó a usted el don de darle belleza al hombre que ame, si quisiera concederle tal favor.

—Si es así —dijo la princesa—, deseo con toda mi alma que se convierta en el príncipe más hermoso y más atractivo del mundo; y le hago este don en la medida en que soy capaz.

Apenas la princesa hubo pronunciado estas palabras, Riquet-el-del-Copete pareció ante sus ojos el hombre más hermoso, más apuesto y más agradable que jamás hubiera visto. Algunos aseguran que no fue el hechizo del hada, sino el amor lo que operó esta metamorfosis. Dicen que la princesa, habiendo reflexionado sobre la perseverancia de su amante, sobre su discreción y todas las buenas cualidades de su alma y de su espíritu, ya no vio la deformidad de su cuerpo, ni la fealdad de su rostro; que su joroba ya no le pareció sino la postura de un hombre que se da importancia, y su cojera, tan notoria hasta entonces a los ojos de ella, la veía ahora como un ademán; que sus ojos bizcos le parecían aún más penetrantes, en cuya alteración veía el signo de un violento exceso de amor y, por último, que su gruesa nariz enrojecida tenía algo de heroico y marcial.

Como fuera, la princesa le prometió en el acto que se casaría con él, siempre que obtuviera el consentimiento del rey su padre.

El rey, sabiendo que su hija sentía gran estimación por Riquet-el-del-Copete, a quien, por lo demás, él consideraba un príncipe muy inteligente y muy sabio, lo recibió complacido como yerno.

Al día siguiente mismo se celebraron las bodas, tal como Riquet-el-del-Copete lo tenía previsto y de acuerdo a las órdenes que había impartido con mucha anticipación.

MORALEJA

Lo que observamos en este cuento
más que ficción es verdad pura:
en quien amamos vemos talento,
todo lo amado tiene hermosura.

OTRA MORALEJA

En alguien puede la naturaleza
haber puesto colorido y belleza
que jamás el arte logrará igualar.
Mas para conmover a un corazón sensible
menos puede ese don que la gracia invisible
que el amor llega a detectar.

SEGUNDA PARTE: RUDYARD KIPLING

EL BARCO QUE SE ENCONTRÓ A SÍ MISMO

Aquí estamos, ahora cautivos
a nuestro trabajo dispuestos, sin fatiga.
Vean ahora cómo es más de bendición,
hermanos, dar que recibir.
Mantengan la confianza, doquiera que hayan sido hechos.
Paguen lo que deben;
pues un impulso claro y el acabado de la pala
nos llevarán a donde debemos ir.

La canción de los motores

Era su primer viaje, y aunque solo se trataba de un vapor de carga de mil doscientas toneladas, era el mejor de los de su tipo, el resultado de cuarenta años de experimentos y mejoras en estructura y maquinaria; sus constructores y propietario le tenían tanta estima como si se tratara del *Lucania*. Cualquiera puede hacer un hotel flotante que sea rentable si se gasta el dinero suficiente en los salones y cobra por los baños privados, suites, etcétera; pero en estos tiempos de competencia y fletes de precios bajos, cada centímetro cuadrado de un barco de carga debe estar construido para que resulte barato, tenga gran capacidad y una cierta velocidad uniforme. Este barco debía de tener unos setenta metros de largo y diez de ancho, y había sido organizado de manera que podía transportar ganado vacuno en la cubierta principal y ovejas en la superior si así se deseaba; pero su mayor gloria era la cantidad de carga que podía almacenar en sus bodegas.

Sus propietarios, una empresa escocesa muy conocida, lo acompañaron desde el norte, donde había sido botado, bautizado y equipado, hasta Liverpool, donde iba a recoger carga para Nueva York, y la hija del dueño, la señorita Frazier, iba de aquí para allá sobre las limpias cubiertas, admirando la pintura nueva y los objetos de cobre, los elevadores abiertos y sobre todo la proa fuerte y recta sobre la que había roto una botella de champán cuando le puso al vapor el nombre de *Dimbula*. Era una hermosa tarde de septiembre y el barco, tan reciente, pintado de color plomizo con la chimenea roja, parecía realmente hermoso. Ondeaba su bandera de armador y contestaba de vez en cuando con el silbato a los saludos de barcos amigables que sabían que era nuevo en los mares altos y estrechos y deseaban darle la bienvenida.

—Ahora es ya un barco verdadero, ¿no es cierto? —preguntó complacida al patrón la señorita Frazier—. Parece que fue ayer cuando mi padre lo encargó, y ahora… ahora… ¡es tan bello!

La joven estaba orgullosa de la empresa y hablaba como si fuera la socia directora.

—No está mal, no —respondió precavidamente el patrón—. Pero lo que yo digo es que, para que un barco se haga, hace falta algo más que bautizarlo. Según la naturaleza de las cosas, si me sigue, señorita Frazier, solo son hierros, remaches y planchas puestos en forma de barco. Todavía tiene que encontrarse a sí mismo.

—Pensaba que mi padre había dicho que estaba excepcionalmente bien construido.

—Y lo está —intervino el patrón riendo—. Pero eso se refiere a la manera en que lo montamos, señorita Frazier. Todo está aquí, pero sus partes no han aprendido a trabajar juntas. No han tenido esa posibilidad.

—Las máquinas funcionan maravillosamente. Las puedo oír.

—Ciertamnte, así es. Pero un barco tiene algo más que máquinas. Tiene que entender que cada centímetro de él ha de ser estimulado a trabajar con su vecino… podríamos decir que a congeniar técnicamente.

—¿Y cómo conseguirá eso? —preguntó la joven.

—Lo único que podemos hacer es impulsarlo y dirigirlo; ¡pero si en este viaje tenemos mal tiempo, como es probable que suceda, aprenderá el resto por sí solo! Pues observará, señorita Frazier, que un barco no es en absoluto un cuerpo rígido cerrado por ambos extremos. Es una estructura muy compleja de varias tensiones en conflicto, con tejidos que deben dar y recibir de acuerdo con sus módulos de elasticidad personales.

—Le estaba diciendo ahora mismo a la señorita Frazier que nuestro pequeño Dimbula todavía tiene que suavizarse, y que eso solo lo logrará con una tempestad. ¿Cómo van tus motores, Buck? —dijo en ese momento el patrón al ver acercarse al señor Buchanan, el primer maquinista.

—Bastante bien, todo a su nivel, desde luego; pero aún no existe espontaneidad —y en ese momento se dirigió a la joven—. Acepte ahora mis palabras, señorita Frazier, pues probablemente las comprenderá más tarde; el hecho de que una guapa joven bautice un barco no significa que exista realmente un barco debajo de los pies de los hombres que en él trabajan.

—Eso mismo le estaba diciendo yo, señor Buchanan —interrumpió el patrón.

—Eso es más metafísico de lo que yo puedo entender —replicó la señorita Frazier echándose a reír.

—¿Y por qué? Usted es una buena escocesa, yo conocía al padre de su madre, que era de Dumfries, y tiene derecho de nacimiento a la metafísica, señorita Frazier, tanto como al Dimbula —dijo el maquinista.

—Bueno, tenemos que meternos en aguas profundas para ganarle los dividendos a la señorita Frazier. ¿Querrá venir a mi camarote para el té? —preguntó el patrón—. Estaremos en el muelle para la noche, y cuando regrese usted a Glasgie podrá pensar en nosotros cargando el barco y conduciéndolo lejos... todo en su beneficio.

En los siguientes días estibaron unas dos mil toneladas de carga fija en el Dimbula y partieron de Liverpool. En cuanto encontró la elevación del mar abierto, como era natural, el barco empezó a hablar. Si la próxima vez que esté usted en un vapor pega el oído al costado del camarote, escuchará cientos de vocecitas procedentes de todas las direcciones, que se estremecen, zumban, susurran, chasquean, gorgotean y sollozan exactamente igual que un teléfono en una tormenta con aparato eléctrico. Los barcos de madera chillan y gruñen, pero los de hierro palpitan y se estremecen a lo largo de sus cientos de cuadernas y miles de remaches. El Dimbula estaba fuertemente construido, y cada una de sus piezas tenía una letra o número, o ambas cosas, para describirla; y cada una había sido colocada a martillazos, o forjándola, o había sido taladrada o enroscada por el hombre, y había vivido durante meses en el estruendo y el fragor del astillero. Por ello cada una de las piezas tenía su voz distinta en proporción exacta con los esfuerzos que había costado.

Como norma general el hierro colado dice muy poco; en cambio, las planchas de acero suave y las vigas y cuadernas de hierro forjado que han sido sometidas a muchas flexiones, soldaduras y remaches hablan continuamente. Evidentemente su conversación no es la mitad de sabia que la humana, pues aunque las piezas no lo sepan, todas están unidas unas con otras en una negra oscuridad, donde no pueden saber lo que está sucediendo cerca de ellas ni lo que pasará en el momento siguiente.

En cuanto se alejó de la costa irlandesa, una ola atlántica hosca y de cresta gris se subió pausadamente sobre su proa recta y se aposentó sobre el cabrestante de vapor que se utilizaba para izar el ancla. El cabrestante y el motor que lo movía acababan de ser pintados de rojo y de verde, y además, a nadie le gusta que le den un chapuzón.

—No vuelvas a hacer eso —barbotó el cabrestante a través de sus dientes de ruedas.

La ola se había caído hacia un lado con un gorgoteo y una risa ahogada.

—Pero hay muchas más allí de donde yo vengo —dijo una ola hermana cayendo sobre el cabrestante, el cual estaba firmemente atornillado sobre una plancha de hierro situada en el bao de cubierta inferior.

—¿Es que no pueden estarse quietas allá arriba? —preguntaron las vigas del bao de cubierta—. ¿Pero qué es lo que les pasa? ¡Un momento pesan el doble de lo que deberían, y al momento siguiente ya no!

—No es culpa mía —contestó el cabrestante—. Ahí fuera hay un animal de color verde que viene y me golpea en la cabeza.

—Eso se lo cuentas a los carpinteros de ribera. Llevabas en tu puesto varios meses sin que nunca te hubieras meneado así. Si no eres cuidadoso nos deformarás.

—Hablando de deformar —intervino una voz baja, ronca y desagradable—. ¿Se dan cuenta alguno de ustedes, me refiero a las vigas del bao, de que sus feísimas rodillas da la casualidad de que están remachadas en nuestra estructura… la nuestra?

—¿Y quién eres tú? —preguntaron las vigas del bao.

—Oh, nadie en particular —respondió—. Solo somos las traviesas de babor y estribor de la cubierta superior; y si persisten en izarse y levantarse de ese modo, sintiéndolo mucho nos veremos obligadas a tomar medidas.

Las traviesas del barco son unas vigas de hierro alargadas, por así decirlo, que corren longitudinalmente de popa a proa. Mantienen en su sitio las estructuras de hierro (lo que llamamos las cuadernas de un barco de madera), y ayudan también a sujetar los extremos de las vigas del bao, que van de un lado a otro del barco. Las traviesas, por ser tan alargadas, se creen siempre las más importantes.

—Así que vais a tomar medidas, ¿no es así? —preguntó un rumor que produjo un largo eco. Procedía de las estructuras, de las que había docenas y docenas cada una separada por unos doscientos cincuenta metros de la siguiente, y remachada en las traviesas por cuatro sitios—. Pues nos parece que en ese caso vas a tener algunos problemas.

En ese momento miles y miles de remaches que lo mantenían todo unido susurraron:

—Los tendréis. ¡Los tendréis! Dejad de temblar y quedaos quietas. ¡Sujetad, hermanos! ¡Sujetad! ¡Ponches! ¿Qué es eso?

Como los remaches no tenían dientes, no podían castañetear de miedo; pero se esforzaron para producir una agitada sacudida que recorrió el barco de popa a proa moviéndolo como si fuera una rata en la boca de un terrier. Un cabeceo inusualmente fuerte, pues el mar estaba creciendo, había levantado la enorme y palpitante hélice casi hasta la superficie y ahora giraba en una especie de agua de soda, mitad agua y mitad aire, a mucha mayor rapidez de lo que era adecuado porque no tenía agua profunda en la que trabajar. Cuando volvió a hundirse, los motores —que eran de triple expansión, con tres cilindros en fila, resoplaron a través de sus tres pistones.

—Eh, el de ahí fuera, ¿ha sido eso una broma? Pues es inusualmente mala. ¿Cómo vamos a realizar nuestro trabajo si sueltas el mango de esa manera?

—No lo solté —respondió la hélice dando vueltas en seco al final del eje—. Si lo hubiera hecho, ahora seríais chatarra. El mar desapareció debajo de mí y no tenía nada adonde agarrarme. Eso es todo.

—¿Que eso es todo, dices? —preguntó la chumacera de empuje, que es la que se encarga de impulsar la hélice; pues si una hélice no tuviera nada que la sujetara por detrás acabaría metiéndose en la sala de máquinas. (Esa sujeción por detrás de la acción de la hélice es la que da el impulso a un barco)—. Sé que hago mi trabajo aquí abajo, sin que nadie me vea, pero te advierto que espero justicia. Lo único que pido es simple justicia. ¿No podrías impulsarte hacia adelante de manera uniforme, en lugar de zumbar como un tiovivo produciendo calor debajo de mis cilindros?

La chumacera de empuje tenía seis cilindros, todos ellos revestidos de metal, y no le gustaba que se calentaran. En ese momento, todos los cojinetes que servían de apoyo a los quince metros del eje de la hélice cuando ésta se metía en la popa susurraron:

—Justicia: danos justicia.

—Solo puedo daros lo que yo consigo —respondió la hélice—. ¡Cuidado! ¡Vuelve otra vez!

Se elevó con un estruendo mientras el Dimbula se sumergía y los motores seguían adelante furiosamente con un "chaf.. paf… chaf.. chaf", pues encontraban poca resistencia.

—Soy el más noble resultado del ingenio humano; así lo dice el señor Buchanan —gritó el cilindro de alta presión—. ¡Esto resulta verdaderamente ridículo! —siguió gritando salvajemente el pistón, ahogándose, pues la mitad del vapor que tenía detrás se había mezclado con agua sucia—. ¡Ayuda! ¡Aceitador! ¡Ajustador! ¡Fogonero! Me ahogo —añadió jadeando—. Jamás en la historia de la invención marítima le ha sucedido tal calamidad a alguien tan joven y fuerte. Y si yo me muero, ¿quién impulsará el barco?

—¡Chis, chis! —susurró el vapor, quien desde luego ya había estado en el mar muchas veces antes. Solía pasar sus horas de ocio en tierra en una nube, un arroyo, un macetero o una tormenta eléctrica, o en cualquier otro lugar en el que se necesitara agua—. Solo es un poco de preparación, un poco de resistencia tal como lo llaman. Estará así toda la noche. No digo que sea agradable, pero es lo mejor que podemos hacer dadas las circunstancias.

—¿Y qué importancia pueden tener las circunstancias? Yo estoy aquí para hacer mi trabajo con un vapor limpio y seco. ¡Que el viento se lleve las circunstancias! —rugió el cilindro.

—Las circunstancias asistirán al viento. He trabajado en el Atlántico Norte muchas veces y va a ponerse feo antes de la mañana.

—Pues no es que ahora haya una calma penosa —intervinieron las estructuras extrafuertes (recibían el nombre de bulárcamas) de la sala de motores—. Hay un impulso ascendente que no entendemos, y un torcimiento que es muy malo para nuestras fijaciones y chapas romboidales, y después del torcimiento viene una especie de tirón oeste-norte oeste que nos molesta seriamente. Mencionamos esto porque resulta que hemos costado muchísimo dinero, y estamos convencidos de que al propietario no le gustará que seamos tratados de esta manera tan frívola.

—Me temo que por el momento el asunto está fuera de las manos del propietario —intervino el vapor deslizándose en el condensador—. Estáis en vuestras propias manos hasta que mejore el tiempo.

—A mí el tiempo no me importa—dijo desde abajo una voz baja y plana—. Lo que me está rompiendo el corazón es esta maldita carga. Soy la traca de aparadura, y debo saber algo puesto que mi tamaño dobla el de casi todas las otras.

La traca de aparadura es la plancha más baja del fondo del barco, y la del Dimbula era de acero suave y media casi veinte milímetros.

—El mar me empuja hacia arriba de una manera que nunca habría esperado —gruñó la traca—, pero la carga me empuja hacia abajo, y entre los dos no sé lo que se supone debo hacer.

—En caso de duda, resiste —rugió el vapor dirigiéndose a las calderas.

—Sí, pero aquí abajo solo hay oscuridad, frío y apresuramiento; ¿cómo voy a saber si las otras planchas están cumpliendo su deber? He oído decir que las chapas de amurada no tienen más que ocho milímetros de espesor… yo diría que resulta escandaloso.

—Estoy de acuerdo contigo —dijo una enorme bulárcama de la escotilla de carga principal. Era más alta y gruesa que las demás, y se curvaba en la mitad del barco en forma de medio arco sujetando la cubierta donde había estado el bao cuando la carga subía y bajaba—. Trabajo sin el menor apoyo, y observo que soy la única fuerza de este barco hasta donde me alcanza la vista. Te aseguro que la responsabilidad es enorme. Creo que el valor de la carga en dinero supera las ciento cincuenta mil libras. ¡Piensa en ello!

—Y cada una de las libras depende de mi esfuerzo personal —intervino una válvula de toma de aguas marina que comunicaba directamente con el agua exterior y estaba asentada no muy lejos de la traca de aparadura—. Me regocijo al pensar que soy una válvula Prince-Hyde, con las mejores cubiertas de caucho Pará. Me protegen cinco patentes, esto lo menciono sin orgullo, cinco patentes diferentes, cada una mejor que la otra. De momento estoy atornillada. Si me abriera, os hundiríais inmediatamente. ¡Esto es incontrovertible!

Los objetos patentados utilizan siempre las palabras más largas que pueden. Es un truco que han aprendido de sus inventores.

—Eso sí que es nuevo —exclamó una gruesa bomba de sentina centrífuga—. Pues yo tenía la idea de que te empleaban para limpiar la cubierta y cosas así. Al menos yo te he utilizado para eso más de una vez. He olvidado el número exacto de litros, varios miles, que se me permite arrojar por hora; pero os aseguro, mis quejosos amigos, que no existe el menor peligro. Yo sola soy capaz de eliminar toda cantidad de agua que pueda llegar hasta aquí. ¡Por las Máximas Entregas, la arrojaremos!

El mar se estaba poniendo a punto. Soplaba un fuerte viento del oeste bajo jirones de cielo verde estrechados por todas partes por gruesas nubes grises; y el viento mordía como pinzas, desgastando la espuma y convirtiéndola en encaje en los costados de las olas.

—Te digo que es eso —telefoneaba el trinquete a sus refuerzos metálicos—. Estoy aquí arriba y puedo tener una visión desapasionada de las cosas. Se trata de una conspiración organizada contra nosotros. Estoy seguro de ello porque todas y cada una de estas olas se dirigen hacia nuestra proa. El mar entero está comprometido en ello, lo mismo que el viento. ¡Es horrible!

—¿Qué es lo que es horrible? —preguntó una ola ahogando al cabrestante por centésima vez.

—Esta conspiración que habéis organizado —contestó ahogándose el cabrestante y poniéndose de parte del mástil.

—¡Burbujas y rocío marino organizados! Ha habido una depresión en el Golfo de México. ¡Excusadme!

Saltó por encima de la borda, pero sus amigas se fueron pasando la historia unas a otras.

—Que ha avanzado… —dijo una ola que elevó sus aguas verdes por encima de la chimenea.

—Hasta el Cabo de Hatteras… —añadió anegando el puente.

—Y ahora va al mar… al mar… al mar —la tercera se convirtió en tres oleadas que hicieron un barrido limpio de un barco, el cual se puso boca abajo y se hundió en la oscuridad de cabo a rabo mientras las cascadas que se formaron azotaban los pescantes.

—Esto es todo lo que hay —dijo el agua blanca, como hirviendo, rugiendo a través de los imbornales—. En nuestros actos no hay intención alguna. Tan solo somos corolarios meteorológicos.

—¿Y va a ponerse peor? —preguntó el ancla de proa encadenada a la cubierta, donde solo podía respirar una vez cada cinco minutos.

—No lo sabemos, es imposible decirlo. El viento puede soplar un poco a medianoche. Pero muy agradecida. Adiós.

La ola que hablaba con tanta cortesía recorrió alguna distancia y se encontró revuelta en el centro de cubierta, una especie de depresión entre las altas amuras. Una de las planchas de amura, que oscilaba sobre goznes para abrirse hacia el exterior, se había abierto y con un chasqueo limpio devolvía al mar el agua que había entrado.

—Es evidente que me han hecho para esto —dijo la plancha volviendo a cerrarse con un chasquido de orgullo—. ¡Oh no, por favor no lo hagas, amiga mía!

La cresta de una ola intentaba penetrar desde el exterior, pero como la plancha no podía abrirse en esa dirección, el agua, derrotada, retrocedió.

—No está mal para tener un grosor de ocho milímetros —comentó la plancha de amura—. Veo que mi trabajo está pensado para la noche —añadió y empezó a abrirse y cerrarse con el movimiento del barco, tal como tenía que hacer.

—No podrás decir que estamos ociosas —gruñeron todas las estructuras juntas cuando el Dimbula se subió sobre una ola grande, quedó de costado sobre la cresta y se lanzó sobre la depresión siguiente, girando en el descenso. El agua creció enormemente bajo su área media, por lo que proa y popa quedaron libres sin nada que les apoyara. Entonces, una ola juguetona le empujó por la proa, y otra por la popa, mientras el resto del agua se apartaba de debajo solo para ver cómo actuaba; de modo que quedó sostenida solo por los dos extremos, y el peso de la carga y la maquinaria recayó sobre las vagras de pantoque.

—¡Aflojad! ¡Aflojad los que estáis ahí! —rugió la traca de aparadura—. Quiero tres milímetros de juego limpio. ¿Me oís, remaches?

—¡Aflojad! ¡Aflojad! —gritaron las vagras de pantoque—. ¡No nos empujéis con tanta fuerza contra las estructuras!

—¡Aflojad! —gruñeron las tablas del bao de cubierta cuando el Dimbula empezó a girar de manera temible—. Nos aplastáis las rodillas contra las vagras, y no podemos movernos. Aflojad, estorbos de cabeza plana.

En ese momento dos mares convergentes chocaron contra la proa, uno por cada lado, dividiéndose en torrentes estruendosos.

—¡Aflojad! —rugió el mamparo de colisión delantero—. Quiero recogerme, pero me encuentro atrapado en todas las direcciones. Aflojad, sucias virutas de forja. ¡Dejadme respirar!

Los cientos de planchas que están sujetos con remaches a las estructuras, y forman la piel exterior de un vapor, repitieron como un eco la llamada, pues cada plancha quería moverse y deslizarse un poco, y cada plancha, de acuerdo con su posición, se quejaba contra los remaches.

—¡No podemos evitarlo! ¡No podemos! —murmuraron los remaches a modo de respuesta—. Estamos aquí para manteneros fijas, y vamos a hacerlo; nunca tiráis de nosotros dos veces en la misma dirección. Si nos dijerais qué es lo que ibais a hacer en el momento siguiente, trataríamos de adaptarnos a vuestras ideas.

—Por lo que yo puedo sentir, cada hierro que está cerca de mí empuja o tira en direcciones opuestas —dijo la plancha de la cubierta superior, y eso que tenía un espesor de cien milímetros—. ¿Qué sentido tiene eso? Amigos míos, tiremos todos juntos.

—Tira en la dirección que más te guste, con tal de que no trates de experimentar sobre mí—rugió la chimenea—. Para mantenerme fija necesito siete cuerdas metálicas tirando de mí en direcciones distintas. ¿No es así?

—¡Te creemos, joven! —silbaron los refuerzos de la chimenea por entre sus dientes apretados, vibrando por causa del viento desde la parte superior de la chimenea hasta la cubierta.

—¡Absurdo, absurdo! Debemos tirar todos juntos —repitieron las cubiertas—. Tirar todos juntos a lo largo.

—Muy bien, entonces deja de tirar hacia los lados cada vez que te entra agua —dijeron los trancaniles—. Contentaos con ir graciosamente hacia delante y atrás y curvaos en los extremos como hacemos nosotros.

—¡No, sin curvas en los extremos! Una curva muy ligera y bien hecha de un lado al otro, con un buen agarre en cada rodilla, y pequeñas piezas soldadas encima—dijeron las vigas de cubierta.

—¡Qué disparate! —gritaron las columnas de hierro de la bodega profunda y oscura—. ¿Quién ha oído hablar nunca de curvas? Hay que estar bien rectos; ser una columna absolutamente redonda y soportar toneladas de peso sólido… ¡así! ¡Atención allí! —exclamaron cuando la mar gruesa chocó con la cubierta superior y las columnas se pusieron rígidas por la carga.

—Estar rígido de arriba abajo no está mal —intervinieron las estructuras que iban en esa dirección a los lados del barco—, pero también hay que expandirse hacia los lados. La expansión es la ley de la vida, hijos. ¡Abiertos hacia fuera! ¡Abiertos hacia fuera!

—¡Regresad! —dijeron con un grito salvaje las vigas de cubierta cuando el impulso ascendente del mar trataba de abrir las estructuras—. ¡Regresad a vuestros cojinetes, hierros de mandíbulas flojas!

—¡Rigidez! ¡Rigidez! ¡Rigidez! —aporreaban los motores—. ¡Una rigidez absoluta e invariable! ¡Rigidez!

—¡Ya veis! —gimieron a coro los remaches—. No hay dos de vosotros que hayan tirado nunca así, y.. y nos culpáis de todo a nosotros. Lo único que sabemos es cómo traspasar una plancha y agarrar por ambos lados para que no pueda moverse, no deba moverse y no se mueva.

—En todo caso solo tengo de huelgo una fracción de pulgada —dijo triunfante la traca de aparadura—. Así que tenía huelgo, y todo el fondo del buque se sintió más tranquilo por ello.

—Pues nosotros no servimos —sollozaron por su parte los remaches del fondo—. Se nos había ordenado… ordenado, que no cediéramos nunca; ¡y estamos cediendo, así que el mar entrará y nos iremos todos juntos al fondo! Primero se nos culpaba de todo lo desagradable, y ahora no tenemos el consuelo de haber hecho nuestro trabajo.

—No digáis que no os lo dije —susurró consoladoramente el vapor—. Pero, entre vosotros y yo y la última nube de la que procedo, tenía que suceder más pronto o más tarde. Teníais que ceder una fracción, y la habéis cedido sin saberlo. Ahora, a sujetar como antes.

—¿Y de qué va a servir? —preguntaron varios cientos de remaches—. Hemos cedido… hemos cedido; y cuanto antes confesemos que no podemos mantener unido el barco, y nos salgamos de nuestras pequeñas cabezas, más sencillo será todo. No hay remache forjado que pueda soportar esta tensión.

—Un remache solo no está pensado para eso. Compartidlo entre todos —respondió el vapor.

—Los otros pueden quedarse con mi parte. Yo voy a salirme —dijo un remache situado en una de las planchas delanteras.

—Si lo haces, los otros te seguirán —silbó el vapor—. En un barco no hay nada tan contagioso como el que los remaches empiecen a salirse. Conocí a un chavalillo como tú —aunque tenía un grosor de tres milímetros— que estaba en un vapor —me acuerdo con certeza de que era solo de novecientas toneladas, ahora que pienso en ello— situado exactamente en el mismo lugar que tú. Se salió en medio de una burbuja marina, ni la mitad de mala que ésta, y entonces empezaron a hacer lo mismo todos sus amigos de la misma cubrejunta, con lo que las planchas se abrieron como la puerta de un horno y yo tuve que ascender al banco de niebla más cercano mientras el barco se sumergía.

—Eso sí que resulta especialmente desagradable —dijo el remache—. ¿Más grueso que yo y en un vapor de la mitad de nuestro tonelaje? ¡Valiente clavija delgaducha! Siento vergüenza por la familia, señor —añadió asentándose con mayor firmeza que nunca en su lugar, mientras el vapor sofocaba una risa.

—Ya ves —siguió diciendo con gravedad—, un ribete, y sobre todo uno que esté en tu posición, realmente es la única parte indispensable del barco.

El vapor no añadió que le había susurrado lo mismo a cada una de las piezas metálicas que había a bordo. No tenía sentido decir excesivamente la verdad. Todo ese rato el vendaval llegó a su peor estado, por lo que el pequeño Dimbula amuraba y viraba, se mecía, se lanzaba mortalmente y se abandonaba como si fuera a morir, para luego levantarse como si le hubieran picado y empezar a dar vueltas y vueltas por el morro en círculos media docena de veces mientras se sumergía. A pesar de la espuma blanca de las olas estaba negro como el carbón, y para colmo la lluvia comenzó a caer fuertemente hasta el punto de que no era posible ver la mano que tenías delante del rostro. Eso no importaba mucho para las piezas metálicas de abajo, pero inquietaba muchísimo al trinquete.

—Ahora todo ha terminado —dijo éste con tristeza—. La conspiración es demasiado fuerte para nosotros. No nos queda más que...

—¡Hurra!¡Brrrraah!¡Brrrrrrp! —rugió el vapor a través de la sirena hasta que las cubiertas se estremecieron—. No os asustéis los de ahí abajo. Solo soy yo que estoy lanzando unas cuantas palabras por si acaso algún otro barco va rodando por ahí esta noche.

—No querrás decir que puede haber alguien además de nosotros en el mar con este tiempo —dijo la chimenea con un gangueo seco.

—Docenas de ellos —contestó el vapor aclarándose la garganta—. ¡Rrrrrraaa! ¡Brraaaaa! ¡Prrrrp! Hace un poco de viento aquí arriba; ¡y por las grandes calderas, cómo llueve!

—Nos estamos ahogando —dijeron los imbornales. No habían estado haciendo otra cosa en toda la noche, pero esa fuerte cortina de lluvia sobre ellos parecía ser el fin del mundo.

—No pasa nada. Será mas fácil dentro de una o dos horas. Primero llega el viento y luego la lluvia: ¡Pronto podréis haceros a la vela de nuevo! ¡Grrraaaaah!¡Drrrraaaa! ¡Drrrp! Me parece que el mar ya se está calmando. Si lo hace aprenderéis algo sobre el balanceo. Hasta ahora solo hemos cabeceado. A propósito, vosotros, los de la bodega, ¿no os encontráis ahora un poco más cómodos?

Había tantos gemidos y tensiones como siempre, pero ahora el tono no era tan fuerte o chirriante; y cuando el barco se estremecía no se sacudía con rigidez, como un atizador al golpear en el suelo, sino que cedía con un balanceo pequeño y flexible como un palo de golf perfectamente equilibrado.

—Hemos hecho un descubrimiento de lo más sorprendente —se decían las vagras unas a otras—. Un descubrimiento que cambia totalmente la situación. Hemos descubierto, por primera vez en la historia de la construcción de buques, que el tirón interior de las vigas de cubierta y el empuje exterior de las estructuras nos encierra, por así decirlo, mucho mejor en nuestros lugares, y nos permite soportar una tensión que carece de paralelo en los registros de la arquitectura marina. Rápidamente el vapor convirtió una risotada en un estruendo a través de la sirena:

—Qué intelecto tan desarrollado tenéis las vagras —dijo suavemente cuando la sirena dejó de sonar.

—También nosotros somos descubridores y genios —intervinieron las vigas de cubierta—. Somos de la opinión de que el apoyo de los pilares de la bodega nos ayuda realmente. Vemos que nos ajustamos sobre ellos cuando el peso del mar arriba resulta especialmente fuerte y singular.

En ese momento el Dámbula se lanzó sobre una depresión que había casi a su costado enderezándose abajo del todo con un tirón y un espasmo.

—¿Y te das cuenta, vapor, de que en estos casos las planchas de proa, y sobre todo las de popa, aunque también mencionaríamos el suelo que tenemos debajo, nos ayudan a resistir cualquier tendencia a combarnos? —dijeron las estructuras con esa voz solemne y respetuosa que utiliza la gente que acaba de encontrar por primera vez algo absolutamente nuevo.

—Solo soy un pobre y pequeño oscilador hinchando —contestó el vapor—, pero en mi negocio tengo que resistir muchísima presión. Todo esto es de lo más interesante. Decidnos algo más, vosotros sois tan fuertes.

—Obsérvanos y verás —dijeron las planchas de proa orgullosamente—. ¡Preparados ahí atrás! ¡Aquí vienen el padre y la madre de todas las olas! ¡Sujetaos todos los remaches!

Atronó una imponente ola encrestada, pero entre la refriega y la confusión, el vapor pudo escuchar los gritos bajos y rápidos de los metales cuando les atacaban las diversas tensiones, gritos como éstos:

—¡Aflojad ahora, aflojad! ¡Ahora empujad con toda la fuerza! ¡Resistid! ¡Ceded una fracción! ¡Empujad hacia arriba! ¡Tirad hacia adentro! ¡Impulso a través! ¡Prestad atención a la tensión de los extremos! ¡Sujetad ahora! ¡Tensad! ¡Que salga el agua de abajo… ahí va!

La ola se perdió en la oscuridad gritando:

—¡No está mal para ser vuestro primer viaje!

El barco, zambullido y empapado, palpitaba con el latido de las máquinas de su interior. Los tres cilindros estaban blancos por la espuma salada que había caído por la escotilla de la sala de máquinas: había una capa blanca sobre las tuberías de vapor envueltas en lienzo, e incluso estaban manchadas las piezas de latón de la zona más inferior; pero los cilindros habían aprendido a obtener el máximo partido de un vapor que era agua a medias, lo que les permitía seguir golpeando alegremente.

—¿Cómo le va al más noble resultado del ingenio humano? —preguntó el vapor mientras giraba a través de la sala de máquinas.

—Nada es gratis en este mundo de aflicción —contestaron los cilindros como si llevaran trabajando varios siglos—. Aunque es muy poco para una culata de setenta y cinco libras. ¡En la última hora y cuarto hemos hecho dos nudos! Bastante humillante para ochocientos caballos de potencia, ¿no te parece?

—Bueno, en cualquier caso es mejor que ir a la deriva. Parecéis menos… ¿cómo lo diría?… Menos rígidos ahí atrás de lo que estabais.

—Si te hubieran martilleado como a nosotros esta noche, tampoco estarías muy ríg-ríg-rígido. Teóri-teóri-camente, desde luego, lo importante es la rigidez. Pero prácti-prácticamente tiene que haber un poco de ceder y recibir. Hemos descubierto eso trabajando sobre nuestros costados durante cinco minutos se—seguidos. ¿Cómo está el tiempo?

—El mar se calma rápidamente —contestó el vapor. —Buen asunto —dijo el cilindro de alta presión—. A vapulearla, chicos. Nos dan cinco libras más de vapor. —Y empezó a tararear los primeros compases de "Said the young Obadiah to the old Obadiah", que ya os habréis dado cuenta de que se trata de una de las melodías favoritas de los motores que no han sido construidos para la máxima velocidad. Los vapores de carreras con tripulación doble cantan "The Turkish Patrol"; y la obertura de "Bronze Horse"; y "Madame Angot"; hasta que algo va mal, y entonces entonan la "Marcha funeral de Marionette"; de Gounod, pero con algunas variaciones.

—Un buen día aprenderéis a cantar una canción propia —dijo el vapor mientras ascendía por la sirena en un último bramido.

Al siguiente día se aclaró el cielo y el mar mejoró un poco, de modo que el Dimbula empezó a mecerse de un lado a otro hasta que todos y cada uno de los centímetros de metal que llevaba se sintieron enfermos y mareados. Pero por suerte no se marearon todos al mismo tiempo: de haber sido así se habría abierto como una caja de papel mojado. El vapor silbó diversas advertencias mientras seguía con sus asuntos: en este mecimiento rápido y breve que sigue a la mar gruesa es cuando se producen la mayoría de los accidentes, pues entonces todo el mundo piensa que lo peor ha pasado y baja la guardia. Así que charló y conversó hasta que las vigas, las estructuras, los suelos y las vagras y todas las cosas habían aprendido a abrirse y cerrarse unos sobre otros, para soportar así aquel tipo nuevo de tensión. Tuvieron mucho tiempo para practicar, pues estuvieron dieciséis días en el mar, y el tiempo fue malo hasta cien millas antes de Nueva York. El Dimbula recogió al práctico y entró en el puerto cubierto de sal y óxido rojizo. Su chimenea era de un color gris sucio de arriba abajo; se habían perdido dos botes; tres ventiladores de cobre parecían sombreros después de un enfrentamiento con la policía; el puente tenía un hoyuelo en su mitad; la cabina que cubría el mecanismo de gobierno de vapor parecía haber sido partida con hachas; había una lista de reparaciones pequeñas de la sala de máquinas que era casi tan larga como el eje de la hélice; cuando quitaron el enrejado de hierro que la cubría, la escotilla de carga delantera se deshizo en astillas del tamaño de duelas; el cabrestante de vapor parecía arrancado de cuajo. En resumen, tal como dijo el patrón, consiguió "una buena media general".

—Pero ha perdido la rigidez —le dijo al señor Buchanan—. Pese a toda la carga fija, navegó como un yate. ¿Recuerda ese último golpe de viento en los Banks? Estoy orgulloso del barco, Buck.

—Es muy bueno —añadió el jefe de máquinas contemplando las deshechas cubiertas—. Un hombre que juzgara las cosas superficialmente diría que somos una ruina, pero nosotros sabemos que no es así… por experiencia.

Como es natural, todo en el Dimbula parecía bastante estirado por el orgullo, y el trinquete y el mamparo de colisión delantero, que son seres de empuje, rogaban al vapor que advirtiera de su llegada al puerto de Nueva York:

—Díselo a esos grandes barcos que nos rodean. Parecen considerarnos como algo normal.

Era una mañana tranquila, clara y gloriosa, y en fila de a uno, con menos de un kilómetro de distancia en los intervalos, tocaban las bandas y los remolcadores gritaban y se ondeaban pañuelos mientras el Majestic, el París, el Touraine, el Servia, el Kaiser Wilhelm Hy el Werkendam salían todos majestuosamente al mar. Cuando el Dimbula viró el timón para dejar paso a los grandes barcos, el vapor (que sabe demasiado como para que no le importe hacer una exhibición de vez en cuando) gritó:

—¡Oíd! ¡Oíd! ¡Oíd! ¡Príncipes, duques y barones de los mares abiertos! ¡Sabed que somos el Dimbula, tras quince días y nueve horas desde Liverpool, que hemos cruzado el Atlántico con tres mil toneladas de carga por primera vez en nuestra vida! No hemos zozobrado. Estamos aquí. ¡Eer!¡Eer! No hemos sido desaparejados. ¡Y hemos tenido un tiempo que carece de igual en los anales de la construcción de barcos! ¡Nuestras cubiertas fueron barridas! ¡Amorramos y cabeceamos! ¡Creímos que íbamos a morir! ¡Ja, ja! Pero no fue así. Deseamos dar a conocer que hemos llegado a Nueva York a través del Atlántico con el peor tiempo del mundo. ¡Y somos el Dimbula! ¡Somos… ja, ja, ja…!

La hermosa línea de barcos siguió adelante tan majestuosamente como la procesión de las estaciones. El Dimbula oyó que el Majestic decía "¡Hmp!, el Paris gruñía "¡How!";, y el Touraine decía "¡Oui!"; con un poco de la vacilación coqueta de un vapor; y el Servia decía "¡Haw!";, y el Kaiser y el Werkendam añadían "¡Hoch!"; a la manera holandesa, y eso fue todo.

—Hice todo lo posible, pero creo que no han quedado muy impresionados con nosotros —explicó con gravedad el vapor—. ¿No os parece?

—Es verdaderamente desagradable —intervinieron las planchas de proa—. Podían haber visto lo que hemos hecho. No hay un solo barco en el mar que haya sufrido como nosotros, ¿no te parece?

—Bueno, yo no llegaría a decir tanto —respondió el vapor—, pues he trabajado en alguno de esos barcos y les he hecho avanzar con un tiempo tan malo como el que tuvimos esta quincena durante seis días; y creo que algunos de ellos apenas sobrepasan las diez mil toneladas. Por ejemplo he visto al Majestic sumergido desde la proa hasta la chimenea; y he ayudado al Arizona, creo que era ése, para alejarse hacia atrás de un iceberg con el que se encontró una noche oscura; y un día tuve que escapar de la sala de máquinas del Paris porque allí dentro había treinta pies de agua. Evidentemente, no niego...

El vapor se calló de repente cuando un remolcador que llevaba un club político y una banda de música, que había acudido para despedir a un senador de Nue va York que se iba a Europa, cruzó la proa dirigiéndose a Hoboken. Se produjo un largo silencio que llegó, sin pausa alguna, desde la punta del barco hasta las hojas de la hélice del Dimbula. Después una voz nueva y potente dijo lentamente, como si el propietario acabara de despertar:

—Estoy convencido de que he sido un estúpido.

El vapor se dio cuenta enseguida de lo que había sucedido; pues cuando un barco se encuentra a sí mismo toda la conversación de las distintas piezas cesa para convertirse todo en una sola voz, que es el alma del barco.

—¿Quién eres? —preguntó riendo.

—Soy el Dimbula, desde luego. Nunca he sido otra cosa más que eso... ¡salvo un estúpido!

El remolcador, que había dado lo mejor de sí mismo para evitar la colisión, se apartó justo a tiempo mientras su banda tocaba con vehemencia, pero poca armonía, una melodía popular pero poco refinada:

En los tiempos del viejo Ramsés: ¿estás de acuerdo?
En los tiempos del viejo Ramsés: ¿estás de acuerdo?
En los tiempos del viejo Ramsés,
esa historia tenía paresia,
¿estás de acuerdo, estás de acuerdo, estás de acuerdo?

—Bien; me alegro de que te hayas encontrado a ti mismo —dijo el vapor—. La verdad es que estaba un poco cansado de tener que hablar con todas esas cuadernas y vagras. Ahora viene la cuarentena. Después iremos a nuestro muelle a limpiar un poco y... el próximo mes volveremos a hacerlo.

EL GATO QUE CAMINABA SOLO

Sucedieron estos hechos que voy a contarte, oh, querido mío, cuando los animales domésticos eran salvajes. El Perro era salvaje, como lo eran también el Caballo, la Vaca, la Oveja y el Cerdo, tan salvajes como pueda imaginarse, y vagaban por la húmeda y salvaje espesura en compañía de sus salvajes parientes; pero el más salvaje de todos los animales salvajes era el Gato. El Gato caminaba solo y no le importaba estar aquí o allá.

También el Hombre era salvaje, claro está. Era terriblemente salvaje. No comenzó a domesticarse hasta que conoció a la Mujer y ella repudió su montaraz modo de vida. La Mujer escogió para dormir una bonita cueva sin humedades en lugar de un montón de hojas mojadas, y esparció arena limpia sobre el suelo, encendió un buen fuego de leña al fondo de la cueva y colgó una piel de Caballo Salvaje, con la cola hacia abajo, sobre la entrada; después dijo:

—Límpiate los pies antes de entrar; de ahora en adelante tendremos un hogar.

Esa noche, querido mío, comieron Cordero Salvaje asado sobre piedras calientes y sazonado con ajo y pimienta silvestres, y Pato Salvaje relleno de arroz silvestre, y alholva y cilantro silvestres, y tuétano de Buey Salvaje, y cerezas y granadillas silvestres. Luego, cuando el Hombre se durmió más feliz que un niño delante de la hoguera, la Mujer se sentó a cardar lana. Cogió un hueso del hombro de cordero, la gran paletilla plana, contempló los portentosos signos que había en él, arrojó más leña al fuego e hizo un conjuro, el primer Conjuro Cantado del mundo.

En la húmeda y salvaje espesura, los animales salvajes se congregaron en un lugar desde donde se alcanzaba a divisar desde muy lejos la luz del fuego y se preguntaron qué podría significar aquello.

Entonces Caballo Salvaje golpeó el suelo con la pezuña y dijo:

—Oh, amigos y enemigos míos, ¿por qué han hecho esa luz tan grande el Hombre y la Mujer en esa enorme cueva? ¿Cómo nos perjudicará a nosotros?

Perro Salvaje alzó el morro, olfateó el aroma del asado de cordero y dijo:

—Voy a ir allí, observaré todo y me enteraré de lo que sucede, y me quedaré, porque creo que es algo bueno. Acompáñame, Gato.

—¡Ni hablar! —replicó el Gato—. Soy el Gato que camina solo y a quien no le importa estar aquí o allá. No pienso acompañarte.

—Entonces nunca volveremos a ser amigos —apostilló Perro Salvaje, y se marchó trotando hacia la cueva.

Pero cuando el Perro se hubo alejado un corto trecho, el Gato se dijo a sí mismo:

—Si no me importa estar aquí o allá, ¿por qué no he de ir allí para observarlo todo y enterarme de lo que sucede y después marcharme?

De manera que siguió al Perro con mucho, muchísimo sigilo, y se escondió en un lugar desde donde podría oír todo lo que se dijera.

Cuando Perro Salvaje llegó a la boca de la cueva, levantó ligeramente la piel de Caballo con el morro y husmeó el maravilloso olor del cordero asado. La Mujer lo oyó, se rió y dijo:

—Aquí llega la primera criatura salvaje de la salvaje espesura. ¿Qué deseas?

—Oh, enemiga mía y esposa de mi enemigo, ¿qué es eso que tan buen aroma desprende en la salvaje espesura? —preguntó Perro Salvaje.

Entonces la Mujer cogió un hueso de cordero asado y se lo arrojó a Perro Salvaje diciendo:

—Criatura salvaje de la salvaje espesura, si ayudas a mi Hombre a cazar de día y a vigilar esta cueva de noche, te daré tantos huesos asados como quieras.

—¡Ah! —exclamó el Gato al oírla—, esta Mujer es muy sabia, pero no tan sabia como yo.

Perro Salvaje entró a rastras en la cueva, recostó la cabeza en el regazo de la Mujer y dijo:

—Oh, amiga mía y esposa de mi amigo, ayudaré a tu Hombre a cazar durante el día y de noche vigilaré vuestra cueva.

—¡Ah! —repitió el Gato, que seguía escuchando—, este Perro es un verdadero estúpido.

Y se alejó por la salvaje y húmeda espesura meneando la cola y andando sin otra compañía que su salvaje soledad. Pero no le contó nada a nadie.

Al despertar por la mañana, el Hombre exclamó:

—¿Qué hace aquí Perro Salvaje?

—Ya no se llama Perro Salvaje —lo corrigió la Mujer—, sino Primer Amigo, porque va a ser nuestro amigo por los siglos de los siglos. Llévalo contigo cuando salgas de caza.

La noche siguiente la Mujer cortó grandes brazadas de hierba fresca de los prados y las secó junto al fuego, de manera que olieran como heno recién segado; luego tomó asiento a la entrada de la cueva y trenzó una soga con una piel de caballo; después se quedó mirando el hueso de hombro de cordero, la enorme paletilla, e hizo un conjuro, el segundo Conjuro Cantado del mundo.

En la salvaje espesura, los animales salvajes se preguntaban qué le habría ocurrido a Perro Salvaje. Finalmente, Caballo Salvaje golpeó el suelo con la pezuña y dijo:

—Iré a ver por qué Perro Salvaje no ha regresado. Gato, acompáñame.

—¡Ni hablar! —respondió el Gato—. Soy el Gato que camina solo y a quien no le importa estar aquí o allá. No pienso acompañarte.

Sin embargo, siguió a Caballo Salvaje con mucho, muchísimo sigilo, y se escondió en un lugar desde donde podría oír todo lo que se dijera.

Cuando la Mujer oyó a Caballo Salvaje dando traspiés y tropezando con sus largas crines, se rió y dijo:

—Aquí llega la segunda criatura salvaje de la salvaje espesura. ¿Qué deseas?

—Oh, enemiga mía y esposa de mi enemigo —respondió Caballo Salvaje—, ¿dónde está Perro Salvaje?

La Mujer se rió, cogió la paletilla de cordero, la observó y dijo:

—Criatura salvaje de la salvaje espesura, no has venido buscando a Perro Salvaje, sino porque te ha atraído esta hierba tan rica.

Y dando traspiés y tropezando con sus largas crines, Caballo Salvaje dijo:

—Es cierto, dame de comer de esa hierba.

—Criatura salvaje de la salvaje espesura —repuso la Mujer—, inclina tu salvaje cabeza, ponte esto que te voy a dar y podrás comer esta maravillosa hierba tres veces al día.

—¡Ah! —exclamó el Gato al oírla—, esta Mujer es muy lista, pero no tan lista como yo.

Caballo Salvaje inclinó su salvaje cabeza y la Mujer le colocó la trenzada soga de piel en torno al cuello. Caballo Salvaje relinchó a los pies de la Mujer y dijo:

—Oh, dueña mía y esposa de mi dueño, seré tu servidor a cambio de esa hierba maravillosa.

—¡Ah! —repitió el Gato, que seguía escuchando—, ese Caballo es un verdadero estúpido.

Y se alejó por la salvaje y húmeda espesura meneando la cola y andando sin otra compañía que su salvaje soledad.

Cuando el Hombre y el Perro regresaron después de la caza, el Hombre preguntó:

—¿Qué está haciendo aquí Caballo Salvaje?

—Ya no se llama Caballo Salvaje —replicó la Mujer—, sino Primer Servidor, porque nos llevará a su grupa de un lado a otro por los siglos de los siglos. Llévalo contigo cuando vayas de caza.

Al día siguiente, manteniendo su salvaje cabeza enhiesta para que sus salvajes cuernos no se engancharan en los árboles silvestres, Vaca Salvaje se aproximó a la cueva, y el Gato la siguió y se escondió como lo había hecho en las ocasiones anteriores; y todo sucedió de la misma forma que las otras veces; y el Gato repitió las mismas cosas que había dicho antes, y cuando Vaca Salvaje prometió darle su leche a la Mujer día tras día a cambio de aquella hierba maravillosa, el Gato se alejó por la salvaje y húmeda espesura, caminando solo como era su costumbre.

Y cuando el Hombre, el Caballo y el Perro regresaron a casa después de cazar y el Hombre formuló las mismas preguntas que en las ocasiones anteriores, la Mujer dijo:

—Ya no se llama Vaca Salvaje, sino Donante de Cosas Buenas. Nos dará su leche blanca y tibia por los siglos de los siglos, y yo cuidaré de ella mientras ustedes tres salen de caza.

Al día siguiente, el Gato aguardó para ver si alguna otra criatura salvaje se dirigía a la cueva, pero como nadie se movió, el Gato fue allí solo, y vio a la Mujer ordeñando a la Vaca, y vio la luz del fuego en la cueva, y olió el aroma de la leche blanca y tibia.

—Oh, enemiga mía y esposa de mi enemigo —dijo el Gato—, ¿a dónde ha ido Vaca Salvaje?

La Mujer rió y respondió:

—Criatura salvaje de la salvaje espesura, regresa a los bosques de donde has venido, porque ya he trenzado mi cabello y he guardado la paletilla, y no nos hacen falta más amigos ni servidores en nuestra cueva.

—No soy un amigo ni un servidor —replicó el Gato—. Soy el Gato que camina solo y quiero entrar en tu cueva.

—¿Por qué no viniste con Primer Amigo la primera noche? —preguntó la Mujer.

—¿Ha estado contando chismes sobre mí Perro Salvaje? —inquirió el Gato, enfadado.

Entonces la Mujer se rio y respondió:

—Eres el Gato que camina solo y a quien no le importa estar aquí o allá. No eres un amigo ni un servidor. Tú mismo lo has dicho. Márchate y camina solo por cualquier lugar.

Fingiendo estar compungido, el Gato dijo:

—¿Nunca podré entrar en la cueva? ¿Nunca podré sentarme junto a la cálida lumbre? ¿Nunca podré beber la leche blanca y tibia? Eres muy sabia y muy hermosa. No deberías tratar con crueldad ni siquiera a un gato.

—Que era sabia no me era desconocido, pero hasta ahora no sabía que fuera hermosa. Por eso voy a hacer un trato contigo. Si alguna vez te digo una sola palabra de alabanza, podrás entrar en la cueva.

—¿Y si me dices dos palabras de alabanza? —preguntó el Gato.

—Nunca las diré —repuso la Mujer—, pero si te dijera dos palabras de alabanza, podrías sentarte en la cueva junto al fuego.

—¿Y si me dijeras tres palabras? —insistió el Gato.

—Nunca las diré —replicó la Mujer—, pero si llegara a decirlas, podrías beber leche blanca y tibia tres veces al día por los siglos de los siglos.

Entonces el Gato arqueó el lomo y dijo:

—Que la cortina de la entrada de la cueva y el fuego del rincón del fondo y los cántaros de leche que hay junto al fuego recuerden lo que ha dicho mi enemiga y esposa de mi enemigo.

Y se alejó a través de la salvaje y húmeda espesura meneando su salvaje rabo y andando sin más compañía que su propia y salvaje soledad.

Por la noche, cuando el Hombre, el Caballo y el Perro volvieron a casa después de la caza, la Mujer no les contó el trato que había hecho, pensando que tal vez no les parecería bien.

El Gato se fue lejos, muy lejos, y se escondió en la salvaje y húmeda espesura sin más compañía que su salvaje soledad durante largo tiempo, hasta que la Mujer se olvidó de él por completo. Solo el Murciélago, el pequeño Murciélago Cabezabajo que colgaba del techo de la cueva, sabía dónde se había escondido el Gato y todas las noches volaba hasta allí para transmitirle las últimas novedades.

Una noche el Murciélago dijo:

—Hay un Bebé en la cueva. Es una criatura recién nacida, rosada, rolliza y pequeña, y a la Mujer le gusta mucho.

—Ah —dijo el Gato, sin perderse una palabra—, ¿pero qué le gusta al Bebé?

—Al Bebé le gustan las cosas suaves que hacen cosquillas —respondió el Murciélago—. Le gustan las cosas cálidas a las que puede abrazarse para dormir. Le gusta que jueguen con él. Le gustan todas esas cosas.

—Ah —concluyó el Gato—, entonces ha llegado mi hora.

La noche siguiente, el Gato atravesó la salvaje y húmeda espesura y se ocultó muy cerca de la cueva a la espera de que amaneciera. Al alba, la Mujer se afanaba en cocinar y el Bebé no cesaba de llorar ni de interrumpirla; así que lo sacó fuera de la cueva y le dio un puñado de piedrecitas para que jugara con ellas. Pero el Bebé continuó llorando.

Entonces el Gato extendió su almohadillada pata y le dio unas palmaditas en la mejilla, y el Bebé hizo gorgoritos; luego el Gato se frotó contra sus rechonchas rodillas y le hizo cosquillas con el rabo bajo la regordeta barbilla. Y el Bebé rió; al oírlo, la Mujer sonrió.

Entonces el Murciélago, el pequeño Murciélago Cabezabajo que estaba colgado a la entrada de la cueva, dijo:

—Oh, anfitriona mía, esposa de mi anfitrión y madre de mi anfitrión, una criatura salvaje de la salvaje espesura está jugando con tu Bebé y lo tiene encantado.

—Loada sea esa criatura salvaje, quienquiera que sea —dijo la Mujer enderezando la espalda—, porque esta mañana he estado muy ocupada y me ha prestado un buen servicio.

En ese mismísimo instante, querido mío, la piel de caballo que estaba colgada con la cola hacia abajo a la entrada de la cueva cayó al suelo… ¡Como así!… porque la cortina recordaba el trato, y cuando la Mujer fue a recogerla… ¡hete aquí que el Gato estaba confortablemente sentado dentro de la cueva!

—Oh, enemiga mía, esposa de mi enemigo y madre de mi enemigo —dijo el Gato—, soy yo, porque has dicho una palabra elogiándome y ahora puedo quedarme en la cueva por los siglos de los siglos. Pero sigo siendo el Gato que camina solo y a quien no le importa estar aquí o allá.

Muy enfadada, la Mujer apretó los labios, cogió su rueca y comenzó a hilar.

Pero el Bebé rompió a llorar en cuanto el Gato se marchó; la Mujer no logró apaciguarlo y él no cesó de revolverse ni de patalear hasta que se le amorató el semblante.

—Oh, enemiga mía, esposa de mi enemigo y madre de mi enemigo —dijo el Gato—, coge una hebra del hilo que estás hilando y átala al huso, luego arrastra este por el suelo y te enseñaré un truco que hará que tu Bebé ría tan fuerte como ahora está llorando.

—Voy a hacer lo que me aconsejas —comentó la Mujer—, porque estoy a punto de volverme loca, pero no pienso darte las gracias.

Ató la hebra al pequeño y panzudo huso y empezó a arrastrarlo por el suelo. El Gato se lanzó en su persecución, lo empujó con las patas, dio una voltereta y lo tiró hacia atrás por encima de su hombro; luego lo arrinconó entre sus patas traseras, fingió que se le escapaba y volvió a abalanzarse sobre él. Viéndole hacer estas cosas, el Bebé terminó por reír tan fuerte como antes llorara, gateó en pos de su amigo y estuvo retozando por toda la cueva hasta que, ya fatigado, se acomodó para descabezar un sueño con el Gato en brazos.

—Ahora —dijo el Gato— le voy a cantar al Bebé una canción que lo mantendrá dormido durante una hora.

Y comenzó a ronronear subiendo y bajando el tono hasta que el Bebé se quedó profundamente dormido. Contemplándolos, la Mujer sonrió y dijo:

—Has hecho una labor estupenda. No cabe duda de que eres muy listo, oh, Gato.

En ese preciso instante, querido mío, el humo de la fogata que estaba encendida al fondo de la cueva descendió desde el techo cubriéndolo todo de negros nubarrones, porque el humo recordaba el trato, y cuando se disipó, hete aquí que el Gato estaba cómodamente sentado junto al fuego.

—Oh, enemiga mía, esposa de mi enemigo y madre de mi enemigo —dijo el Gato—, aquí me tienes, porque me has elogiado por segunda vez y ahora podré sentarme junto al cálido fuego del fondo de la cueva por los siglos de los siglos. Pero sigo siendo el Gato que camina solo y a quien no le importa estar aquí o allá.

Entonces la Mujer se enfadó mucho, muchísimo, se soltó el pelo, echó más leña al fuego, sacó la ancha paletilla de cordero y comenzó a hacer un conjuro que le impediría elogiar al Gato por tercera vez. No fue un Conjuro Cantado, querido mío, sino un Conjuro Silencioso; y, poco a poco, en la cueva se hizo un silencio tan profundo que un Ratoncito diminuto salió sigilosamente de un rincón y echó a correr por el suelo.

—Oh, enemiga mía, esposa de mi enemigo y madre de mi enemigo —dijo el Gato—, ¿forma parte de tu conjuro ese Ratoncito?

—No —repuso la Mujer, y, tirando la paletilla al suelo, se encaramó a un escabel que había frente al fuego y se apresuró a recoger su melena en una trenza por miedo a que el Ratoncito trepara por ella.

—¡Ah! —exclamó el Gato, muy atento—, entonces ¿el Ratón no me sentará mal si me lo zampo?

—No —contestó la Mujer, trenzándose el pelo—; zámpatelo ahora mismo y te quedaré eternamente agradecida.

El Gato dio un salto y cayó sobre el Ratón.

—Un millón de gracias, oh, Gato —dijo la Mujer—. Ni siquiera Primer Amigo es lo bastante rápido para atrapar Ratoncitos como tú lo has hecho. Debes de ser muy inteligente.

En ese preciso instante, querido mío, el cántaro de leche que estaba junto al fuego se partió en dos pedazos… ¿Cómo así?… porque recordaba el trato, y cuando la Mujer bajó del escabel… ¡hete aquí que el Gato estaba bebiendo a lametazos la leche blanca y tibia que quedaba en uno de los pedazos rotos!

—Oh, enemiga mía, esposa de mi enemigo y madre de mi enemigo —dijo el Gato—, aquí me tienes, porque me has elogiado por tercera vez y ahora podré beber leche blanca y tibia tres veces al día por los siglos de los siglos. Pero sigo siendo el Gato que camina solo y a quien no le importa estar aquí o allá.

Entonces la Mujer rompió a reír, puso delante del Gato un cuenco de leche blanca y tibia y comentó:

—Oh, Gato, eres tan inteligente como un Hombre, pero recuerda que ni el Hombre ni el Perro han participado en el trato y no sé qué harán cuando regresen a casa.

—¿Y a mí qué más me da? —exclamó el Gato—. Mientras tenga un lugar reservado junto al fuego y leche para beber tres veces al día, me da igual lo que puedan hacer el Hombre o el Perro.

Aquella noche, cuando el Hombre y el Perro entraron en la cueva, la Mujer les contó de cabo a rabo la historia del acuerdo, y el Hombre dijo:

—Está bien, pero el Gato no ha llegado a ningún acuerdo conmigo ni con los Hombres cabales que me sucederán.

Se quitó las dos botas de cuero, cogió su pequeña hacha de piedra (y ya suman tres) y fue a buscar un trozo de madera y su cuchillo de hueso (y ya suman cinco), y colocando en fila todos los objetos, prosiguió:

—Ahora vamos a hacer un trato. Si cuando estás en la cueva no atrapas Ratones por los siglos de los siglos, arrojaré contra ti estos cinco objetos siempre que te vea, y todos los Hombres cabales que me sucedan harán lo mismo.

—Ah —dijo la Mujer, muy atenta—. Este Gato es muy listo, pero no tan listo como mi Hombre.

El Gato contó los cinco objetos (todos parecían muy contundentes) y dijo:

—Atraparé Ratones cuando esté en la cueva por los siglos de los siglos, pero sigo siendo el Gato que camina solo y a quien no le importa estar aquí o allá.

—No será así mientras yo esté cerca —concluyó el Hombre—. Si no hubieras dicho eso, habría guardado estas cosas (por los siglos de los siglos), pero ahora voy a arrojar contra ti mis dos botas y mi pequeña hacha de piedra (y ya suman tres) siempre que tropiece contigo, y lo mismo harán todos los Hombres cabales que me sucedan.

—Espera un momento —terció el Perro—, yo todavía no he llegado a un acuerdo con él —se sentó en el suelo, lanzando terribles gruñidos y enseñando los dientes, y prosiguió—: Si no te portas bien con el Bebé por los siglos de los siglos mientras yo esté en la cueva, te perseguiré hasta atraparte, y cuando te coja te morderé, y lo mismo harán todos los Perros cabales que me sucedan.

—¡Ah! —exclamó la Mujer, que estaba escuchando—. Este Gato es muy listo, pero no es tan listo como el Perro.

El Gato contó los dientes del Perro (todos parecían muy afilados) y dijo:

—Me portaré bien con el Bebé mientras esté en la cueva por los siglos de los siglos, siempre que no me tire del rabo con demasiada fuerza. Pero sigo siendo el Gato que camina solo y a quien no le importa estar aquí o allá.

—No será así mientras yo esté cerca —dijo el Perro—. Si no hubieras dicho eso, habría cerrado la boca por los siglos de los siglos, pero ahora pienso perseguirte y hacerte trepar a los árboles siempre que te vea, y lo mismo harán los Perros cabales que me sucedan.

A continuación, el Hombre arrojó contra el Gato sus dos botas y su pequeña hacha de piedra (que suman tres), y el Gato salió corriendo de la cueva perseguido por el Perro, que lo obligó a trepar a un árbol; y desde entonces, querido mío, tres de cada cinco Hombres cabales siempre han arrojado objetos contra el Gato cuando se topaban con él y todos los Perros cabales lo han perseguido, obligándolo a trepar a los árboles.

Pero el Gato también ha cumplido su parte del trato. Ha matado Ratones y se ha portado bien con los Bebés mientras estaba en casa, siempre que no le tirasen del rabo con demasiada fuerza. Pero una vez cumplidas sus obligaciones y en sus ratos libres, es el Gato que camina solo y a quien no le importa estar aquí o allá, y si miras por la ventana de noche lo verás meneando su salvaje rabo y andando sin más compañía que su salvaje soledad… como siempre lo ha hecho.

TERCERA PARTE: ÓSCAR WILDE

EL GIGANTE EGOÍSTA

Cada tarde, a la salida de la escuela, los niños se iban a jugar al jardín del Gigante. Era un jardín amplio y hermoso, con arbustos de flores y cubierto de césped verde y suave. Por aquí y por allá, entre la hierba, se abrían flores luminosas como estrellas, y había doce albaricoqueros que durante la primavera se cubrían con delicadas flores color rosa y nácar, y, al llegar el otoño, se cargaban de ricos frutos aterciopelados. Los pájaros se demoraban en el ramaje de los árboles y cantaban con tanta dulzura que los niños dejaban de jugar para escuchar sus trinos.

—¡Qué felices somos aquí! —se decían unos a otros.

Pero un día el Gigante regresó. Había ido de visita donde su amigo el Ogro de Cornish, y se había quedado con él durante los últimos siete años. Durante ese tiempo ya se habían dicho todo lo que se tenían que decir, pues su conversación era limitada, y el Gigante sintió el deseo de volver a su mansión. Al llegar, lo primero que vio fue a los niños jugando en el jardín.

—¿Qué hacen aquí? —surgió con su voz retumbante.

Los niños escaparon corriendo en desbandada.

—Este jardín es mío. Es mi jardín propio —dijo el Gigante—; todo el mundo debe entender eso y no dejaré que nadie se meta a jugar aquí.

Y, de inmediato, alzó una pared muy alta, y en la puerta puso un cartel que decía:

ENTRADA ESTRICTAMENTE PROHIBIDA. BAJO LAS PENAS CONSIGUIENTES

Era un Gigante egoísta…

Los pobres niños se quedaron sin tener dónde jugar. Hicieron la prueba de ir a jugar en la carretera, pero estaba llena de polvo, plagada de pedruscos, y no les gustó. A menudo rondaban alrededor del muro que ocultaba el jardín del Gigante y recordaban nostálgicamente lo que había detrás.

—¡Qué dichosos éramos allí! —se decían unos a otros.

Cuando la primavera volvió, toda la comarca se pobló de pájaros y flores. Sin embargo, en el jardín del Gigante Egoísta permanecía el invierno todavía. Como no había niños, los pájaros no cantaban y los árboles se olvidaron de florecer. Solo una vez una lindísima flor se asomó entre la hierba, pero, apenas vio el cartel, se sintió tan triste por los niños que volvió a meterse bajo tierra y se quedó dormida.

Los únicos que ahí se sentían a gusto eran la Nieve y la Escarcha.

—La primavera se olvidó de este jardín —se dijeron—, así que nos quedaremos aquí todo el resto del año.

La Nieve cubrió la tierra con su gran manto blanco y la Escarcha cubrió de plata los árboles. Y, en seguida, invitaron a su triste amigo, el Viento del Norte, para que pasara con ellos el resto de la temporada. Y llegó el Viento del Norte. Venía envuelto en pieles y anduvo rugiendo por el jardín durante todo el día, desganchando las plantas y derribando las chimeneas.

—¡Qué lugar más agradable! —dijo—. Tenemos que decirle al Granizo que venga a estar con nosotros también.

Y vino el Granizo también. Todos los días se pasaba tres horas tamborileando en los tejados de la mansión, hasta que rompió la mayor parte de las tejas. Después se ponía a dar vueltas alrededor, corriendo lo más rápido que podía. Se vestía de gris y su aliento era como el hielo.

—No entiendo por qué la primavera se demora tanto en llegar aquí —decía el Gigante Egoísta cuando se asomaba a la ventana y veía su jardín cubierto de gris y blanco—. Espero que pronto cambie el tiempo.

Pero la primavera no llegó nunca, ni tampoco el verano. El otoño dio frutos dorados en todos los jardines, pero al jardín del Gigante no le dio ninguno.

—Es un gigante demasiado egoísta —decían los frutales.

De esta manera, el jardín del Gigante quedó para siempre sumido en el invierno, y el Viento del Norte, el Granizo, la Escarcha y la Nieve bailoteaban lúgubremente entre los árboles.

Una mañana, el Gigante estaba en la cama todavía cuando oyó que una música muy hermosa llegaba desde afuera. Sonaba tan dulce en sus oídos que pensó que tenía que ser el rey de los elfos que pasaba por allí. En realidad, era solo un jilguerito que estaba cantando frente a su ventana, pero hacía tanto tiempo que el Gigante no escuchaba cantar a un pájaro en su jardín, que le pareció la música más bella del mundo. Entonces, el Granizo detuvo su danza, el Viento del Norte dejó de rugir y un perfume delicioso penetró por entre las persianas abiertas.

—¡Qué bueno! Parece que al fin llegó la primavera —dijo el Gigante, y saltó de la cama para correr a la ventana.

¿Y qué es lo que vio?

Ante sus ojos había un espectáculo maravilloso. A través de una brecha del muro habían entrado los niños y se habían trepado a los árboles. En cada árbol había un niño, y los árboles estaban tan felices de tenerlos nuevamente con ellos que se habían cubierto de flores y balanceaban suavemente sus ramas sobre sus cabecitas infantiles. Los pájaros revoloteaban cantando alrededor de ellos, y los pequeños reían. Era realmente un espectáculo muy bello.

Solo en un rincón el invierno reinaba. Era el rincón más apartado del jardín y en él se encontraba un niñito. Pero era tan pequeñín que no lograba alcanzar las ramas del árbol, y el niño daba vueltas alrededor del viejo tronco llorando amargamente. El pobre árbol estaba todavía completamente cubierto de escarcha y nieve, y el Viento del Norte soplaba y rugía sobre él, sacudiéndole las ramas que parecían a punto de quebrarse.

—¡Sube a mí, niñito! —decía el árbol, inclinando sus ramas todo lo que podía. Pero el niño era demasiado pequeño.

El Gigante sintió que el corazón se le derretía.

—¡Cuán egoísta he sido! —exclamó—. Ahora sé por qué la primavera no quería venir hasta aquí. Subiré a ese pobre niñito al árbol y después voy a botar el muro. Desde hoy mi jardín será para siempre un lugar de juegos para los niños.

Estaba de veras arrepentido por lo que había hecho.

Bajó entonces la escalera, abrió cautelosamente la puerta de la casa y entró en el jardín. Pero en cuanto lo vieron los niños se aterrorizaron, salieron a escape y el jardín quedó en invierno otra vez. Solo aquel pequeñín del rincón más alejado no escapó, porque tenía los ojos tan llenos de lágrimas que no vio venir al Gigante. Entonces, el Gigante se le acercó por detrás, lo tomó gentilmente entre sus manos y lo subió al árbol. Y el árbol floreció de repente, y los pájaros vinieron a cantar en sus ramas, y el niño abrazó el cuello del Gigante y lo besó.

Y los otros niños, cuando vieron que el Gigante ya no era malo, volvieron corriendo alegremente. Con ellos, la primavera regresó al jardín.

—Desde ahora el jardín será para ustedes, hijos míos —dijo el Gigante, y, tomando un hacha enorme, echó abajo el muro.

Al mediodía, cuando la gente se dirigía al mercado, todos pudieron ver al Gigante jugando con los niños en el jardín más hermoso que habían visto jamás.

Estuvieron allí jugando todo el día, y al llegar la noche los niños fueron a despedirse del Gigante.

—Pero, ¿dónde está el más pequeñito? —preguntó el Gigante—. ¿Ese niño que subí al árbol del rincón?

El Gigante lo quería más que a los otros, porque el pequeño le había dado un beso.

—No lo sabemos —respondieron los niños—, se marchó solito.

—Díganle que vuelva mañana —dijo el Gigante.

Pero los niños contestaron que no sabían dónde vivía y que nunca lo habían visto antes. Y el Gigante se quedó muy triste.

Todas las tardes, al salir de la escuela, los niños iban a jugar con el Gigante. Pero al más chiquito, a ese que el Gigante más quería, no lo volvieron a ver nunca más. El Gigante era muy bueno con todos los niños, pero echaba de menos a su primer amiguito y, muy a menudo, se acordaba de él.

—¡Cómo me gustaría volverlo a ver! —repetía.

Fueron pasando los años, y el Gigante se puso viejo y sus fuerzas se debilitaron. Ya no podía jugar; pero, sentado en un enorme sillón, miraba jugar a los niños y admiraba su jardín.

—Tengo muchas flores hermosas —se decía—, pero los niños son las flores más hermosas de todas.

Una mañana de invierno miró por la ventana mientras se vestía. Ya no odiaba el invierno, pues sabía que el invierno era simplemente la primavera dormida, y que las flores estaban descansando.

Sin embargo, de pronto se restregó los ojos, maravillado, y miró, miró…

Era realmente maravilloso lo que estaba viendo. En el rincón más lejano del jardín había un árbol cubierto por completo de flores blancas. Todas sus ramas eran doradas, y de ellas colgaban frutos de plata. Debajo del árbol estaba parado el pequeñito a quien tanto había echado de menos.

Lleno de alegría, el Gigante bajó corriendo las escaleras y entró en el jardín. Pero cuando llegó junto al niño, su rostro enrojeció de ira y dijo:

—¿Quién se ha atrevido a hacerte daño?

Porque en la palma de las manos del niño había huellas de clavos, y también había huellas de clavos en sus pies.

—¿Pero quién se atrevió a herirte? —gritó el Gigante—. Dímelo, para tomar la espada y matarlo.

—¡No! —respondió el niño—. Estas son las heridas del Amor.

—¿Quién eres tú, mi pequeño niñito? —preguntó el Gigante, y un extraño temor lo invadió, y cayó de rodillas ante el pequeño.

Entonces, el niño sonrió al Gigante y le dijo:

—Una vez tú me dejaste jugar en tu jardín; hoy jugarás conmigo en el jardín mío, que es el Paraíso.

Y cuando los niños llegaron esa tarde, encontraron al Gigante muerto debajo del árbol. Parecía dormir, y estaba entero cubierto de flores blancas.

EL PRÍNCIPE FELIZ

En la parte más alta de la ciudad, sobre una columnita, se alzaba la estatua del Príncipe Feliz.

Estaba toda revestida de hojas de oro fino. Tenía, a modo de ojos, dos centelleantes zafiros, y un gran rubí rojo ardía en el puño de su espada.

Por todo ello era muy admirada.

—Es tan hermoso como una veleta —observó uno de los miembros del Concejo, que deseaba granjearse una reputación de conocedor en el arte—. Pero no es tan útil —añadió, temiendo que lo tomaran por un hombre poco práctico.

Y realmente no lo era.

—¿Por qué no eres como el Príncipe Feliz? —preguntaba una madre cariñosa a su hijito, que pedía la luna—. El Príncipe Feliz nunca hubiera pensado en pedir nada a gritos.

—Me hace dichoso ver que hay en el mundo alguien que es completamente feliz —murmuraba un hombre fracasado, contemplando la estatua maravillosa.

—Verdaderamente parece un ángel —decían los niños del hospicio al salir de la catedral, vestidos con sus soberbias capas escarlatas y sus bonitas chaquetas blancas.

—¿Y cómo lo saben? —replicaba el profesor de matemáticas—, si nunca han visto uno.

—¡Oh! Los hemos visto en sueños —respondieron los niños.

Y el profesor de matemáticas fruncía las cejas, adoptando un severo aspecto, porque no podía aprobar que unos niños se permitiesen soñar.

Una noche, una golondrinita voló sin descanso hacia la ciudad.

Seis semanas antes, sus amigas habían partido rumbo a Egipto, pero ella se quedó atrás.

Estaba enamorada del más hermoso de los juncos. Lo encontró al comienzo de la primavera, cuando volaba sobre el río persiguiendo a una gran mariposa amarilla, y su talle esbelto la atrajo de tal modo que se detuvo para hablarle.

—¿Quieres que te ame? —dijo la Golondrina, que nunca se andaba con rodeos.

Y el Junco le hizo un profundo saludo.

Entonces la Golondrina revoloteó a su alrededor, rozando el agua con sus alas y trazando estelas de plata.

Era su manera de hacer la corte. Y así transcurrió todo el verano.

—Es un enamoramiento ridículo —gorjeaban las otras golondrinas—. Ese Junco es un pobretón y tiene realmente demasiada familia.

Y, en efecto, el río estaba todo cubierto de juncos.

Cuando llegó el otoño, todas las golondrinas emprendieron el vuelo.

Una vez que se fueron sus amigas, se sintió muy sola y empezó a cansarse de su amante.

—No sabe hablar —decía ella—. Y además, temo que sea inconstante porque coquetea sin cesar con la brisa.

Y realmente, cada vez que soplaba la brisa, el Junco multiplicaba sus más graciosas reverencias.

—Veo que es muy casero —murmuraba la Golondrina—. A mí me gustan los viajes. Por lo tanto, quien me ame debe querer viajar conmigo.

—¿Quieres seguirme? —preguntó por último la Golondrina al Junco.

Pero el Junco negó con la cabeza. Estaba demasiado atado a su hogar.

—¡Te has burlado de mí! —le gritó la Golondrina—. Me marcho a las Pirámides. ¡Adiós!

Y la Golondrina se fue.

Voló durante todo el día y, al caer la noche, llegó a la ciudad.

—¿Dónde buscaré refugio? —se preguntó—. Supongo que la ciudad habrá hecho preparativos para recibirme.

Entonces divisó la estatua sobre la columnita.

—Voy a cobijarme allí —exclamó—. Es un sitio bonito y hay mucho aire fresco.

Y se dejó caer precisamente entre los pies del Príncipe Feliz.

—Tengo una habitación dorada —se dijo quedamente, después de mirar en torno suyo.

Y se dispuso a dormir.

Pero al ir a colocar su cabeza bajo el ala, de repente le cayó encima una pesada gota de agua.

—¡Qué curioso! —exclamó—. No hay una sola nube en el cielo, las estrellas están claras y brillantes, ¡sin embargo, llueve! El clima del norte de Europa es verdaderamente extraño. Al Junco le gustaba la lluvia, pero en él era puro egoísmo.

Entonces cayó otra gota.

—¿Para qué sirve una estatua si no resguarda de la lluvia? —dijo la Golondrina—. Voy a buscar un buen copete de chimenea.

Y se dispuso a volar más lejos. Pero antes de que abriera las alas, cayó una tercera gota.

La Golondrina miró hacia arriba y vio... ¡Ah, lo que vio!

Los ojos del Príncipe Feliz estaban arrasados en lágrimas, que corrían por sus mejillas de oro.

Su rostro era tan bello a la luz de la luna, que la Golondrinita sintió una profunda compasión.

—¿Quién eres? —preguntó.

—Soy el Príncipe Feliz.

—Entonces, ¿por qué lloras de ese modo? —preguntó la Golondrina—. Me has empapado casi por completo.

—Cuando estaba vivo y tenía un corazón humano —respondió la estatua—, no sabía lo que eran las lágrimas porque vivía en el Palacio de la Despreocupación, donde no se permitía la entrada al dolor. Durante el día jugaba con mis compañeros en el jardín y por la noche bailaba en el gran salón. Alrededor del jardín se alzaba una muralla altísima, pero nunca me preocupé por lo que había detrás de ella, pues todo cuanto me rodeaba era hermoso. Mis cortesanos me llamaban el Príncipe Feliz y, realmente, era feliz... si es que el placer es la felicidad. Así viví y así morí. Pero ahora que estoy muerto, me han elevado tan alto, que puedo ver todas las fealdades y todas las miserias de mi ciudad, y aunque mi corazón sea de plomo, no me queda más remedio que llorar.

«¡Cómo! ¿No es de oro puro?», pensó la Golondrina para sus adentros, pues estaba demasiado bien educada para hacer ninguna observación en voz alta sobre las personas.

—Allí abajo —continuó la estatua con su voz baja y musical—, en una callejuela, hay una pobre vivienda. Una de sus ventanas está abierta y, a través de ella, puedo ver a una mujer sentada ante una mesa. Su rostro está demacrado y ajado. Tiene las manos hinchadas y enrojecidas, llenas de pinchazos de aguja, porque es costurera. Borda pasionarias sobre un vestido de raso que debe lucir en el próximo baile de la corte la más bella de las damas de honor de la reina. Sobre un lecho, en el rincón del cuarto, yace su hijito enfermo. Tiene fiebre y pide naranjas. Su madre no puede darle más que agua del río. Por eso llora. Golondrina, Golondrinita, ¿no quieres llevarle el rubí del puño de mi espada? Mis pies están sujetos al pedestal y no puedo moverme.

—Me esperan en Egipto —respondió la Golondrina—. Mis amigas revolotean de aquí para allá sobre el Nilo y charlan con los grandes lotos. Pronto irán a dormir al sepulcro del gran rey. El mismo rey está allí en su caja de madera, envuelto en una tela amarilla y embalsamado con sustancias aromáticas. Tiene una cadena de jade verde pálido alrededor del cuello y sus manos son como hojas secas.

—Golondrina, Golondrina, Golondrinita —dijo el Príncipe—, ¿no te quedarás conmigo una noche y serás mi mensajera? ¡El niño tiene tanta sed y su madre tanta tristeza!

—No creo que me agraden los niños —contestó la Golondrina—. El invierno pasado, cuando vivía yo a orillas del río, dos muchachos maleducados, los hijos del molinero, no paraban de tirarme piedras. Claro que no me alcanzaban. Nosotras, las golondrinas, volamos demasiado bien para eso, y además, yo pertenezco a una familia célebre por su agilidad. Pero, a pesar de todo, era una falta de respeto.

Sin embargo, la mirada del Príncipe Feliz era tan triste que la Golondrinita se sintió conmovida.

—Hace mucho frío aquí —le dijo—, pero me quedaré una noche contigo y seré tu mensajera.

—Gracias, Golondrinita —respondió el Príncipe.

Entonces la Golondrinita arrancó el gran rubí de la espada del Príncipe y, llevándolo en el pico, voló sobre los tejados de la ciudad.

Pasó sobre la torre de la catedral, donde había unos ángeles esculpidos en mármol blanco.

Pasó sobre el palacio real y oyó la música del baile.

Una bella muchacha apareció en el balcón con su novio.

—¡Qué hermosas son las estrellas! —dijo él—, y qué poderosa es la fuerza del amor.

—Ojalá mi vestido estuviera terminado para el baile oficial —respondió ella—. He mandado bordar en él unas pasionarias, ¡pero son tan perezosas las costureras!

Pasó sobre el río y vio los faroles colgados en los mástiles de los barcos. Pasó sobre el gueto y vio a los ancianos judíos negociando entre ellos y pesando monedas en balanzas de cobre.

Al fin llegó a la pobre vivienda y echó un vistazo dentro. El niño se agitaba febrilmente en su camita y su madre se había quedado dormida de cansancio.

La Golondrina saltó a la habitación y puso el gran rubí en la mesa, sobre el dedal de la costurera. Luego revoloteó suavemente alrededor del lecho, abanicando con sus alas la cara del niño.

—¡Qué brisa más fresca! —murmuró el niño—. Debo estar mejor.

Y cayó en un profundo sueño.

Entonces la Golondrina se dirigió a todo vuelo hacia el Príncipe Feliz y le contó lo que había hecho.

—Es curioso —observó ella—, pero ahora casi siento calor; sin embargo, hace mucho frío.

Y la Golondrinita empezó a reflexionar y, en ese instante, se quedó dormida. Siempre que reflexionaba, se dormía.

Al despuntar el alba, voló hacia el río y tomó un baño.

—¡Notable fenómeno! —exclamó el profesor de ornitología que pasaba por el puente—. ¡Una golondrina en invierno!

Y escribió sobre aquel tema una larga carta para un periódico local. Todo el mundo la citó. ¡Estaba plagada de palabras que nadie podía comprender!

—Esta noche parto para Egipto —se decía la Golondrina.

Y solo de pensarlo se ponía muy alegre.

Visitó todos los monumentos públicos y descansó un buen rato sobre la punta del campanario de la iglesia.

Por todas partes donde iba, los gorriones piaban, diciéndose unos a otros:

—¡Qué extranjera más distinguida!

Y esto la llenaba de gozo.

Al salir la luna, volvió volando a toda prisa hacia el Príncipe Feliz.

—¿Tienes algún encargo para Egipto? —le gritó—. Estoy por partir.

—Golondrina, Golondrina, Golondrinita —dijo el Príncipe—, ¿no te quedarás otra noche conmigo?

—Me esperan en Egipto —respondió la Golondrina—. Mañana mis amigas volarán hacia la segunda catarata. Allí, el hipopótamo se acuesta entre los juncos y el dios Memnón se alza sobre un gran trono de granito. Acecha a las estrellas durante la noche y, cuando brilla Venus, lanza un grito de alegría y luego calla. A mediodía, los rojizos leones bajan a beber a la orilla del río. Sus ojos son verdes aguamarina y sus rugidos más atronadores que la propia catarata.

—Golondrina, Golondrina, Golondrinita —dijo el Príncipe—, allá abajo, al otro lado de la ciudad, veo a un joven en una buhardilla. Está inclinado sobre una mesa cubierta de papeles, y en un vaso a su lado hay un ramo de violetas marchitas. Su cabello es negro y rizado, y sus labios son rojos como granos de granada. Tiene unos grandes ojos soñadores. Se esfuerza en terminar una obra para el director del teatro, pero siente demasiado frío para escribir más. No hay fuego en su aposento y el hambre lo ha rendido.

—Me quedaré otra noche contigo —dijo la Golondrina, que tenía realmente un buen corazón—. ¿Debo llevarle otro rubí?

—¡Ay! No tengo más rubíes —dijo el Príncipe—. Mis ojos son lo único que me queda. Son unos zafiros extraordinarios traídos de la India hace un millar de años. Arranca uno de ellos y llévaselo. Lo venderá a un joyero, comprará alimento y combustible, y podrá terminar su obra.

—Amado Príncipe —dijo la Golondrina—, no puedo hacer eso.

Y se puso a llorar.

—¡Golondrina, Golondrina, Golondrinita! —insistió el Príncipe—. Haz lo que te pido.

Entonces la Golondrina arrancó uno de los ojos del Príncipe y voló hacia la buhardilla del estudiante. Era fácil entrar en ella porque había un agujero en el techo. La Golondrina pasó a través de él como una flecha y se encontró dentro de la habitación.

El joven tenía la cabeza hundida entre las manos y no oyó el aleteo del pájaro. Cuando por fin levantó la vista, vio el hermoso zafiro colocado sobre las violetas marchitas.

—¡Empiezo a ser reconocido! —exclamó—. Esto proviene de algún rico admirador. Ahora ya podré terminar mi obra.

Y su rostro se iluminó de felicidad.

Al día siguiente, la Golondrina voló hacia el puerto.

Descansó sobre el mástil de un gran navío y contempló a los marineros que sacaban enormes cajas de la bodega, tirando de gruesos cabos.

—¡Ah, iza! —gritaban a cada caja que llegaba a cubierta.

—¡Me voy a Egipto! —les gritó la Golondrina.

Pero nadie le hizo caso y, al salir la luna, volvió hacia el Príncipe Feliz.

—He venido a despedirme —le dijo.

—¡Golondrina, Golondrina, Golondrinita, Golondrinita! —exclamó el Príncipe—. ¿No te quedarás conmigo una noche más?

—Es invierno —replicó la Golondrina—, y pronto llegará la nieve glacial. En Egipto, el sol brilla cálido sobre las palmeras verdes. Los cocodrilos, acostados en el barro, miran perezosamente a los árboles a orillas del río. Mis compañeras construyen nidos en el templo de Baalbek. Las palomas rosadas y blancas las siguen con la mirada y se arrullan. Amado Príncipe, debo partir, pero nunca te olvidaré. En la próxima primavera te traeré dos bellas piedras preciosas para sustituir las que has dado. El rubí será más rojo que una rosa escarlata, y el zafiro tan azul como el océano.

—Allá abajo, en la plazoleta —dijo el Príncipe Feliz—, hay una niña vendedora de fósforos. Se le han caído al arroyo y se han estropeado todos. Su padre la golpeará si no lleva dinero a casa, y está llorando. No tiene medias ni zapatos y lleva su cabecita descubierta. Arráncame el otro ojo y dáselo. Así su padre no la castigará.

—Pasaré otra noche contigo —dijo la Golondrina—, pero no puedo arrancarte el ojo porque entonces te quedarás completamente ciego.

—¡Golondrina, Golondrina, Golondrinita! —dijo el Príncipe—. Haz lo que te mando.

Entonces la Golondrina volvió de nuevo hacia el Príncipe y emprendió el vuelo llevándoselo.

Se posó sobre el hombro de la vendedorcita de fósforos y deslizó la joya en la palma de su mano.

—¡Qué bonito pedazo de cristal! —exclamó la niña, y corrió a su casa muy alegre.

Entonces la Golondrina volvió de nuevo hacia el Príncipe.

—Ahora estás ciego. Por eso me quedaré contigo para siempre.

—No, Golondrinita —dijo el pobre Príncipe—. Tienes que ir a Egipto.

—Me quedaré contigo para siempre —repitió la Golondrina.

Y se durmió entre los pies del Príncipe.

Al día siguiente, se colocó sobre el hombro del Príncipe y le contó lo que había visto en tierras lejanas.

Le habló de los ibis rojos que se alineaban a orillas del Nilo, pescando con sus largos picos peces dorados; de la Esfinge, tan antigua como el mundo, que vive en el desierto y lo sabe todo; de los mercaderes que caminan lentamente junto a sus camellos, pasando las cuentas de rosarios de ámbar entre sus dedos; del rey de las montañas de la Luna, negro como el ébano, que adora un gran bloque de cristal; de la enorme serpiente verde que duerme en una palmera y a la que deben alimentar con pastelitos de miel veinte sacerdotes; y de los pigmeos que navegan por un gran lago sobre anchas hojas flotantes, siempre en guerra con las mariposas.

—Querida Golondrinita —dijo el Príncipe—, me cuentas cosas maravillosas, pero más maravilloso aún es el sufrimiento de los hombres y las mujeres. No hay misterio más grande que la miseria. Vuela por mi ciudad, Golondrinita, y dime lo que veas.

Entonces la Golondrina voló por la gran ciudad y vio a los ricos celebrando suntuosos banquetes en sus espléndidos palacios, mientras los mendigos yacían sentados en sus portales.

Sobrevoló los barrios sombríos y vio los rostros pálidos de los niños que morían de hambre, mirando con ojos vacíos las calles oscuras.

Bajo los arcos de un puente, dos pequeños se abrazaban para darse calor.

—¡Qué hambre tenemos! —susurraban.

—¡No pueden quedarse aquí acostados! —les gritó un guardia.

Y los niños se alejaron bajo la lluvia.

Entonces la Golondrina reanudó su vuelo y fue a contar al Príncipe lo que había visto.

—Estoy cubierto de oro fino —dijo el Príncipe—. Arráncalo hoja por hoja y repártelo entre los pobres. Los hombres creen siempre que el oro puede hacerlos felices.

Hoja por hoja, la Golondrina arrancó el oro fino hasta que el Príncipe Feliz quedó sin brillo ni esplendor.

Hoja por hoja, lo distribuyó entre los pobres, y las caritas de los niños volvieron a sonrosarse, reían y jugaban en las calles.

—¡Ya tenemos pan! —gritaban felices.

Entonces llegó la nieve, y después de la nieve, el hielo.

Las calles parecían empedradas de plata por cómo brillaban y relucían.

Largos carámbanos, semejantes a puñales de cristal, colgaban de los tejados de las casas. Todo el mundo se abrigaba con pieles, y los niños, con gorritos rojos, patinaban sobre el hielo.

La pobre Golondrina tenía frío, cada vez más frío, pero no quería abandonar al Príncipe: lo amaba demasiado para hacerlo.

Picoteaba las migas a la puerta del panadero cuando este no la veía e intentaba calentarse batiendo las alas.

Pero, al fin, sintió que la muerte se acercaba. Apenas tuvo fuerzas para volar una última vez hasta el hombro del Príncipe.

—¡Adiós, amado Príncipe! —murmuró—. Permíteme que te bese la mano.

—Me alegra saber que al fin partirás a Egipto, Golondrina —dijo el Príncipe—. Has permanecido aquí demasiado tiempo. Pero debes besarme en los labios, porque te amo.

—No es a Egipto adonde voy —susurró la Golondrina—. Voy a la morada de la Muerte. La Muerte es hermana del Sueño, ¿verdad?

Y besando al Príncipe Feliz en los labios, cayó muerta a sus pies.

En ese mismo instante, sonó un extraño crujido en el interior de la estatua, como si algo se hubiese roto.

Lo cierto es que el corazón de plomo se había partido en dos. Realmente hacía un frío terrible.

A la mañana siguiente, muy temprano, el alcalde paseaba por la plaza con dos concejales de la ciudad.

Al pasar junto al pedestal, levantó la vista hacia la estatua.

—¡Dios mío! —exclamó—. ¡Qué andrajoso se ve el Príncipe Feliz!

—¡Sí, está verdaderamente andrajoso! —repitieron los concejales, que siempre estaban de acuerdo con el alcalde.

Y levantaron la cabeza para mirar la estatua.

—El rubí de su espada ha desaparecido, ya no tiene ojos y ha perdido todo su dorado —comentó el alcalde—. En resumen, parece un pordiosero.

—¡Sí, un pordiosero! —repitieron a coro los concejales.

—Y tiene un pájaro muerto a sus pies —prosiguió el alcalde—. Realmente, habrá que promulgar un bando prohibiendo a los pájaros morir en esta plaza.

El secretario del Ayuntamiento tomó nota de aquella idea.

Entonces se ordenó derribar la estatua del Príncipe Feliz.

—Al no ser ya hermosa, de nada sirve —dictaminó el profesor de estética de la universidad.

Fundieron la estatua en un gran horno, y el alcalde convocó al Concejo para decidir qué hacer con el metal.

—Podríamos —propuso— hacer una nueva estatua… la mía, por ejemplo.

—O la mía —dijo cada uno de los concejales.

Y acabaron en una disputa.

—¡Qué cosa más extraña! —dijo el maestro de la fundición—. Este corazón de plomo no quiere fundirse en el horno. Habrá que desecharlo.

Los fundidores lo arrojaron al montón de basura, donde yacía la golondrina muerta.

Entonces Dios le dijo a uno de sus ángeles:

—Tráeme las dos cosas más valiosas de la ciudad.

Y el ángel le llevó el corazón de plomo y el pequeño pájaro muerto.

—Has elegido bien —dijo Dios—. En mi jardín del Paraíso, este pajarillo cantará eternamente, y en mi ciudad de oro, el Príncipe Feliz repetirá mis alabanzas.

EL NIÑO ASTRO

Érase una vez dos pobres leñadores que regresaban a su casa cruzando un gran pinar. Era invierno y hacía un frío terrible. La nieve caía espesa sobre la tierra y los árboles; el hielo acumulado rompía las ramas más pequeñas y débiles, y cuando los leñadores llegaron al Torrente de la Montaña, vieron que este colgaba inerte en el aire porque había recibido el beso del Rey de Hielo. Tanto frío hacía, que aun los animales, hasta los mismos pájaros, no sabían qué hacer.

—¡Muh! —gruñó el lobo, saltando entre los matorrales con su cola entre las patas—. ¡Hace un tiempo perfectamente horrible! ¿Por qué no trata de remediarlo el gobierno?

—¡Uit! ¡Uit! ¡Uit! —gorjeaban los verdes colorines—; la anciana Tierra ha muerto, y le han puesto su mortaja blanca.

—La Tierra se va a desposar, y este es su traje de bodas —murmuraban las tórtolas entre sí. Tenían sus piececitos rosados heridos por el hielo, pero sentían que era un deber considerar la situación de un modo romántico.

—¡Vamos! —gruñó el lobo—. Les digo que toda la culpa la tiene el gobierno, y a quien no me crea, me lo comeré.

El lobo poseía un gran sentido práctico y nunca le faltaban argumentos sólidos.

—Bueno, lo que es por mí —dijo un pajarillo que había nacido filósofo—, las explicaciones me importan… una teoría atómica. Si una cosa es así, pues es así, y ahora lo que hay es que hace un frío horrible.

Verdaderamente, el frío era atroz. Las ardillas que vivían dentro del gran abeto no dejaban de frotarse las naricitas unas con otras a fin de conservarlas calientes, y los conejos permanecían acurrucados en sus madrigueras sin atreverse siquiera a asomarse. Los únicos seres que parecían contentos eran los búhos; sus plumas estaban atiesadas por la escarcha, pero eso los tenía sin cuidado. Movían sus grandes ojos amarillos y no cesaban de llamarse unos a otros a través del bosque:

—¡Tu-juit! ¡Tu-ju! ¡Tu-juit! ¡Tu-ju! ¡Qué tiempo más delicioso tenemos!

Los dos leñadores caminaban uno tras otro, frotándose las manos violentamente, y sus botas bastas y claveteadas dejaban marcado el camino sobre la nieve endurecida. Una vez se hundieron en un arroyo profundo y salieron de él blancos como los molineros cuando se mueve el molino, y otra vez, por donde las lagunas se habían helado, resbalaron sobre la dura llanura del hielo. Se soltaron los nudos de sus gavillas de leña y tuvieron que recogerlas y atarlas de nuevo. Otra vez se creyeron perdidos, y un gran terror se apoderó de ellos, porque sabían cuán cruel es la nieve para quien se duerme en sus brazos. Pero confiaban en el buen San Martín, que vela por todos los viajeros, y, rehaciendo el camino, avanzaban prudentemente. Por fin llegaron al final del bosque y vieron a lo lejos, en el valle que se extendía por debajo de ellos, las luces de su aldea.

Tan locos de alegría estaban al verse salvados, que se pusieron a reír a carcajadas. La tierra les pareció una flor de plata y la luna, una flor de oro.

Pero después de tanto reír se quedaron tristes, pues recordaron su pobreza, y uno de ellos le dijo al otro:

—¿A qué alegrarnos, puesto que la vida es para los ricos y no para aquellos que están como nosotros? Más nos valía haber perecido de frío en el bosque o haber sido devorados por una fiera.

—Verdad es —contestó su compañero— que a algunos se les da mucho y a otros bien poco. La injusticia ha repartido el mundo y no hay partes iguales de nada, salvo de dolor.

Y he aquí que, mientras lamentaban su miseria, sucedió un hecho extraño. Cayó del cielo una estrella muy brillante y hermosa; se deslizó hacia abajo, pasando en su curso por entre las demás estrellas, y mientras los leñadores la contemplaban asombrados, les pareció que se hundía tras un grupo de sauces situado junto a un pequeño establo que se encontraba al alcance de una piedra.

—Bueno, habrá oro para quien lo encuentre —exclamaron los dos, y, en su afán de hallar oro, echaron a correr hacia allí.

Uno de ellos corría más aprisa y se adelantó a su compañero. Siguió su carrera a través de los sauces, salió al otro lado y, he aquí, realmente había un objeto de oro destacándose sobre la blancura de la nieve. Se apresuró a cogerlo, se inclinó para ello y vio que era un manto de tisú de oro adornado con estrellas y doblado en muchas vueltas. Gritó a su camarada, diciéndole que había encontrado el tesoro caído del cielo, y cuando el camarada llegó junto a él, se sentaron los dos en la nieve y empezaron a desdoblar el manto para repartirse las monedas de oro.

Pero ¡ay!, no había oro en el manto, ni plata, ni tesoro de ninguna clase, sino solamente un niño pequeño que estaba dormido.

Y uno de los leñadores le dijo al otro:

—¡Qué mal acaba nuestra esperanza! ¡Qué poca suerte tenemos! ¿Qué puede sacar un hombre de un niño? Dejémoslo aquí y sigamos nuestro camino, ya que somos pobres y tenemos a nuestros hijos, cuyo pan no podemos dar a otro.

Pero su compañero le replicó:

—No, sería una mala acción dejar aquí a este niño para que se muera de frío entre la nieve, y aunque soy tan pobre como tú y debo alimentar muchas bocas, teniendo poco en el puchero para ello, me llevaré este niño a mi casa y mi mujer cuidará de él.

Cogió al niño con ternura, lo envolvió en el manto para preservarlo del frío cortante y volvió a descender la colina, dirigiéndose hacia la aldea, mientras su compañero quedaba asombrado por tanta necedad y tanta blandura de corazón.

Y llegando a la aldea, le dijo a su camarada:

—Ya que tú tienes al niño, dame a mí el manto, pues justo es que repartamos el hallazgo.

Pero él le contestó:

—No, porque el manto no es ni tuyo ni mío, sino del niño. ¡Buena suerte, pues!

Y se despidió, dirigiéndose a su casa.

Llamó. Al abrir la puerta y ver que su marido había regresado con felicidad, su mujer lo abrazó, lo besó, lo ayudó a deshacerse del haz de leña que llevaba a la espalda, le limpió la nieve de las botas y le dijo que entrara.

Pero él contestó:

—He encontrado algo en el bosque y te lo traigo para que cuides de ello —y no pasaba del umbral de la puerta.

—¿Qué es? —preguntó ella—. Muéstramelo, que la casa está vacía y son muchas las cosas que nos hacen falta.

Él, entonces, descubrió el manto y mostró al niño dormido.

—¡Pero, hombre! —murmuró la mujer—. ¿No tenemos ya a nuestros hijos, que necesitas traer un intruso a sentarse en nuestro hogar? ¡Y acaso nos traiga mala suerte! ¿Y cómo voy a cuidarlo yo?

Y se puso furiosa contra su marido.

—No, que es un Niño-Astro —contestó él, y le contó la extraña aventura.

Pero ella no se apaciguaba; le hizo burla, se enfureció más y exclamó por fin:

—Nuestros hijos carecen de pan y ¿vamos a dar de comer al hijo de otros? ¿Quién atenderá entonces a los nuestros? ¿Quién les dará de comer?

—Dios cuida hasta de los gorriones y les da alimento —repuso él.

—¿Acaso no mueren también los gorriones de hambre durante el invierno? —contestó ella—. ¿Y no estamos ahora en invierno?

El hombre no dijo nada, pero no se movió del umbral de la puerta. Un viento horrible, venido del bosque, hacía temblar la puerta abierta. La mujer tiritaba y le dijo al marido:

—¿Por qué no cierras la puerta? Penetra en casa un viento horrible y tengo frío.

—En la casa donde hay un mal corazón, ¿no entra acaso siempre un viento horrible? —replicó él.

La mujer calló y se acercó al fuego.

Después de unos momentos, volvió y miró a su marido con los ojos arrasados de lágrimas. Él, entonces, entró rápidamente, le puso al niño en los brazos, y ella lo besó y lo acostó en una cuna, en la cual estaba durmiendo el más pequeño de sus hijos. Al día siguiente, el leñador tomó el extraño manto de oro y lo guardó en un arca; y su mujer cogió una cadena de ámbar que rodeaba el cuello del niño y la guardó también junto al manto.

Así fue como el Niño-Astro creció con los hijos del leñador; se sentaba a su mesa y era su compañero de juegos. Y cada año que transcurría se hacía más hermoso, y todos los habitantes de la aldea admiraban su belleza, pues, mientras ellos eran morenos y de cabello oscuro, él era blanco y delicado como el marfil, y los rizos de su cabellera se asemejaban a los anillos del narciso. Sus labios eran como los pétalos de una flor encarnada; sus ojos, como violetas en un río de agua cristalina, y su cuerpo, como los narcisos de un campo virgen, inmaculado de segadores.

Pero su hermosura le inspiraba el mal. Creció altivo, cruel y egoísta. Despreciaba a los hijos del leñador y a los demás niños de la aldea, diciéndoles que eran de origen humilde, mientras que él era de noble estirpe, porque había nacido de una estrella. Y se erigió en señor de todos ellos, y los llamaba sus criados; no sentía piedad por los desvalidos, ni por los ciegos o mutilados, ni por los afligidos, sino que, por el contrario, les tiraba piedras, los arrojaba a la carretera y les prohibía mendigar el pan, de modo que nadie, salvo los que estaban fuera de la ley, llegaban dos veces hasta aquella aldea a pedir limosna. Estaba convencido hasta tal punto de su propia belleza, que se reía de los raquíticos y poco agraciados, burlándose de ellos.

El leñador y su mujer lo reprendían a menudo, diciéndole:

—Nosotros no te tratamos como tratas tú a los que se quedan solitarios, sin tener quién los ampare. ¿Por qué te muestras tan duro con quienes necesitan compasión?

A menudo, también el anciano sacerdote lo mandaba llamar e intentaba inculcarles el amor a los seres vivientes, diciéndole:

—La mosca es hermana tuya; no le hagas daño. Los pájaros silvestres que vuelan por el bosque tienen derecho a la vida; no te diviertas poniendo trampas. Dios creó al gusano y al topo, y cada uno tiene designado su lugar en el mundo. ¿Quién eres tú para traer penas a la creación de Dios? Hasta el ganado del campo alaba al Señor.

Pero el Niño-Astro no prestaba atención a estas palabras; ponía mala cara, profería insultos y se iba a gobernar a sus compañeros. Y estos lo seguían porque era hermoso, tenía los pies ligeros y sabía hacer música con la flauta. Y dondequiera que el Niño-Astro los llevaba, ellos lo seguían, y cualquier cosa que el Niño-Astro les mandaba, ellos la hacían. Y cuando él, con una caña afilada, le saltaba al topo los ojos turbios, ellos se echaban a reír; y cuando tiraba piedras a un leproso, también se reían. En todo los gobernaba, y los hizo volverse tan duros de corazón como él.

Un día pasó por la aldea una pobre mendiga. Tenía la ropa desgarrada y andrajosa, los pies le sangraban a causa del áspero camino recorrido, y toda su apariencia era miserable. Y como estaba muy cansada, se sentó a descansar debajo de un castaño.

Al verla, el Niño-Astro dijo a sus compañeros:

—Miren, bajo aquel hermoso árbol cubierto de hojas verdes está sentada una mendiga asquerosa. Vamos a echarla de aquí, porque es fea y desagradable.

Dicho esto, se aproximó a la anciana, la apedreó y se burló de ella. La mujer lo miraba con terror y no le apartaba la vista de encima.

Cuando el leñador, que se hallaba partiendo leña en un montecillo cercano, vio lo que hacía el Niño-Astro, corrió a reprenderlo, diciéndole:

—Verdaderamente tienes el corazón muy duro y no sabes lo que es tener misericordia. ¿Qué daño te ha hecho esa pobre mujer para que la trates de ese modo?

El Niño-Astro se puso furioso, pateó la tierra y contestó:

—¿Quién eres tú para interrogarme acerca de lo que hago? No soy tu hijo y no te debo obediencia.

—Dices bien —repuso el leñador—, pero yo te enseñé la piedad cuando te hallé en el bosque.

Al oír estas palabras, la mendiga dio un gran grito y se desmayó. El leñador la llevó a su casa, donde su mujer la atendió y, cuando recobró el conocimiento, colocaron ante ella comida y bebida para que se reconfortara.

Pero ella, en lugar de comer y beber, le dijo al leñador:

—¿No dijiste que el niño fue encontrado en el bosque? Y ¿no han transcurrido diez años desde entonces?

—Sí —contestó el leñador—; en el bosque encontré yo al niño, y van diez años de ello.

—Y ¿qué encontraste junto a él? —prosiguió la mendiga—. ¿No llevaba alrededor del cuello un collar de ámbar? ¿No iba envuelto en un manto de tisú de oro bordado con estrellas?

—Cierto —contestó el leñador—, era como tú dices —y sacó, del arca donde los guardaba, el collar de ámbar y el manto de oro, y se los mostró.

Al verlos, la mendiga se echó a llorar de alegría y exclamó:

—Es mi hijito, al que yo perdí en el bosque. Te suplico que mandes pronto por él, porque vengo recorriendo el mundo en su busca.

El leñador salió con su mujer a llamar al Niño-Astro:

—Entra en casa —le dijeron—, que allí está tu madre esperándote.

Entró el niño, con gran frialdad y asombro; pero al ver quién lo esperaba, se echó a reír desdeñosamente, diciendo:

—¿Y dónde está mi madre? Porque aquí solo veo a esta mendiga.

Ella le dijo entonces:

—Yo soy tu madre.

—Estás loca —exclamó él, colérico—. Yo no soy tu hijo, tú eres una mendiga fea y harapienta. Por lo tanto, vete de aquí y no vuelvas a mostrarme tu repugnante cara.

—No, que eres verdaderamente mi hijito, el que yo perdí en el bosque —exclamó ella. Y, cayendo de rodillas, le tendió los brazos—. Te robaron unos ladrones y te dejaron para que murieras —continuó diciendo—; pero te he reconocido en seguida y también reconozco el manto de tisú de oro y el collar de ámbar. Te suplico que vengas conmigo, pues he errado por toda la tierra buscándote. Ven conmigo, hijo mío, ven, que necesito tu cariño.

Pero el Niño-Astro permaneció inmóvil y cerró las puertas de su corazón. No se oía ningún ruido, salvo el llanto de la mendiga que lloraba de pena.

Y, por fin, habló el niño, con voz dura y severa:

—Si realmente eres mi madre —dijo—, mejor hubieras hecho en marcharte que en venir a avergonzarme, ya que yo me creía hijo de una estrella y no de una mendiga como tú. Vete de aquí, y que no te vuelva a ver más.

—¡Ay!, hijo mío —repuso ella—. ¿No me besarás siquiera antes de que me vaya? Mira que mi dolor ha sido muy grande al encontrarte.

—No —contestó el Niño-Astro—, que estás muy sucia. Besaría a una víbora o a un sapo antes que a ti.

La mendiga se levantó entonces y se fue al bosque, llorando amargamente. Al ver que se había ido, el Niño-Astro se puso muy contento y volvió junto a sus compañeros para seguir jugando.

Pero al verle llegar, estos se volvieron contra él, diciéndole:

—Eres tan vil como el sapo y tan aborrecible como la víbora. Márchate de aquí, que no queremos que juegues con nosotros.

Y lo echaron fuera del jardín.

El Niño-Astro se enfureció, murmurando:

—¿Qué es lo que me han dicho? Iré al pozo, me miraré detenidamente y el pozo me dirá cuán hermoso soy.

Así lo hizo, pero ¡ay!… Su cara era como la de un sapo y su cuerpo tenía escamas como el de una víbora. Entonces se echó a llorar sobre la hierba, diciendo:

—Seguramente me sucede esto en castigo de mi pecado. He negado a mi madre, la he echado de mi lado y me he mostrado altivo y cruel con ella. Por lo tanto, debo ir a buscarla por todo el mundo y no descansaré hasta haberla encontrado.

En ese instante se acercó la más pequeña de las hijas del leñador y, poniéndole la mano encima del hombro, le preguntó:

—¿Qué te ocurre que has perdido tu hermosura? Quédate con nosotros, que yo no me burlaré de ti.

Y él contestó:

—No, porque he sido cruel con mi madre y este mal me ha sido enviado en castigo; así que debo irme de aquí y andar por todo el mundo hasta encontrarla y conseguir su perdón.

Así, marchó al bosque y llamó a su madre, pero en vano. Todo el día la estuvo llamando; cuando se puso el sol, se tendió en un lecho de hojas para dormir. Los pájaros y todos los animalitos huían de él, recordando su crueldad, y se quedó solo. Únicamente le hacían compañía el sapo, que parecía servirle de guardia, y la víbora, que pasaba arrastrándose lentamente.

A la mañana siguiente se levantó, cogió de los árboles algunas frutas amargas, se las comió y, llorando lastimosamente, emprendió el camino a través del bosque inmenso. Y a todo el que encontraba le preguntaba si por casualidad había visto a su madre. Al topo le dijo:

—Tú, que andas por debajo de la tierra, dime: ¿está mi madre allí?

Y el topo le contestó:

—Me has dejado ciego, ¿cómo quieres que la vea?

Le dijo al colorín:

—Tú, que puedes volar por encima de los árboles y puedes verlo todo, dime: ¿no ves a mi madre?

Y el colorín le contestó:

—Me has cortado las alas por divertirte, ¿cómo quieres que vuele?

Y a la pequeña ardilla, que vivía solitaria dentro del abeto, le dijo:

—¿Dónde está mi madre?

Y la ardilla le contestó:

—A mí me mataste, ¿quieres acaso matarla también?

El Niño-Astro lloró, bajó la cabeza, pidió a Dios que le perdonara todas sus culpas y siguió por el bosque buscando a su madre mendiga. Y al tercer día había atravesado todo el bosque y descendió hacia la llanura.

Cuando pasaba por las aldeas, los niños le hacían burla y lo apedreaban, y los campesinos no le permitían dormir en los establos sino después de sacar fuera todo el estiércol. Estaba tan sucio, que lo echaban de todas partes y nadie se apiadaba de él. En ningún lugar pudo saber de la mendiga que era su madre, a pesar de vagar por el mundo durante tres años. A menudo le parecía verla frente a él por algún camino, y la llamaba y corría tras ella hasta ensangrentarse los pies con los puntiagudos guijarros, pero no lograba alcanzarla. Y aquellos a quienes preguntaba por ella contestaban que sí, que la habían visto, y si no, que habían visto a otra parecida, y se reían de su pena.

Por espacio de tres años anduvo errando por el mundo, y en el mundo no había para él ni amor, ni afecto, ni caridad; y es que aquel mundo era el que él mismo se había forjado en los días de su altivez.

Una noche llegó a la puerta de una ciudad rodeada de fuertes murallas y situada junto a un río, y como estaba muy cansado y tenía los pies heridos, decidió entrar en ella. Pero los soldados que montaban la guardia no le permitieron la entrada, cruzaron sus lanzas y le preguntaron duramente qué buscaba en la ciudad.

—Voy en busca de mi madre —contestó él—, y les suplico que me dejen pasar, pues quizás esté en esta ciudad.

Pero se burlaron de él, y uno de los soldados, que tenía una gran barba negra, apoyó su arma en el suelo y exclamó:

—En verdad que para tu madre no habrías de ser ninguna alegría, pues eres más feo que el sapo de la laguna y la víbora que se arrastra por el pantano: ¡lárgate de aquí!

Otro soldado, que sostenía un estandarte amarillo, le preguntó:

—¿Quién es tu madre y por qué la andas buscando?

Y él contestó:

—Mi madre es una mendiga como yo, y la traté mal; te ruego que me dejes pasar para que me perdone, si es que se ha detenido en esta ciudad.

Pero los soldados no hicieron caso de lo que decía y lo pincharon con sus lanzas.

Cuando ya se alejaba, llorando, llegó un hombre cuya armadura tenía incrustaciones de flores doradas y cuyo yelmo ostentaba un león alado. Se acercó y preguntó a los soldados quién era aquel que había solicitado entrar.

—Es un mendigo, hijo de una pordiosera, y lo hemos echado de aquí —dijeron los soldados.

—No —exclamó riendo el recién llegado—, podemos venderlo como esclavo; lo daremos por una copa de vino dulce.

Un viejo de mal aspecto que pasaba por allí dijo entonces:

—Lo compro por ese precio.

Y después de pagar lo convenido, cogió al Niño-Astro de la mano y entró con él en la ciudad.

Después de recorrer muchas calles, llegaron ante una puertecita abierta en una pared, junto a la cual había un granado. El viejo golpeó la puerta con un anillo de jaspe tallado, la puerta se abrió y bajaron por cinco escalones de bronce a un jardín lleno de amapolas negras y jarrones verdes de barro cocido. El viejo sacó entonces de su turbante un pedazo de seda bordado, vendó con él los ojos del Niño-Astro y lo hizo avanzar. Cuando le quitó la venda, el Niño-Astro se encontró en un calabozo alumbrado por un farol de cuerno.

El viejo colocó encima de una mesa un pedazo de pan añejo y le dijo:

—¡Come!

Le sirvió un poco de agua en una taza y le dijo:

—¡Bebe!

Y después de haberlo visto comer y beber, se fue, cerrando la puerta tras de sí y asegurándola con una cadena de hierro.

A la mañana siguiente, el viejo, que debía poseer tantas habilidades como los magos de Libia y que había aprendido su ciencia de uno de ellos que habitaba en las tumbas del Nilo, entró y, con malos modos, le dijo:

—En un bosque que está cerca de las puertas de esta ciudad de Giaours hay tres monedas de metal. Una es de metal blanco, otra de metal amarillo y la tercera de metal rojizo. Hoy me vas a traer la pieza de metal blanco, y si vuelves sin ella, te daré cien latigazos. Ve de prisa: al ponerse el sol, te esperaré a la puerta del jardín. Y no dejes de traer el metal blanco, o te irá mal conmigo: eres mi esclavo, pues te compré por una copa de vino dulce.

Le vendó los ojos con la venda de seda blanca, lo condujo a través de la casa y del jardín de amapolas, le hizo subir los cinco escalones de bronce y, abriendo la puerta con su anillo, lo puso en la calle.

El Niño-Astro salió de las puertas de la ciudad y llegó al bosque.

Desde afuera, el bosque estaba hermosísimo; parecía lleno de pájaros cantarines y de flores deliciosamente perfumadas, así que el Niño-Astro penetró en él con gran alegría. Pero aquel esplendor no le servía de nada, pues dondequiera que iba, zarzas y espinas brotaban a su paso y lo cercaban, ortigas dañinas lo pinchaban y hojas de cardo le agujereaban la piel; de modo que pronto se encontró en un terrible aprieto, y tampoco pudo hallar por ningún lado la moneda de metal blanco, de la cual le había hablado el mago, a pesar de buscarla desde el amanecer hasta el mediodía y desde el mediodía hasta la puesta del sol. Entonces volvió a la casa llorando desconsoladamente, pues sabía demasiado bien lo que allí le esperaba.

Pero al llegar a la orilla del bosque oyó un grito, como de alguien que se quejaba, que provenía de un matorral; y olvidando sus propias penas, volvió sobre sus pasos y vio una liebre pequeñita atrapada en una trampa puesta por algún cazador.

El Niño-Astro tuvo piedad de la liebre y la liberó, diciéndole:

—No soy más que un esclavo, pero puedo devolverte tu libertad.

La liebre le contestó entonces:

—Es verdad, tú me has liberado; ¿qué puedo darte a cambio?

—Estoy buscando una moneda de metal blanco —le dijo el Niño-Astro—, no la encuentro por ninguna parte y si no se la llevo a mi amo, me dará de palos.

—Ven conmigo —repuso la liebre—, que yo te llevaré adonde está, pues sé dónde fue escondida y con qué fin.

El Niño-Astro siguió a la liebre, y he aquí que dentro de un gran roble vio la moneda de metal blanco tan buscada. Lleno de alegría la cogió y dijo a la liebre:

—El servicio que te presté, me lo has pagado con creces, y el cariño que te demostré me lo has devuelto centuplicado.

—No es nada —contestó la liebre—, solo te he tratado como tú me trataste.

Dicho esto, desapareció rápidamente, y el Niño-Astro se dirigió hacia la ciudad.

En la puerta de esta se hallaba sentado un leproso. Sobre su cara pendía una capucha de tela gris, a través de cuyos agujeros brillaban sus ojos como carbones encendidos. Al ver llegar al Niño-Astro, golpeó su taza de madera, agitó su cascabel y, llamándolo, le dijo:

—Dame una moneda, pues si no, me moriré de hambre; me han echado de la ciudad y no hay quien se apiade de mí.

—¡Ay! —exclamó el Niño-Astro—, solo tengo una moneda dentro de mi bolsa y si no se la llevo a mi amo, me apaleará, pues soy su esclavo.

Pero tanto rogó y suplicó el leproso, que el Niño-Astro se compadeció y le dio la moneda de metal blanco.

Cuando llegó a casa del mago, este le abrió la puerta y, haciéndolo entrar, le preguntó:

—¿Traes la moneda de metal blanco?

—No la traigo —contestó el Niño-Astro.

Entonces el mago se lanzó sobre él, lo maltrató y, colocándolo ante una mesa vacía, le dijo:

—¡Come!

Y dándole una taza vacía, añadió:

—¡Bebe!

Y lo encerró de nuevo en el calabozo.

Al día siguiente llegó y le dijo:

—Si hoy no me traes la moneda de metal amarillo, te retendré como esclavo para siempre y te daré trescientos latigazos.

El Niño-Astro se fue al bosque y estuvo todo el día buscando la moneda de metal amarillo, pero no pudo dar con ella por ninguna parte. Al ponerse el sol, se sentó en el suelo y rompió a llorar. Mas he aquí que, mientras lloraba, llegó la liebre a la que había liberado de la trampa.

—¿Por qué lloras? —le preguntó la liebre—. ¿Y qué haces en el bosque?

—Estoy buscando una moneda de metal amarillo que está aquí escondida —contestó el Niño-Astro—, y si no la encuentro, mi amo me pegará y me retendrá como esclavo.

—¡Sígueme! —ordenó la liebre.

Y corrieron por el bosque hasta llegar a una laguna. En el fondo de la laguna estaba la moneda de metal amarillo.

—¿Cómo darte las gracias? —dijo el Niño-Astro—, pues esta es ya la segunda vez que me salvas.

—Tú tuviste compasión de mí primero —dijo la liebre, y desapareció velozmente.

El Niño-Astro cogió entonces la moneda de metal amarillo, la metió en su bolsillo y se dirigió hacia la ciudad. Pero el leproso lo divisó de lejos, corrió a su encuentro y, arrodillándose ante él, exclamó:

—Si no me das una moneda, me moriré de hambre.

—No tengo en mi bolsillo más que una moneda de metal amarillo —le dijo el Niño-Astro—, y si no se la llevo a mi amo, me apaleará y me retendrá como esclavo.

Pero el leproso le suplicó tan lastimosamente, que el Niño-Astro acabó por compadecerse y darle la moneda de metal amarillo.

Y cuando llegó a la casa, el mago le abrió la puerta, lo hizo entrar y le preguntó:

—¿Traes la moneda de metal amarillo?

Y el Niño-Astro hubo de contestar:

—No la traigo.

Entonces el mago se lanzó sobre él, le pegó, lo cargó de cadenas y lo arrojó de nuevo al calabozo.

Al otro día llegó y le dijo:

—Si me traes hoy la moneda de metal rojizo, te dejaré libre; pero si no me la traes, te mataré sin remedio.

El Niño-Astro se fue al bosque y durante todo el día buscó la moneda de metal rojizo sin poder hallarla por ninguna parte. Al ponerse el sol, se sentó y rompió a llorar, y mientras lloraba, llegó la liebre.

Y la liebre le dijo:

—La moneda que buscas se halla en la caverna que está detrás de ti. Por lo tanto, alégrate en vez de llorar.

—¿Cómo recompensarte? —exclamó el Niño-Astro—, pues ya es la tercera vez que me salvas.

—Tú te compadeciste de mí primero —repuso la liebre, y desapareció rápidamente.

El Niño-Astro entró en la caverna y, en el sitio más recóndito, halló la moneda de metal rojizo. La metió en su bolsillo y volvió a la ciudad. Viéndolo venir, el leproso se interpuso en su camino y dijo:

—¡Dame la moneda de metal rojizo o me muero!

El Niño-Astro tuvo lástima de él y le entregó la moneda, diciéndole:

—Tu necesidad es mayor que la mía.

Pero su corazón quedó oprimido, pues sabía la suerte que le esperaba.

Mas he aquí que, al pasar por las puertas de la ciudad, los soldados de la guardia le saludaron con grandes reverencias, diciendo:

—¡Qué hermoso es nuestro señor!

Y una muchedumbre lo seguía, exclamando:

—Seguramente no habrá nadie tan hermoso en el mundo.

El Niño-Astro lloraba, pensando: "Se están burlando de mí para hacerme sentir mi desgracia". Y tal era la muchedumbre, que el Niño-Astro se extravió en su camino y fue a parar a una gran plaza en la que se elevaba el palacio de un rey. Se abrió la puerta del palacio y los sacerdotes y altos dignatarios de la ciudad salieron a su encuentro, diciéndole, inclinándose profundamente:

—Tú eres nuestro señor, el hijo de nuestro rey, a quien estábamos esperando.

—No —les contestó el Niño-Astro—. Yo no soy el hijo del rey, sino el hijo de una pobre mendiga. ¿Y por qué me dicen hermoso, si yo sé que soy muy feo?

Entonces, uno cuya armadura tenía incrustaciones de flores doradas y cuyo yelmo ostentaba un león alado, alzó su escudo de armas y exclamó:

—¿Por qué dice mi señor que no es hermoso?

El Niño-Astro se miró en el escudo y, he aquí, se vio nuevamente como había sido en otros tiempos. Y los sacerdotes y los altos dignatarios se inclinaron, diciendo:

—Hace mucho fue profetizado que en este día vendría quien habría de gobernarnos. Por lo tanto, tome nuestro señor esta corona y este cetro y sea en su misericordia y su justicia nuestro rey.

Pero él les contestó diciendo:

—No soy digno de ello, pues he negado a mi madre, la que me dio a luz, y no descansaré hasta encontrarla y conseguir su perdón. Así pues, déjenme ir, que debo seguir errando por el mundo y no me puedo detener, aunque me ofrezcan una corona y un cetro.

Pero al acabar de hablar, volvió su rostro hacia la calle que conducía a la puerta de la ciudad y, ¡oh milagro!, entre la muchedumbre apiñada tras los soldados, vio a la mendiga que era su madre y, junto a ella, al leproso del camino.

Dio un grito de júbilo, corrió apartando a la gente y, arrodillándose ante su madre, le besó las heridas de los pies y las regó con sus lágrimas. Bajó la cabeza y, sollozando como quien tiene el corazón desgarrado, le dijo:

—Madre, te negué en la hora de mi orgullo; recíbeme en la hora de mi humildad. Madre, te aborrecí; dame tu amor. Madre, te rechacé; acoge ahora a tu hijo.

Pero la mendiga no le respondió una palabra. Él entonces se abrazó a los pies del leproso, diciéndole:

—Tres veces tuve compasión de ti; dile a mi madre que no permanezca en silencio.

Pero el leproso no le respondió una palabra, y él sollozó de nuevo y dijo:

—Madre, mi sufrimiento es superior a mis fuerzas. Perdóname y permíteme que vuelva al bosque.

Y la mendiga, poniéndole la mano sobre la cabeza, le dijo:

—¡Levántate!

Y el leproso, poniéndole la mano sobre la cabeza, le dijo también:

—¡Levántate!

Se puso en pie, los miró y… ¡eran un rey y una reina!

Y la reina le dijo:

—Este es tu padre, a quien socorriste.

Y el rey le dijo:

—Esta es tu madre, cuyos pies has regado con tus lágrimas.

Y lo abrazaron, lo besaron y lo llevaron al palacio, donde lo vistieron con ropas magníficas y le colocaron la corona sobre la cabeza y el cetro entre las manos. Y él gobernó la ciudad junto al río. Y fue su dueño y señor. Fue justo y misericordioso con todos; desterró al mago perverso y colmó de grandes regalos al leñador y su mujer, y de honores a sus hijos. No permitió que nadie se mostrara cruel con los animales ni con los pájaros; dio ejemplo de amor y caridad, vistió al desnudo, y hubo paz y prosperidad sobre la tierra.

Pero no gobernó mucho tiempo; sus sufrimientos habían sido tan grandes y tan terrible la fuerza de su prueba, que murió tres años más tarde.

Y su sucesor gobernó mal.

EL RUISEÑOR Y LA ROSA

—Dijo que bailaría conmigo si le llevaba una rosa roja —se lamentaba el joven estudiante—, pero no hay una sola rosa roja en todo mi jardín.

Desde su nido en la encina, lo oyó el ruiseñor. Miró por entre las hojas, asombrado.

—¡No hay ni una rosa roja en todo mi jardín! —gritaba el estudiante.

Y sus bellos ojos se llenaron de llanto.

—¡Ah, de qué cosa más insignificante depende la felicidad! He leído cuanto han escrito los sabios, poseo todos los secretos de la filosofía y encuentro mi vida destrozada por carecer de una rosa roja.

—He aquí, por fin, al verdadero enamorado —dijo el ruiseñor—. Le he cantado todas las noches sin conocerlo; todas las noches les cuento su historia a las estrellas, y ahora lo veo. Su cabellera es oscura como la flor del jacinto y sus labios rojos como la rosa que desea; pero la pasión lo ha puesto pálido como el marfil y el dolor ha sellado su frente.

—El príncipe da un baile mañana por la noche —murmuraba el joven estudiante—, y mi amada asistirá a la fiesta. Si le llevo una rosa roja, bailará conmigo hasta el amanecer. Si le llevo una rosa roja, la tendré en mis brazos, reclinará su cabeza sobre mi hombro y su mano estrechará la mía. Pero no hay rosas rojas en mi jardín. Por lo tanto, tendré que estar solo y no me hará ningún caso. No se fijará en mí para nada y se destrozará mi corazón.

—He aquí el verdadero enamorado —dijo el ruiseñor—. Sufre todo lo que yo canto: todo lo que es alegría para mí es pena para él. Realmente el amor es algo maravilloso: es más bello que las esmeraldas y más raro que los finos ópalos. Perlas y rubíes no pueden pagarlo porque no se halla expuesto en el mercado. No puede uno comprarlo al vendedor ni ponerlo en una balanza para adquirirlo a peso de oro.

—Los músicos estarán en su estrado —decía el joven estudiante—. Tocarán sus instrumentos de cuerda y mi adorada bailará al son del arpa y del violín. Bailará tan ligera que su pie no tocará el suelo, y los cortesanos, con sus alegres atavíos, la rodearán solícitos; pero conmigo no bailará, porque no tengo rosas rojas que darle.

Y dejándose caer en el césped, se cubrió la cara con las manos y lloró.

—¿Por qué llora? —preguntó la lagartija verde, correteando cerca de él con la cola levantada.

—Sí, ¿por qué? —dijo una mariposa que revoloteaba persiguiendo un rayo de sol.

—Eso digo yo, ¿por qué? —murmuró una margarita a su vecina, con una vocecilla tenue.

—Llora por una rosa roja.

—¿Por una rosa roja? ¡Qué tontería!

Y la lagartija, que era algo cínica, se echó a reír con todas sus ganas.

Pero el ruiseñor, que comprendía el secreto del dolor del estudiante, permaneció silencioso en la encina, reflexionando sobre el misterio del amor.

De pronto desplegó sus alas oscuras y emprendió el vuelo.

Pasó por el bosque como una sombra, y como una sombra atravesó el jardín.

En el centro del prado se levantaba un hermoso rosal, y al verlo, voló hacia él y se posó sobre una ramita.

—Dame una rosa roja —le gritó—, y te cantaré mis canciones más dulces.

Pero el rosal meneó la cabeza.

—Mis rosas son blancas —contestó—, blancas como la espuma del mar, más blancas que la nieve de la montaña. Ve en busca de mi hermano, el que crece alrededor del viejo reloj de sol, y quizá él te dé lo que quieres.

Entonces el ruiseñor voló al rosal que crecía en torno al viejo reloj de sol.

—Dame una rosa roja —le gritó—, y te cantaré mis canciones más dulces.

Pero el rosal meneó la cabeza.

—Mis rosas son amarillas —respondió—, tan amarillas como los cabellos de las sirenas que se sientan sobre un tronco de árbol, más amarillas que el narciso que florece en los prados antes de que llegue el segador con la hoz. Ve en busca de mi hermano, el que crece debajo de la ventana del estudiante, y quizá él te dé lo que quieres.

Entonces el ruiseñor voló al rosal que crecía debajo de la ventana del estudiante.

—Dame una rosa roja —le gritó—, y te cantaré mis canciones más dulces.

Pero el arbusto meneó la cabeza.

—Mis rosas son rojas —respondió—, tan rojas como las patas de las palomas, más rojas que los grandes abanicos de coral que el océano mece en sus abismos; pero el invierno ha helado mis venas, la escarcha ha marchitado mis botones, el huracán ha partido mis ramas, y no tendré más rosas este año.

—No necesito más que una rosa roja —gritó el ruiseñor—, una sola rosa roja. ¿No hay ningún medio para que yo la consiga?

—Hay un medio —respondió el rosal—, pero es tan terrible que no me atrevo a decírtelo.

—Dímelo —contestó el ruiseñor—. No soy miedoso.

—Si necesitas una rosa roja —dijo el rosal—, tienes que formarla con notas de música al claro de luna y teñirla con la sangre de tu propio corazón. Cantarás para mí con el pecho apoyado en mis espinas. Cantarás para mí durante toda la noche y las espinas te atravesarán el corazón: la sangre de tu vida correrá por mis venas y se convertirá en savia mía.

—La muerte es un buen precio por una rosa roja —replicó el ruiseñor—, y todo el mundo ama la vida. Es grato posarse en el bosque verdeante y mirar al sol en su carro de oro y a la luna en su carro de perlas. Suave es el aroma de los nobles espinos. Dulces son las campanillas que se esconden en el valle y los brezos que cubren la colina. Sin embargo, el amor es mejor que la vida. ¿Y qué es el corazón de un pájaro comparado con el de un hombre?

Entonces desplegó sus alas oscuras y emprendió el vuelo. Pasó por el jardín como una sombra y, como una sombra, cruzó el bosque.

El joven estudiante permanecía tendido sobre el césped donde el ruiseñor lo había dejado y las lágrimas no se habían secado aún en sus bellos ojos.

—Sé feliz —le gritó el ruiseñor—, sé feliz; tendrás tu rosa roja. La crearé con notas de música al claro de luna y la teñiré con la sangre de mi propio corazón. Lo único que te pido, en cambio, es que seas un verdadero enamorado, porque el amor es más sabio que la filosofía, aunque esta sea sabia; más fuerte que el poder, por fuerte que este lo sea. Sus alas son color de fuego y su cuerpo color de llama; sus labios son dulces como la miel y su aliento es como el incienso.

El estudiante levantó los ojos del césped y prestó atención; pero no pudo comprender lo que le decía el ruiseñor, pues solo sabía las cosas que están escritas en los libros.

Pero la encina lo comprendió y se puso triste, porque amaba mucho al ruiseñor que había construido su nido en sus ramas.

—Cántame la última canción —murmuró—. ¡Me quedaré tan triste cuando te vayas!

Entonces el ruiseñor cantó para la encina, y su voz era como el agua que ríe en una fuente de plata.

Al terminar la canción, el estudiante se levantó, sacando al mismo tiempo su cuaderno de notas y su lápiz.

"El ruiseñor —se decía, paseándose por la alameda—, el ruiseñor posee una belleza innegable, ¿pero siente? Me temo que no. Después de todo, es como muchos artistas: puro estilo, exento de sinceridad. No se sacrifica por los demás. No piensa más que en la música y en el arte; como todo el mundo sabe, es egoísta. Ciertamente, no puede negarse que su garganta tiene notas bellísimas. ¡Qué lástima que todo eso no tenga sentido alguno, que no persiga ningún fin práctico!"

Y volviendo a su habitación, se acostó sobre su jergón y se puso a pensar en su adorada.

Al poco rato se quedó dormido.

Y cuando la luna brillaba en los cielos, el ruiseñor voló al rosal y colocó su pecho contra las espinas.

Y toda la noche cantó con el pecho apoyado sobre las espinas, y la fría luna de cristal se detuvo y estuvo escuchando toda la noche.

Cantó durante toda la noche, y las espinas penetraron cada vez más en su pecho, y la sangre de su vida fluía de su corazón.

Al principio cantó el nacimiento del amor en el corazón de un joven y de una muchacha, y sobre la rama más alta del rosal floreció una rosa maravillosa, pétalo tras pétalo, canción tras canción.

Primero era pálida como la bruma que flota sobre el río, pálida como los pies de la mañana y plateada como las alas de la aurora.

La rosa que florecía sobre la rama más alta del rosal parecía la sombra de una rosa en un espejo de plata, la sombra de la rosa en un lago.

Pero el rosal gritó al ruiseñor que se apretara más contra las espinas.

—Apriétate más, ruiseñorcito —le decía—, o llegará el día antes de que la rosa esté terminada.

Entonces el ruiseñor se apretó más contra las espinas y su canto fluyó más sonoro, porque cantaba el nacimiento de la pasión en el alma de un hombre y de una virgen.

Y un delicado rubor apareció sobre los pétalos de la rosa, lo mismo que enrojece el rostro de un enamorado que besa los labios de su prometida.

Pero las espinas no habían llegado aún al corazón del ruiseñor; por eso el corazón de la rosa seguía blanco: porque solo la sangre de un ruiseñor puede colorear el corazón de una rosa.

Y el rosal gritó al ruiseñor que se apretara más contra las espinas.

—Apriétate más, ruiseñorcito —le decía—, o llegará el día antes de que la rosa esté terminada.

Entonces el ruiseñor se apretó aún más contra las espinas, y estas tocaron su corazón y él sintió en su interior un cruel tormento de dolor.

Cuanto más acerbo era su dolor, más impetuoso salía su canto, porque cantaba el amor sublimado por la muerte, el amor que no termina en la tumba.

Y la rosa maravillosa enrojeció como las rosas de Bengala. Purpúreo era el color de los pétalos y purpúreo como un rubí era su corazón.

Pero la voz del ruiseñor desfalleció. Sus breves alas empezaron a batir y una nube se extendió sobre sus ojos.

Su canto se fue debilitando cada vez más. Sintió que algo se le ahogaba en la garganta.

Entonces su canto tuvo un último destello. La blanca luna lo oyó y, olvidándose de la aurora, se detuvo en el cielo.

La rosa roja lo oyó, tembló toda ella de arrobamiento y abrió sus pétalos al aire frío del alba.

El eco lo condujo hacia su caverna purpúrea en las colinas, despertando de sus sueños a los rebaños dormidos.

El canto flotó entre los cañaverales del río, que llevaron su mensaje al mar.

—Mira, mira —gritó el rosal—, ya está terminada la rosa.

Pero el ruiseñor no respondió; yacía muerto sobre las altas hierbas, con el corazón traspasado de espinas.

Al mediodía, el estudiante abrió su ventana y miró hacia afuera.

—¡Qué extraña buena suerte! —exclamó—. ¡He aquí una rosa roja! No he visto rosa semejante en toda mi vida. Es tan bella que estoy seguro de que debe tener en latín un nombre muy enrevesado.

E inclinándose, la cogió.

Inmediatamente se puso el sombrero y corrió a casa del profesor, llevando en su mano la rosa.

La hija del profesor estaba sentada a la puerta. Devanaba seda azul sobre un carrete, con un perrito echado a sus pies.

—Dijiste que bailarías conmigo si te traía una rosa roja —le dijo el estudiante—. He aquí la rosa más roja del mundo. Esta noche la prenderás cerca de tu corazón y, cuando bailemos juntos, ella te dirá cuánto te quiero.

Pero la joven frunció el ceño.

—Temo que esta rosa no armonice bien con mi vestido —respondió—. Además, el sobrino del chambelán me ha enviado varias joyas de verdad, y ya se sabe que las joyas cuestan más que las flores.

—¡Oh, qué ingrata eres! —dijo el estudiante, lleno de cólera.

Y tiró la rosa al arroyo.

Un pesado carro la aplastó.

—¡Ingrato! —dijo la joven—. Te diré que te portas como un grosero; y después de todo, ¿qué eres? Un simple estudiante. ¡Bah! No creo que puedas tener nunca hebillas de plata en los zapatos como las del sobrino del chambelán.

Y levantándose de su silla, se metió en su casa.

"¡Qué tontería es el amor! —se decía el estudiante a su regreso—. No es ni la mitad de útil que la lógica, porque no puede probar nada; habla siempre de cosas que no sucederán y hace creer a la gente cosas que no son ciertas. Realmente, no es nada práctico, y como en nuestra época todo estriba en ser práctico, voy a volver a la filosofía y al estudio de la metafísica."

Y dicho esto, el estudiante, una vez en su habitación, abrió un gran libro polvoriento y se puso a leer.

EL AMIGO FIEL

Una mañana, la vieja Rata de Agua sacó la cabeza fuera de su madriguera. Tenía los ojos claros, parecidos a dos gotas brillantes, unos bigotes grises muy tiesos y una cola larga, que parecía una cinta elástica negra. Los patitos nadaban en el estanque, como si fueran una bandada de canarios amarillos, y su madre, que tenía el plumaje blanquísimo y las patas realmente rojas, trataba de enseñarles a mantener la cabeza bajo el agua.

—Nunca podréis codearos con la alta sociedad, a menos que aprendáis a manteneros bajo el agua —les repetía machaconamente, mostrándoles de vez en cuando cómo se hacía.

Pero los patitos no prestaban atención; eran tan pequeños que no entendían las ventajas de pertenecer a la sociedad.

—¡Qué chiquillos más desobedientes! —gritó la vieja Rata de Agua—. Realmente merecen ser ahogados.

—¡Qué cosas dice usted! —respondió la Pata—. Nadie nace sabiendo, y a los padres no nos queda más remedio que tener paciencia.

—¡Ay! No sé nada de los sentimientos de los padres —dijo la Rata de Agua—. No soy madre de familia; en realidad, nunca me he casado ni tengo intención de hacerlo. El amor está bien, dentro de lo que cabe, pero la amistad es un sentimiento mucho más elevado. La verdad es que no creo que haya nada en el mundo más noble ni más raro que una amistad verdadera.

—Y dígame usted, por favor, ¿cuáles son, a su juicio, los deberes de un amigo fiel? —le preguntó un Pinzón Verde, que estaba posado en un sauce llorón muy cerca de allí y que había oído la conversación.

—Sí, eso es justamente lo que yo quisiera saber —dijo la Pata mientras se alejaba nadando hasta la otra orilla del estanque y allí metía la cabeza en el agua, para dar buen ejemplo a sus pequeños.

—¡Qué pregunta más tonta! —exclamó la Rata de Agua—. Qué duda cabe de que, si un amigo mío es fiel, es porque me es fiel a mí.

—¿Y usted qué haría a cambio? —preguntó el pajarillo, que se columpiaba sobre una rama plateada batiendo sus diminutas alas.

—No te entiendo —le contestó la Rata de Agua.

—Déjame que te cuente un cuento sobre eso —dijo el Pinzón.

—¿Es un cuento sobre mí? —preguntó la Rata de Agua—. Porque, si lo es, estoy dispuesta a escucharlo. Me encantan los cuentos.

—Se le podría aplicar —contestó el Pinzón.

Y bajó volando del árbol y, posándose a la orilla del estanque, empezó a contar el cuento del Amigo Fiel.

—Érase una vez —comenzó a decir el Pinzón— un honrado muchacho que se llamaba Hans.

—¿Era muy distinguido? —preguntó la Rata de Agua.

—No —contestó el Pinzón—. No creo que lo fuera, excepto por su buen corazón y su carita redonda y simpática. Vivía solo en una casa pequeñita y pasaba todo el día cuidando del jardín. No había jardín más bonito que el suyo en los alrededores: en él crecían minutisas y alhelíes, pan y quesillo y campanillas blancas. Había rosas de Damasco y rosas amarillas, azafranes dorados y azulados, violetas moradas y blancas. La aguileña y la cardamina, la mejorana y la albahaca silvestre, la primavera y la flor de lis, el narciso y la clavellina brotaban y florecían unas tras otras, según pasaban los meses, de tal modo que siempre había cosas hermosas para la vista y exquisitos perfumes para el olfato.

El pequeño Hans tenía muchísimos amigos, pero el más fiel de todos era el grandote Hugo, el Molinero. Tan leal le era el ricachón Hugo al pequeño Hans, que no pasaba nunca por su jardín sin inclinarse por encima de la tapia para arrancar un ramillete de flores, o un puñado de hierbas aromáticas, o sin llenarse los bolsillos de ciruelas y cerezas, si estaban maduras.

—Los amigos verdaderos deberían compartir todas las cosas —solía decir el Molinero.

Y el pequeño Hans asentía y sonreía, muy orgulloso de tener un amigo con tan nobles ideas.

Aunque la verdad es que, a veces, a los vecinos les extrañaba que el rico Molinero nunca diera al pequeño Hans nada a cambio, a pesar de que tenía cien sacos de harina almacenados en el molino, seis vacas lecheras y un gran rebaño de ovejas de lana. Pero a Hans nunca se le pasaban por la cabeza estos pensamientos y nada le daba tanta satisfacción como escuchar las maravillosas cosas que el Molinero solía decir sobre la falta de egoísmo y la verdadera amistad.

El pequeño Hans trabajaba en su jardín. Durante la primavera, el verano y el otoño era muy feliz; pero llegaba el invierno y se encontraba con que no tenía ni fruta ni flores que llevar al mercado, y sufría mucho por el frío y el hambre. En ocasiones tenía que irse a la cama sin más cena que unas cuantas peras secas o algunas nueces duras. Y además, en invierno, estaba muy solo, ya que el Molinero nunca iba a visitarlo.

—No es conveniente que vaya a ver al pequeño Hans mientras haya nieve —decía el Molinero a su mujer—. Porque, cuando la gente tiene problemas, es preferible dejarla sola y no molestarla con visitas. Por lo menos, esa es la idea que yo tengo de la amistad, y estoy convencido de que es lo correcto. Por lo tanto, esperaré a que llegue la primavera y después le haré una visita; podrá darme una cesta llena de prímulas, y con ello será feliz.

—Eres muy considerado con todo el mundo —le decía su mujer, sentada en un cómodo sillón junto a un buen fuego de leña—, muy considerado. Da gusto oírte hablar de la amistad. Estoy segura de que ni un sacerdote diría las cosas tan bien como tú, y eso que vive en una casa de tres plantas y lleva un anillo de oro en el dedo meñique.

—¿Pero no podríamos invitar al pequeño Hans a que suba a vernos? —preguntó el hijo menor del Molinero—. Si el pobre está en apuros, le daré la mitad de mis gachas y le enseñaré mis conejitos blancos.

—¡Pero qué tonto eres! —exclamó el Molinero—. Realmente no sé para qué te mando a la escuela, pues la verdad es que no aprendes nada. Mira, si el pequeño Hans viniera a casa y viera el fuego tan hermoso que tenemos, nuestra buena cena y nuestro hermoso barril de vino tinto, le daría envidia. Y la envidia es una cosa tremenda, capaz de echar a perder a cualquiera. Y yo no permitiré que se eche a perder el carácter de Hans. Soy su mejor amigo y siempre velaré por él para que no caiga en la tentación. Además, si Hans viniera a casa, podría pedirme prestado un poco de harina, y eso sí que no lo puedo permitir. Una cosa es la harina y otra la amistad, y no hay que confundirlas. Está claro que son dos palabras diferentes y significan cosas distintas. Eso lo sabe cualquiera.

—¡Pero qué bien hablas! —dijo la mujer del Molinero, sirviéndose un gran vaso de cerveza tibia—. Estoy medio amodorrada, como si estuviera en la iglesia.

—Mucha gente obra bien —prosiguió el Molinero—, pero muy pocos hablan bien, lo que nos demuestra que es mucho más difícil hablar que actuar; aunque también es mucho más elegante.

Y se quedó mirando con severidad, por encima de la mesa, a su hijo pequeño, que se sintió tan avergonzado que bajó la cabeza, se puso muy colorado y se echó a llorar sobre su merienda. Pero era tan joven que hay que disculparlo.

—¿Y así acaba el cuento? —preguntó la Rata de Agua.

—Claro que no —contestó el Pinzón—. Así es como empieza.

—Pues entonces no está usted al día —le dijo la Rata de Agua—. Hoy los buenos narradores empiezan por el final, siguen por el principio y terminan por el medio. Así es el nuevo método. Se lo oí decir el otro día a un crítico, que iba paseando alrededor del estanque con un joven. Hablaba del asunto con todo detalle y estoy segura de que estaba en lo cierto, porque llevaba gafas azules y era calvo, y a cada observación que hacía el joven, le respondía: «¡Psss!» Pero le ruego que continúe usted con el cuento. Me encanta el Molinero. Yo también estoy lleno de hermosos sentimientos, de modo que tenemos muchas cosas en común.

—Pues bien —dijo el Pinzón, apoyándose ora en una patita ora en la otra—, tan pronto como acabó el invierno y las prímulas comenzaron a abrir sus pálidas estrellas amarillas, el Molinero le dijo a su mujer que iba a bajar a ver al pequeño Hans.

—¡Ay, qué buen corazón tienes! —le dijo su mujer—. ¡Siempre estás pensando en los demás! No te olvides de llevar la cesta grande para las flores.

Así que el Molinero sujetó las aspas del molino de viento con una gruesa cadena de hierro y bajó por la colina con la cesta en el brazo.

—¡Buenos días, pequeño Hans! —dijo el Molinero.

—¡Buenos días! —respondió Hans, apoyándose en la pala con una sonrisa de oreja a oreja.

—¿Y qué tal has pasado el invierno? —preguntó el Molinero.

—Bueno, la verdad es que eres muy amable al preguntármelo, muy amable, sí, señor —exclamó Hans—. Te diré que lo he pasado bastante mal, pero ya ha llegado la primavera y estoy muy contento. Todas mis flores están preciosas.

—Hemos hablado muchas veces de ti este invierno, Hans —dijo el Molinero—, y nos preguntábamos qué tal te iría.

—¡Qué amables sois! —dijo Hans—. Y yo que me temía que me hubierais olvidado.

—Hans, me sorprendes —dijo el Molinero—. Los amigos nunca olvidan. Eso es lo más maravilloso de la amistad, pero me temo que no seas capaz de entender la poesía de la vida. Y, a propósito, ¡qué bonitas están tus prímulas!

—Realmente están preciosas —dijo Hans—; y es una suerte para mí tener tantas. Voy a llevarlas al mercado y se las venderé a la hija del alcalde, y con el dinero que me dé compraré otra vez mi carretilla.

—¿Que comprarás de nuevo tu carretilla? ¡No me irás a decir que la has vendido! ¡Qué cosa más tonta!

—La verdad es que no tuve más remedio que hacerlo —dijo entonces Hans—. Pasé un invierno muy malo, y no tenía dinero ni para comprar pan. Así que primero vendí la botonadura de plata de la chaqueta de los domingos, luego vendí la cadena de plata, después la pipa grande y, por último, la carretilla. Pero ahora voy a comprarlo todo otra vez.

—Hans —le dijo el Molinero—, voy a darte mi carretilla. No está en muy buen estado, porque le falta un lado y tiene rotos algunos radios de la rueda. Pero, a pesar de ello, voy a dártela. Ya sé que es una muestra de generosidad por mi parte y que muchísima gente pensará que soy tonto de remate por desprenderme de ella, pero es que yo no soy como los demás. Creo que la generosidad es la esencia de la amistad y, además, tengo una carretilla nueva. De modo que puedes estar tranquilo; te daré mi carretilla.

—Es muy generoso por tu parte —dijo el pequeño Hans, y su graciosa carita redonda resplandecía de alegría—. La puedo arreglar fácilmente, pues tengo un tablón en casa.

—¡Un tablón! —exclamó el Molinero—. Pues eso es justo lo que necesito para arreglar el tejado del granero, que tiene un agujero muy grande y, si no lo tapo, el grano se va a mojar. ¡Es una suerte que me lo hayas dicho! Es sorprendente ver cómo una buena acción siempre genera otra. Yo te he dado mi carretilla y ahora tú me vas a dar una tabla. Por supuesto que la carretilla vale muchísimo más que la tabla, pero la auténtica amistad nunca se fija en cosas como esas. Anda, haz el favor de traerla enseguida, que quiero ponerme a arreglar el granero hoy mismo.

—Voy corriendo —exclamó el pequeño Hans.

Y salió disparado hacia el cobertizo y sacó el tablón a rastras.

—No es una tabla muy grande —dijo el Molinero, mirándola—. Y me temo que, después de que haya arreglado el granero, no sobrará nada para que arregles la carretilla. Claro que eso no es culpa mía. Bueno, y ahora que te he regalado la carretilla, estoy seguro de que te gustaría darme a cambio algunas flores. Aquí tienes la cesta, y procura llenarla hasta arriba.

—¿Hasta arriba? —dijo el pobre Hans, muy afligido, porque era una cesta grandísima y sabía que, si la llenaba, no le quedarían flores para llevar al mercado; y estaba ansioso por recuperar su botonadura de plata.

—Bueno, en realidad —dijo el Molinero—, como te he dado la carretilla, no creo que sea mucho pedirte un puñado de flores. Puede que esté equivocado, pero, para mí, la amistad, la verdadera amistad, ha de estar libre de cualquier tipo de egoísmo.

—Ay, mi querido amigo, mi mejor amigo —exclamó el pequeño Hans—, todas las flores de mi jardín están a tu disposición. Prefiero mucho más ser digno de tu estima que recuperar la botonadura de plata.

Y salió disparado a coger todas sus lindas prímulas y llenó la cesta del Molinero.

—Adiós, pequeño Hans —le dijo el Molinero, mientras subía por la colina con el tablón al hombro y la gran cesta en la mano.

—Adiós —respondió el pequeño Hans.

Y se puso a cavar tan contento, pues estaba encantado con la carretilla.

Al día siguiente, estaba sujetando unas ramas de madreselva en el porche cuando oyó la voz del Molinero, que le llamaba desde el camino. Así que saltó de la escalera, cruzó corriendo el jardín y miró por encima de la tapia.

Allí estaba el Molinero con un gran saco de harina al hombro.

—Querido Hans —le dijo el Molinero—, ¿te importaría llevarme este saco de harina al mercado?

—Lo siento mucho —comentó Hans—, pero es que hoy estoy muy ocupado. Tengo que levantar todas las enredaderas, regar las flores y atar la hierba.

—Bueno, pues, teniendo en cuenta que voy a regalarte mi carretilla, es bastante egoísta por tu parte negarte a hacerme este favor.

—Oh, no digas eso —exclamó el pequeño Hans—. No querría ser egoísta por nada del mundo.

Y entró corriendo en casa a buscar su gorra y se fue caminando al pueblo con el gran saco a sus espaldas.

Hacía mucho calor, la carretera estaba cubierta de polvo y, antes de llegar al sexto mojón, Hans tuvo que sentarse a descansar. Sin embargo, prosiguió muy animoso su camino y llegó al mercado. Después de un rato, vendió el saco de harina a muy buen precio y regresó a casa inmediatamente, temeroso de que, si se le hacía tarde, pudiera encontrar a algún ladrón en el camino.

—Ha sido un día muy duro —se dijo Hans mientras se metía en la cama—. Pero me alegro de no haber dicho que no al Molinero, porque es mi mejor amigo y, además, me va a dar su carretilla.

A la mañana siguiente, muy temprano, el Molinero bajó a recoger el dinero del saco de harina, pero el pobre Hans estaba tan cansado que todavía seguía en la cama.

—¡Válgame Dios! —dijo el Molinero—, qué perezoso eres. La verdad es que, teniendo en cuenta que voy a darte mi carretilla, podrías trabajar con más ganas. La pereza es un pecado muy grave, y no me gusta que ninguno de mis amigos sea vago ni perezoso. No te parezca mal que te hable tan claro. Por supuesto que no se me ocurriría hacerlo si no fuera tu amigo. Pero eso es lo bueno de la amistad, que uno puede decir siempre lo que piensa. Cualquiera puede decir cosas amables e intentar alabar a los demás, pero un amigo verdadero siempre dice las cosas desagradables y no le importa causar dolor. Es más, si es un verdadero amigo, lo prefiere, porque sabe que está obrando bien.

—Lo siento mucho —dijo el pobre Hans, frotándose los ojos y quitándose el gorro de dormir—. Pero estaba tan cansado que quise quedarme un rato en la cama, escuchando el canto de los pájaros. ¿Sabes? Trabajo mejor cuando he oído cantar a los pájaros.

—Bien, me alegro —dijo el Molinero, dándole una palmadita en la espalda—, porque, tan pronto estés vestido, quiero que subas conmigo al molino y me ayudes a arreglar el tejado del granero.

El pobrecito Hans estaba deseando ponerse a trabajar en el jardín, porque hacía dos días que no regaba las flores, pero no quería decir que no al Molinero, que era tan amigo suyo.

—¿Crees que no sería muy buen amigo tuyo si te dijera que tengo mucho que hacer? —preguntó con voz tímida y vergonzosa.

—Bueno, en realidad no creo que sea mucho pedirte, teniendo en cuenta que te voy a dar mi carretilla —le contestó el Molinero—. Pero, si no quieres, lo haré yo mismo.

—¡De ninguna manera! —exclamó Hans y, saltando de la cama, se vistió y subió al granero. Allí trabajó todo el día, y al anochecer el Molinero fue a ver cómo iba la obra.

—¿Has arreglado ya el agujero del tejado, Hans? —le preguntó con voz alegre.

—Está completamente arreglado —contestó el pequeño Hans, mientras bajaba de la escalera.

—¡Ay! No hay trabajo más agradable que el que se hace por los demás —dijo el Molinero.

—Realmente es un privilegio oírte hablar —respondió el pequeño Hans, sentándose y enjugándose el sudor de la frente—. Es un gran privilegio. Lo malo es que yo nunca tendré unas ideas tan bonitas como las tuyas.

—Ya verás cómo se te ocurren, si te empeñas —dijo el Molinero—. De momento, tienes sólo la práctica de la amistad; algún día tendrás también la teoría.

—¿De verdad crees que la tendré? —preguntó el pequeño Hans.

—No tengo la menor duda —contestó el Molinero—. Pero ahora que ya has arreglado el tejado, deberías ir a casa a descansar. Mañana quiero que me lleves las ovejas al monte.

El pobre Hans no se atrevió a replicar, y a la mañana siguiente, muy temprano, el Molinero llevó sus ovejas cerca de la casa, y Hans se fue al monte con ellas. Le llevó todo el día subir y bajar del monte y, cuando regresó a casa, estaba tan cansado que se quedó dormido en una silla y no se despertó hasta bien entrado el día.

—¡Qué bien lo voy a pasar trabajando en el jardín! —se dijo Hans; e inmediatamente se puso a trabajar.

Pero, cuándo por una cosa, cuándo por otra, no había manera de dedicarse a las flores, pues siempre aparecía el Molinero a pedirle que fuera a hacerle algún recado o que le ayudara en el molino.

A veces, el pobre Hans se ponía muy triste, pues temía que sus flores creyeran que se había olvidado de ellas; pero le consolaba el pensamiento de que el Molinero era su mejor amigo.

—Además —solía decir—, va a darme su carretilla y eso es un acto de verdadera generosidad.

Así que el pequeño Hans seguía trabajando para el Molinero, y el Molinero seguía diciendo cosas hermosas sobre la amistad, que Hans anotaba en un cuadernito para poderlas leer por la noche, pues era un alumno muy aplicado.

Sucedió que, una noche, Hans estaba sentado junto al hogar cuando oyó un golpe seco en la puerta. Era una noche muy mala, y el viento soplaba y rugía alrededor de la casa con tanta fuerza que, al principio, pensó que era sencillamente la tormenta.

Pero enseguida se oyó un segundo golpe, y luego un tercero, más fuerte que los otros.

«Será algún pobre viajero», pensó Hans; y corrió a abrir la puerta.

Allí estaba el Molinero con un farol en una mano y un gran bastón en la otra.

—¡Querido Hans! —dijo el Molinero—. Tengo un grave problema. Mi hijo pequeño se ha caído de la escalera y está herido. Voy en busca del médico, pero vive tan lejos y está la noche tan mala, que se me acaba de ocurrir que sería mucho mejor que fueras tú en mi lugar. Ya sabes que voy a darte la carretilla, así que sería justo que a cambio hicieras algo por mí.

—Faltaría más —exclamó el pequeño Hans—. Considero un honor que acudas a mí. Ahora mismo me pongo en camino, pero préstame el farol, pues la noche está tan oscura que tengo miedo de caerme al canal.

—Lo siento mucho —le contestó el Molinero—, pero el farol es nuevo. Sería una gran pérdida si le pasara algo.

—Bueno, no importa, ya me las arreglaré sin él —exclamó el pequeño Hans.

Descolgó su abrigo de piel, se puso su gorro de lana bien calentito, se enrolló una bufanda al cuello y salió en busca del médico.

Pero la tormenta arreciaba, la lluvia caía a torrentes y el pobre Hans no veía por dónde iba. Al cabo de un rato se perdió en el páramo y cayó en un hoyo profundo, donde se ahogó.

Todo el pueblo asistió a su funeral y el Molinero, envuelto en su capa negra, se puso a la cabeza del cortejo.

—Como era mi mejor amigo, es justo que ocupe el sitio de honor —dijo.

Y suspiró profundamente mientras se limpiaba los ojos con un gran pañuelo.

—¿Y luego qué? —preguntó la Rata de Agua.

—Luego, nada. Ese es el final —dijo el Pinzón.

—¿La historia tenía moraleja? —preguntó la Rata.

—Por supuesto —contestó el Pinzón.

—¡Bueno! —dijo la Rata de Agua muy enfadada—. Pues debería habérmelo dicho antes de empezar. Así me habría ahorrado escucharle y hasta le habría dicho lo mismo que el crítico: «¡Psss!». Aunque aún estoy a tiempo de decírselo.

Y entonces le gritó muy fuerte:

—¡Psss!

Hizo un movimiento brusco con la cola y se metió en su agujero.

—¿Qué le parece a usted la Rata de Agua? —preguntó la Pata, que llegó chapoteando unos minutos después—. Tiene muy buenas cualidades, pero yo, la verdad, tengo sentimientos maternales y no puedo ver a un solterón sin que se me salten las lágrimas.

—Siento mucho haberle molestado —contestó el Pinzón—. El hecho es que le conté un cuento con moraleja.

—Ah, pues eso es siempre muy peligroso —dijo la Pata.

Y yo estoy de acuerdo con ella.

CUARTA PARTE: LOS HERMANOS GRIMM

BLANCANIEVE Y LOS SIETE ENANOS

Era un crudo día de invierno, y los copos de nieve caían del cielo como blancas plumas. La reina cosía junto a una ventana, cuyo marco era de ébano. Y como mientras cosía miraba caer los copos, con la aguja se pinchó un dedo, y tres gotas de sangre cayeron sobre la nieve. El rojo de la sangre se destacaba bellamente sobre el fondo blanco, y ella pensó:

—¡Ah, si pudiera tener una hija que fuera blanca como la nieve, roja como la sangre y negra como el ébano de esta ventana!

No mucho tiempo después le nació una niña que era blanca como la nieve, sonrosada como la sangre y de cabello negro como la madera de ébano; y por eso le pusieron por nombre Blancanieves. Pero al nacer ella, murió la reina.

Un año más tarde, el rey volvió a casarse. La nueva reina era muy bella, pero orgullosa y altanera, y no podía soportar que nadie la superara en hermosura. Tenía un espejo prodigioso, y cada vez que se miraba en él, le preguntaba:

—Espejito en la pared, dime una cosa: ¿quién es de este país la más hermosa?

Y el espejo le contestaba invariablemente:

—Señora reina, eres la más hermosa en todo el país.

La reina quedaba satisfecha, pues sabía que el espejo decía siempre la verdad. Blancanieves fue creciendo y se hacía más bella cada día. Cuando cumplió los siete años, era tan hermosa como la luz del día, y mucho más que la misma reina. Al preguntarle esta un día al espejo:

—Espejito en la pared, dime una cosa: ¿quién es de este país la más hermosa?

Respondió el espejo:

—Señora reina, tú eres como una estrella, pero Blancanieves es mil veces más bella.

Se espantó la reina, palideciendo de envidia y, desde entonces, cada vez que veía a Blancanieves sentía que se le revolvía el corazón; tal era el odio que albergaba contra ella. Y la envidia y la soberbia, como las malas hierbas, crecían cada vez más en su alma, no dejándole un instante de reposo, ni de día ni de noche.

Finalmente, un día llamó a un servidor y le dijo:

—Llévate a la niña al bosque; no quiero verla más. La matarás, y en prueba de haber cumplido mi orden, me traerás sus pulmones y su hígado.

Obedeció el cazador y se marchó al bosque con la muchacha. Pero cuando se disponía a clavar su cuchillo de monte en el inocente corazón de la niña, ella se echó a llorar:

—¡Piedad, buen cazador, déjame vivir! —suplicaba—. Me quedaré en el bosque y jamás volveré al palacio.

Y era tan hermosa, que el cazador, apiadándose de ella, le dijo:

—¡Vete entonces, pobrecilla!

Y pensó: "No tardarán las fieras en devorarla".

Sin embargo, le pareció como si se le quitara una piedra del corazón por no tener que matarla. Y como acertara a pasar por allí un cachorro de jabalí, lo degolló, le sacó los pulmones y el hígado, y se los llevó a la reina como prueba de haber cumplido su mandato. La perversa mujer los entregó al cocinero para que los guisara, y se los comió convencida de que comía la carne de Blancanieves.

La pobre niña se encontró sola y abandonada en el inmenso bosque. Se moría de miedo, y el menor movimiento de las hojas de los árboles le daba un sobresalto. No sabiendo qué hacer, echó a correr entre espinos y piedras puntiagudas, y los animales del bosque pasaban saltando a su lado sin causarle el menor daño. Siguió corriendo mientras pudo y hasta que se ocultó el sol. Entonces vio una casita y entró en ella para descansar.

Todo era diminuto en la casita, pero tan primoroso y limpio, que no hay palabras para describirlo. Había una mesita cubierta con un mantel blanquísimo, con siete minúsculos platitos y siete vasitos; y al lado de cada platito había su cucharita, su cuchillito y su tenedorcito. Alineadas junto a la pared se veían siete camitas, con sábanas de inmaculada blancura.

Blancanieves, como estaba muy hambrienta, comió un poquito de legumbres y un bocadito de pan de cada plato, y bebió una gota de vino de cada copita, pues no quería tomarlo todo de uno solo. Luego, sintiéndose muy cansada, quiso echarse en una de las camitas; pero ninguna era de su medida: resultaban demasiado largas o demasiado cortas; hasta que, por fin, la séptima le vino bien. Se acostó en ella, se encomendó a Dios y se quedó dormida.

Ya entrada la noche, llegaron los dueños de la casita, que eran siete enanitos que se dedicaban a excavar minerales en el monte. Encendieron sus siete lamparitas y, al iluminarse la habitación, vieron que alguien había entrado, pues las cosas no estaban como las habían dejado.

Dijo el primero:

—¿Quién se sentó en mi sillita?

El segundo:

—¿Quién ha comido de mi platito?

El tercero:

—¿Quién ha cortado un poco de mi pan?

El cuarto:

—¿Quién ha comido de mi verdurita?

El quinto:

—¿Quién ha pinchado con mi tenedorcito?

El sexto:

—¿Quién ha cortado con mi cuchillito?

Y el séptimo:

—¿Quién ha bebido de mi vasito?

Luego, el primero recorrió la habitación y, al ver un pequeño hueco en su cama, exclamó alarmado:

—¿Quién se ha subido en mi camita?

Acudieron corriendo los demás y exclamaron todos:

—¡Alguien estuvo echado en la mía!

Pero el séptimo, al examinar la suya, descubrió a Blancanieves dormida en ella. Llamó entonces a los demás, los cuales acudieron presurosos y no pudieron reprimir sus exclamaciones de admiración cuando, acercando las siete lamparitas, vieron a la niña.

—¡Oh, Dios mío! ¡Oh, Dios mío! —decían—, ¡qué criatura más hermosa!

Y fue tal su alegría, que decidieron no despertarla, sino dejar que siguiera durmiendo en la camita. El séptimo enano se acostó junto a sus compañeros, una hora con cada uno, y así transcurrió la noche. Al clarear el día se despertó Blancanieves y, al ver a los siete enanitos, tuvo un sobresalto. Pero ellos la saludaron amablemente y le preguntaron:

—¿Cómo te llamas?

—Me llamo Blancanieves —respondió ella.

—¿Y cómo llegaste a nuestra casa? —siguieron preguntando los hombrecitos.

Entonces ella les contó que su madrastra había dado la orden de matarla, pero que el cazador le había perdonado la vida, y ella había estado corriendo todo el día, hasta que, al atardecer, encontró la casita.

Dijeron los enanitos:

—¿Quieres cuidar de nuestra casa? ¿Cocinar, hacer las camas, lavar, remendar la ropa y mantenerlo todo ordenado y limpio? Si es así, puedes quedarte con nosotros y nada te faltará.

—¡Sí! —exclamó Blancanieves—. Con mucho gusto.

Y se quedó con ellos.

A partir de entonces, cuidaba la casa con todo esmero. Por la mañana, ellos salían a la montaña en busca de minerales y oro, y al regresar por la tarde, encontraban la comida preparada. Durante el día, la niña se quedaba sola, y los buenos enanitos le advirtieron:

—Cuídate de tu madrastra, que no tardará en saber que estás aquí. ¡No dejes entrar a nadie!

La reina, entretanto, como creía haberse comido los pulmones y el hígado de Blancanieves, vivía segura de volver a ser la primera en belleza. Se acercó un día al espejo y le preguntó:

—Espejito en la pared, dime una cosa: ¿quién es de este país la más hermosa?

Y respondió el espejo:

—Señora reina, eres aquí como una estrella; pero mora en la montaña, con los enanitos, Blancanieves, que es mil veces más bella.

La reina se sobresaltó, pues sabía que el espejo jamás mentía, y comprendió que el cazador la había engañado y que Blancanieves seguía viva. Pensó entonces en otra manera de deshacerse de ella, pues mientras existiera en el país alguien que la superara en belleza, la envidia no la dejaría en paz. Finalmente, ideó un medio. Se tiznó la cara y se disfrazó como una vieja buhonera, quedando completamente irreconocible.

Así disfrazada se dirigió a las siete montañas y, llamando a la puerta de los siete enanitos, gritó:

—¡Vendo cosas buenas y bonitas!

Blancanieves se asomó a la ventana y le dijo:

—¡Buenos días, buena mujer! ¿Qué traes para vender?

—Cosas finas, cosas finas —respondió la reina—. Lazos de todos los colores.

Y sacó uno trenzado de seda multicolor.

"Bien puedo dejar entrar a esta pobre mujer", pensó Blancanieves y, abriendo la puerta, compró el primoroso lacito.

—¡Qué linda eres, niña! —exclamó la vieja—. Ven, que yo misma te pondré el lazo.

Blancanieves, sin sospechar nada, se puso delante de la vendedora para que le atara la cinta alrededor del cuello, pero la bruja lo hizo tan bruscamente y apretando tanto, que a la niña se le cortó la respiración y cayó como muerta.

—¡Ahora ya no eres la más hermosa! —dijo la madrastra, y se alejó rápidamente.

Al poco rato, ya entrada la noche, regresaron los siete enanitos. Imagínense su susto cuando vieron tendida en el suelo a su querida Blancanieves, sin moverse, como muerta. Corrieron a incorporarla y, al ver que el lazo le apretaba el cuello, se apresuraron a cortarlo. La niña comenzó a respirar levemente y, poco a poco, fue volviendo en sí. Al oír lo que había sucedido, le dijeron:

—La vieja vendedora no era otra que la malvada reina. Cuídate muy bien de no dejar entrar a nadie mientras estemos fuera.

La malvada mujer, al llegar al palacio, corrió ante el espejo y preguntó:

—Espejito en la pared, dime una cosa: ¿quién es de este país la más hermosa?

Y respondió el espejo, como la vez anterior:

—Señora reina, eres aquí como una estrella; pero mora en la montaña, con los enanitos, Blancanieves, que es mil veces más bella.

Al oírlo, del despecho, toda la sangre se le fue al corazón, pues supo que Blancanieves continuaba con vida.

—¡Esta vez —se dijo— idearé una trampa de la que no te escaparás!

Y, valiéndose de las artes diabólicas en las que era maestra, fabricó un peine envenenado. Luego volvió a disfrazarse, adoptando también la figura de una vieja, y se fue a las montañas. Al llegar, llamó a la puerta de los siete enanitos:

—¡Buena mercancía para vender! —gritó.

Blancanieves, asomándose a la ventana, le dijo:

—Sigue tu camino, que no puedo abrirle a nadie.

—¡Al menos podrás mirar lo que traigo! —respondió la vieja, y sacó el peine, mostrándolo en el aire.

Pero le gustó tanto el peine a la niña que, olvidando todas las advertencias, abrió la puerta.

Cuando acordaron el precio, dijo la vieja:

—Ven, que te peinaré como Dios manda.

La pobrecita, sin pensar nada malo, dejó hacer a la vieja. Pero apenas hubo esta clavado el peine en su cabello, el veneno hizo efecto y la niña se desplomó, inconsciente.

—¡Dechado de belleza! —exclamó la malvada bruja—. ¡Ahora sí que estás lista!

Y se marchó.

Pero, afortunadamente, faltaba poco para la noche, y los enanitos no tardaron en regresar. Al encontrar a Blancanieves inanimada en el suelo, sospecharon de inmediato de la madrastra y, buscando, descubrieron el peine envenenado. Se lo quitaron rápidamente y, en el acto, la niña volvió en sí y les explicó lo ocurrido. Ellos le advirtieron de nuevo que debía estar alerta y no abrir la puerta a nadie.

La reina, de regreso en el palacio, fue directamente a su espejo:

—Espejito en la pared, dime una cosa: ¿quién es de este país la más hermosa?

Y como las veces anteriores, respondió el espejo al fin:

—Señora reina, eres aquí como una estrella; pero mora en la montaña, con los enanitos, Blancanieves, que es mil veces más bella.

Al oír estas palabras, la malvada bruja se puso a temblar de rabia.

—¡Blancanieves morirá! —gritó—. ¡Aunque me cueste la vida!

Y, bajando a una cámara secreta donde nadie tenía acceso más que ella, preparó una manzana con un veneno de lo más virulento. Por fuera era preciosa, blanca y sonrosada, capaz de hacerle la boca agua a cualquiera que la viera. Pero un solo bocado significaba una muerte segura.

Cuando tuvo lista la manzana, se pintó nuevamente la cara, se vistió de campesina y se encaminó hacia las siete montañas, a la casa de los siete enanitos. Llamó a la puerta. Blancanieves asomó la cabeza por la ventana y dijo:

—No debo abrirle a nadie; los siete enanitos me lo han prohibido.

—Como quieras —respondió la campesina—. Pero yo quiero deshacerme de mis manzanas. Mira, te regalo una.

—No —contestó la niña—, no puedo aceptar nada.

—¿Temes acaso que te envenene? —dijo la vieja—. Fíjate, corto la manzana en dos mitades: tú te comes la parte roja y yo la blanca.

La fruta estaba preparada de modo que sólo el lado encarnado tenía veneno. Blancanieves miraba la manzana con ojos codiciosos, y cuando vio que la campesina la comía, ya no pudo resistirse. Alargó la mano y tomó la mitad envenenada. Pero no bien se hubo metido en la boca el primer trocito, cayó al suelo, muerta.

La reina la contempló con una mirada de rencor y, echándose a reír, dijo:

—¡Blanca como la nieve, roja como la sangre, negra como el ébano! Esta vez, no te resucitarán los enanitos.

Y cuando, al llegar al palacio, preguntó al espejo:

—Espejito en la pared, dime una cosa: ¿quién es de este país la más hermosa?

Le respondió el espejo, al fin:

—Señora reina, eres la más hermosa en todo el país.

Sólo entonces se aquietó su envidioso corazón, suponiendo que un corazón envidioso pudiera aquietarse.

Los enanitos, al volver a su casa aquella noche, encontraron a Blancanieves tendida en el suelo, sin que de sus labios saliera el hálito más leve. Estaba muerta. La levantaron, buscaron si tenía algún objeto envenenado, la desabrocharon, le peinaron el cabello, la lavaron con agua y vino, pero todo fue inútil. La pobre niña estaba muerta, y bien muerta.

La colocaron en un ataúd, y los siete, sentándose alrededor, la estuvieron llorando por espacio de tres días. Luego pensaron en darle sepultura; pero viendo que el cuerpo se conservaba lozano, como el de una persona viva, y que sus mejillas seguían sonrosadas, dijeron:

—No podemos enterrarla en el seno de la negra tierra.

Y mandaron fabricar una caja de cristal transparente, que permitiera verla desde todos los lados. La colocaron dentro y grabaron su nombre con letras de oro: "Princesa Blancanieves".

Después, transportaron el ataúd a la cumbre de la montaña, y uno de ellos, por turnos, estaba siempre allí velándola. Y hasta los animales acudieron a llorar a Blancanieves: primero, una lechuza; luego, un cuervo, y finalmente, una palomita.

Y así estuvo Blancanieves mucho tiempo, reposando en su ataúd, sin descomponerse, como dormida, pues seguía siendo blanca como la nieve, roja como la sangre y con el cabello negro como el ébano.

Sucedió entonces que un príncipe, que se había internado en el bosque, llegó hasta la casa de los enanitos para pasar la noche. Vio en la montaña el ataúd que contenía a la hermosa Blancanieves y leyó la inscripción grabada con letras de oro. Dijo entonces a los enanitos:

—Denme el ataúd. Pagaré por él lo que me pidan.

Pero los enanitos contestaron:

—Ni por todo el oro del mundo lo venderíamos.

—En tal caso, regálenmelo —propuso el príncipe—, pues ya no podré vivir sin ver a Blancanieves. La honraré y reverenciaré como lo que más quiero.

Al oír estas palabras, los hombrecitos sintieron compasión del príncipe y le regalaron el féretro. El príncipe ordenó que sus criados lo transportaran en hombros. Pero ocurrió que, en el camino, tropezaron con una mata, y por la sacudida saltó de la garganta de Blancanieves el pedazo de manzana envenenada que aún tenía atragantado. Y, al poco rato, la princesa abrió los ojos y recobró la vida.

Levantó la tapa del ataúd, se incorporó y dijo:

—¡Dios santo! ¿Dónde estoy?

Y el príncipe le respondió, loco de alegría:

—Estás conmigo.

Y, después de explicarle todo lo ocurrido, le dijo:

—Te quiero más que a nadie en el mundo. Ven al castillo de mi padre y serás mi esposa.

Accedió Blancanieves y se marchó con él al palacio, donde enseguida se dispuso la boda, que debía celebrarse con gran magnificencia y esplendor.

A la fiesta fue invitada también la malvada madrastra de Blancanieves. Una vez que se hubo ataviado con sus vestidos más lujosos, fue al espejo y le preguntó:

—Espejito en la pared, dime una cosa: ¿quién es de este país la más hermosa?

Y respondió el espejo:

—Señora reina, eres aquí como una estrella, pero la reina joven es mil veces más bella.

La malvada mujer soltó una palabrota y tuvo tal sobresalto, que quedó como fuera de sí. Su primer impulso fue no ir a la boda. Pero la inquietud la devoraba, y no pudo resistir el deseo de ver a aquella joven reina.

Al entrar en el salón, reconoció a Blancanieves, y fue tal su espanto y asombro, que se quedó clavada en el suelo sin poder moverse. Pero ya habían puesto al fuego unas zapatillas de hierro, y estaban al rojo vivo. Tomándolas con tenazas, la obligaron a ponérselas, y tuvo que bailar con ellas hasta que cayó muerta.

EL FORNIDO JUAN

Érase una vez un hombre y una mujer que tenían un hijo y vivían completamente solos en un valle muy apartado. Sucedió que un día la madre se fue a buscar leña y a recoger ramitas de pino, y se llevó consigo al pequeño Juan, que no tendría entonces más de dos años. Como era primavera y el niño se entretenía recogiendo flores, la madre se fue adentrando cada vez más en el bosque.

De pronto, salieron dos bandidos de entre la maleza, apresaron a la madre y al niño, y se los llevaron a lo más oscuro y profundo del bosque, a un lugar donde rara vez se aventuraba alguien. La pobre mujer rogó y suplicó a los ladrones que la dejaran libre con su hijito, pero aquellos hombres tenían el corazón de piedra y, sin escuchar sus súplicas ni lamentos, se la llevaron por la fuerza.

Después de dos horas de caminata penosa entre espinos y zarzas, llegaron a una roca con una puerta que se abrió cuando los bandidos llamaron. Luego recorrieron un largo y tenebroso pasadizo hasta llegar a una espaciosa cueva iluminada por un fuego que ardía en el centro. De las paredes colgaban espadas, sables y otras armas que brillaban a la luz de la hoguera. En medio de la cueva, alrededor de una mesa negra, otros bandidos jugaban, y en lo más alto del lugar se encontraba el capitán.

Al ver a la mujer, el capitán se le acercó y le dijo que no temiera, que no le harían daño, y que sólo debía encargarse de las tareas domésticas. Si mantenía todo en orden, no estaría mal. Luego le ofrecieron comida y le señalaron una cama donde se acostó con su hijo.

La mujer vivió muchos años con los bandidos. Juan creció y se volvió fuerte y robusto. Su madre le contaba historias y le enseñó a leer con un libro de caballerías que había encontrado en la cueva.

Cuando Juan cumplió nueve años, tomó una gruesa rama de abeto, la convirtió en un garrote y lo escondió detrás de su cama. Luego fue con su madre y le dijo:

—Mamá, dime de una vez quién es mi papá. Quiero saberlo, necesito saberlo.

Pero la mujer guardó silencio; no quería decirle nada, pues temía que Juan quisiera irse, y sabía bien que los bandidos no lo permitirían. Sin embargo, se le partía el corazón al pensar que su hijo no podía estar con su padre.

Esa noche, cuando los bandidos regresaron de sus fechorías, Juan sacó su garrote, se plantó frente al capitán y le dijo:

—Quiero saber quién es mi padre, y si no me lo dices, te derribo a golpes.

El capitán soltó una carcajada y le dio una bofetada tan fuerte que lo lanzó debajo de la mesa. Juan se levantó sin decir una palabra y pensó:

«Esperaré otro año y volveré a intentarlo. Tal vez me vaya mejor».

Un año después, Juan volvió a sacar su garrote, lo sacudió y pensó: «Es un buen garrote, y muy fuerte».

Al anochecer, cuando los bandidos regresaron y se pusieron a beber, vaciando jarros uno tras otro hasta quedarse medio dormidos, Juanito sacó su estaca, se plantó otra vez ante el capitán y le preguntó quién era su padre. El hombre respondió con otra bofetada, tan fuerte como la anterior, que lo volvió a mandar debajo de la mesa.

Pero esta vez Juan se levantó al instante, y sin decir una palabra, empezó a repartir golpes con el garrote sobre el capitán y los demás bandidos, dejándolos a todos incapaces de mover brazos ni piernas.

Desde un rincón, su madre miraba, asombrada de la fuerza y valentía de su hijo. Cuando Juan terminó su tarea, fue hacia ella y le dijo:

—Esta vez fue en serio. Ahora sí quiero saber quién es mi papá.

—Mi querido Juan —respondió la madre—, vamos a buscarlo juntos hasta que lo encontremos.

Le quitaron al capitán la llave de la puerta, y Juan tomó un saco harinero, lo llenó de oro, plata y otras cosas valiosas, se lo cargó al hombro y salieron de la cueva.

¡Qué ojos puso el niño al salir de las tinieblas y ver el bosque verde, las flores, los pájaros y el sol brillando en el cielo! Se quedó inmóvil, asombrado, como si no estuviera en sus cabales.

La madre encontró el camino de regreso, y después de caminar un par de horas, llegaron felices a su valle solitario y a su pequeña casa. El padre, que estaba sentado en la puerta, lloró de alegría al reconocer a su esposa y saber que aquel joven alto y fuerte era su hijo, pues los había dado por muertos hacía muchos años.

A pesar de que Juan sólo tenía doce años, ya le sacaba una cabeza a su padre.

Entraron los tres en la casa, y cuando Juan dejó el saco en el suelo, la construcción entera crujió; el banco se rompió, se hundió el piso, y el saco pesado cayó hasta la bodega.

—¡Dios nos guarde! —exclamó el padre—. ¿Qué es esto? ¡Vas a derrumbar la casa!

—No te preocupes, papá —respondió Juan—. Aquí hay suficiente dinero para construir una nueva.

Padre e hijo se pusieron manos a la obra y construyeron una casa más grande. Compraron tierras, ganado, y comenzaron a trabajarlas. Juan araba los campos, y cuando guiaba el arado y hundía la reja en la tierra, los bueyes apenas necesitaban jalar, tal era su fuerza.

Al llegar la primavera, Juan le dijo a su padre:

—Guarda todo el dinero, y hazme un bastón que pese un quintal. Quiero salir a conocer el mundo.

Cuando tuvo el bastón, se despidió de sus padres y se puso en camino.

Al llegar a un bosque espeso y oscuro, escuchó de pronto unos crujidos. Miró a su alrededor y vio un abeto completamente torcido desde la raíz hasta la copa. Al alzar la vista, distinguió a un tipo gigantesco que abrazaba el árbol, retorciéndolo como si fuera una rama de mimbre.

—¡Eh, tú! —gritó Juan—. ¿Qué estás haciendo ahí arriba?

—Ayer recogí un haz de leña —respondió el otro—, y ahora hago una cuerda para atarlo.

«Este tipo me agrada —pensó Juanito—; es fuerte», y le dijo:

—Deja eso y ven conmigo.

Cuando el hombre bajó del árbol, resultó que le sacaba a Juan toda la cabeza, ¡y eso que Juan no era bajo!

—Desde ahora te llamarás Tuercepinos —le dijo el muchacho.

Siguieron su camino, y después de andar un trecho, comenzaron a oír unos golpes y martillazos tan fuertes que el suelo temblaba con cada uno. No tardaron en llegar a una enorme roca, que un gigante golpeaba con los puños, arrancando grandes pedazos con cada golpe. Juan le preguntó qué estaba haciendo, y el gigante respondió:

—Cuando me echo a dormir por la noche, los osos, lobos y otras alimañas merodean alrededor y no me dejan descansar. Por eso quiero construirme una casa donde pueda refugiarme tranquilo.

«Este también me puede servir», pensó Juan, y le dijo:

—Deja la casa y ven conmigo; te llamarás Desmoronarrocas.

El gigante aceptó, y los tres continuaron caminando por el bosque. Por donde pasaban, los animales salvajes huían asustados. Al anochecer llegaron a un castillo abandonado; entraron y durmieron en el gran salón.

A la mañana siguiente, Juan salió al jardín, que también estaba descuidado e invadido de espinos y matorrales. De repente, un jabalí lo atacó, pero él lo derribó de un estacazo, se lo cargó al hombro y lo llevó al castillo. Allí lo asaron y prepararon una sabrosa comida que los dejó a los tres de buen humor. Entonces acordaron que, cada día, dos saldrían de caza y uno se quedaría a cocinar, asignando nueve libras de carne por cabeza.

El primer día le tocó quedarse a Tuercepinos, mientras Juan y Desmoronarrocas salieron a cazar.

Mientras Tuercepinos cocinaba, se presentó un enanito viejo y arrugado que le pidió un trozo de carne.

—¡Fuera de aquí, vagabundo! —le gritó el cocinero—. Tú no necesitas carne.

Pero para su sorpresa, el diminuto enano se le echó encima y lo golpeó con tal fuerza que lo tiró al suelo sin darle tiempo a defenderse. Lo molió a golpes hasta quedar completamente adolorido. Cuando regresaron sus compañeros, Tuercepinos no les dijo nada del enano ni de la paliza, pensando: «Cuando les toque quedarse a ellos, van a probar de esta sopa», y sólo de imaginarlo se regocijaba.

Al día siguiente, el turno fue de Desmoronarrocas, y le pasó exactamente lo mismo: el enano lo golpeó por negarle carne. Cuando regresaron los otros, Tuercepinos se dio cuenta de que su compañero también había sido vencido, pero ambos guardaron silencio. «Que le toque a Juan también», pensaron.

Al tercer día, Juan se quedó en el castillo. Mientras cocinaba, el enano apareció y pidió un trozo de carne. Juan pensó: «Es un pobrecito, le daré un poco de mi ración para no quitarles a los otros», y le ofreció un pedazo. El enano se lo comió y pidió más, y Juan, generoso, le dio otro trozo, diciéndole que ya estaba bien servido. Pero el enano pidió por tercera vez.

—Eres un descarado —le respondió Juan—. Ya te di bastante.

Entonces el enano quiso atacarlo, como había hecho con los otros, pero se llevó una gran sorpresa. Juan le dio unos buenos golpes que lo hicieron rodar escaleras abajo. Juan intentó seguirlo, pero resbaló y cayó también; al levantarse, vio que el enano ya estaba lejos, así que lo persiguió por el bosque hasta que lo vio meterse en una grieta de la roca. Juan memorizó el lugar y volvió al castillo.

Cuando los otros regresaron al anochecer, se sorprendieron de verlo tan tranquilo. Él les contó lo que había pasado, y ellos, avergonzados, le confesaron que también habían sido golpeados por el enano. Juan se echó a reír y les dijo:

—¡Bien merecido lo tenían por avaros! Pero es una vergüenza que dos grandotes como ustedes se dejaran pegar por un enano.

Llevaron una cuerda y una canasta a la cueva del enano, y Juan bajó al fondo. Al llegar, encontró una puerta que al abrirse dejaba ver a una joven de extraordinaria belleza, encadenada, con el enano sentado junto a ella, mirándolo con mala cara. Juan sintió compasión por la muchacha y pensó: «Debo liberarla de este monstruo». Le dio un golpe al enano con su garrote tan fuerte que lo mató de inmediato. Luego soltó las cadenas de la doncella, que no podía creer su suerte.

Ella le contó que era una princesa, hija de un rey, y que un conde la había secuestrado por no corresponder a sus pretensiones. La había encerrado allí y dejado al cuidado del enano, quien la había maltratado terriblemente.

Juan colocó a la princesa en el cesto y avisó a sus compañeros para que la subieran. Luego volvió a bajar el cesto, pero como desconfiaba de los otros, metió su bastón para probar su fidelidad. Por suerte lo hizo, pues a mitad de camino soltaron la cuerda. De haber estado él adentro, habría muerto al caer.

Ahora el problema era cómo salir. Desesperado, vagó por la cueva hasta que volvió a la cámara de la princesa. Allí notó que el enano tenía en el dedo un anillo brillante. Se lo quitó y se lo puso. Al girarlo en su dedo, de pronto escuchó un murmullo sobre su cabeza. Al mirar, vio que flotaban unos espíritus que lo saludaron como su amo y le preguntaron qué deseaba.

Sorprendido al principio, Juan ordenó que lo sacaran de la cueva. Al instante, los espíritus lo elevaron como si volara.

Cuando llegó a la superficie, no vio a nadie. Al volver al castillo, también lo encontró vacío. Tuercepinos y Desmoronarrocas habían huido, llevándose a la princesa. Juan giró el anillo, y los espíritus aparecieron nuevamente. Le informaron que sus antiguos compañeros estaban en el mar.

Juan corrió hasta la costa y vio a lo lejos un bote con sus traicioneros amigos. En un arrebato de furia, se lanzó al agua con su bastón, pero el peso lo hundía y casi se ahoga. Entonces giró el anillo y los espíritus lo llevaron al barco con la rapidez del rayo. Allí, Juan blandió su garrote, castigó a los traidores y los arrojó al mar.

Luego, él mismo tomó los remos y regresó a tierra con la princesa, a quien había salvado por segunda vez. La llevó de regreso con sus padres, y poco después se casó con ella, en medio de la alegría de todo el reino.

EL FLAUTISTA DE HAMELIN

Al norte de Alemania había una pequeña ciudad llamada Hamelin. Su paisaje era placentero y su belleza era exaltada por las riberas de un río ancho y profundo que la cruzaba. Y sus habitantes se enorgullecían de vivir en un lugar tan apacible y pintoresco.

Pero... un día, la ciudad se vio atacada por una terrible plaga: ¡Hamelin estaba llena de ratas!

Había tantas y tantas que se atrevían a desafiar a los perros, perseguían a los gatos —sus enemigos de toda la vida—, se subían a las cunas para morder a los niños dormidos, y hasta robaban los quesos enteros de las despensas para luego comérselos, sin dejar ni una migaja. ¡Ah!, y además... metían los hocicos en todas las comidas, husmeaban en los cucharones de los guisos que preparaban los cocineros, roían la ropa dominguera de la gente, agujereaban los costales de harina y los barriles de sardinas saladas, y hasta pretendían treparse por las anchas faldas de las mujeres charlatanas reunidas en la plaza, ahogando las voces asustadas con sus agudos y desafinados chillidos.

¡La vida en Hamelin se estaba volviendo insoportable!

...Pero llegó un día en que el pueblo se hartó de esta situación. Y todos, en masa, se congregaron frente al Ayuntamiento.

¡Qué exaltados estaban todos!

No hubo manera de calmar los ánimos de los allí reunidos.

—¡Fuera el alcalde! —gritaban unos.

—¡Ese hombre es un inútil! —decían otros.

—¡Que los del Ayuntamiento nos den una solución! —exigían los de más allá.

Con las mujeres la cosa era peor.

—¿Pero qué se creen? —vociferaban—. ¡Busquen el modo de librarnos de la plaga de ratas! ¡O encuentran la forma de terminar con esto o los arrastraremos por las calles! ¡Así será, como hay Dios!

Al oír tales amenazas, el alcalde y los concejales quedaron consternados y temblando de miedo.

¿Qué hacer?

Durante una larga hora estuvieron sentados en el salón de la alcaldía discurriendo cómo atacar a las ratas. Se sentían tan preocupados que no encontraban una idea efectiva para dar solución a la plaga.

Por fin, el alcalde se puso de pie y exclamó:

—¡Lo que yo daría por una buena ratonera!

Apenas se hubo extinguido el eco de su última palabra, cuando todos los reunidos oyeron algo inesperado. En la puerta del Concejo Municipal sonaba un ligero repiqueteo.

—¡Dios nos ampare! —gritó el alcalde, lleno de pánico—. Parece que se oye el roer de una rata. ¿Me habrán oído?

Los ediles no respondieron, pero el repiqueteo continuó.

—¡Pase adelante quien llama! —vociferó el alcalde, con voz temblorosa y dominando su terror.

Entonces entró en la sala el personaje más extraño que se puedan imaginar.

Llevaba una rara capa que lo cubría del cuello a los pies, formada por recuadros negros, rojos y amarillos. Era un hombre alto, delgado y con ojos azules agudos, pequeños como cabezas de alfiler. Su cabello caía lacio, de un amarillo claro, en contraste con la piel tostada y curtida por las inclemencias del tiempo. Su cara era lisa, sin bigote ni barba; sus labios se curvaban en una sonrisa que dirigía a unos y a otros, como si se encontrara entre viejos amigos.

El alcalde y los concejales lo contemplaron boquiabiertos, pasmados ante su figura y cautivados, al mismo tiempo, por su estrambótico atractivo.

El desconocido avanzó con simpatía y dijo:

—Perdonen, señores, que me haya atrevido a interrumpir su importante reunión, pero he venido a ayudarlos. Yo soy capaz, gracias a un encanto secreto que poseo, de atraer hacia mi persona a todos los seres que viven bajo el sol. Lo mismo da si se arrastran por el suelo, si nadan en el agua, si vuelan por el aire o si corren sobre la tierra. Todos ellos me siguen, como ustedes no se imaginan. Principalmente uso mi poder mágico con los animales que más daño hacen en los pueblos, ya sean topos o sapos, víboras o lagartijas. Las gentes me conocen como el Flautista Mágico.

Mientras hablaba, el alcalde y los concejales notaron que, en torno a su cuello, llevaba una corbata roja con rayas amarillas, de la que colgaba una flauta. También observaron que sus dedos se movían inquietos, al compás de sus palabras, como si sintieran impaciencia por alcanzar y tocar el instrumento que pendía sobre sus extrañas vestiduras.

El flautista continuó hablando:

—Tengan en cuenta, sin embargo, que soy un hombre pobre. Por eso cobro por mi trabajo. El año pasado libré a una aldea inglesa de una monstruosa invasión de murciélagos, y a una ciudad asiática le quité una plaga de mosquitos que los tenía a todos enloquecidos por las picaduras.

Ahora bien, si los libro de esta molestia, ¿me darían un millar de florines?

—¿Un millar de florines? ¡Cincuenta millares! —respondieron al unísono el asombrado alcalde y todo el concejo.

Poco después, el flautista bajaba por la calle principal de Hamelin. Llevaba una fina sonrisa en los labios, pues estaba seguro del gran poder que dormía en el alma de su mágico instrumento.

De pronto se detuvo. Tomó la flauta y comenzó a soplarla, mientras guiñaba sus ojos azul verdoso. Chispeaban como cuando se espolvorea sal sobre una llama.

Arrancó tres vivísimas notas de la flauta.

Al instante se oyó un rumor. Pareció a todos los habitantes de Hamelin como si lo hubiese provocado un ejército que despertara al mismo tiempo. Luego el murmullo se convirtió en ruido, y finalmente, el ruido creció hasta hacerse estruendoso.

¿Y saben qué pasaba? Pues que de todas las casas empezaron a salir ratas. Salían a montones. Lo mismo las ratas grandes que los ratones chiquitos; igual los flacuchos que los gordinflones. Padres, madres, tías y primos ratoniles, con sus tiesas colas y sus punzantes bigotes. Familias enteras de bichos se lanzaron tras el flautista, sin importarles charcos ni hoyos.

Y el flautista seguía tocando sin cesar, mientras recorría calle tras calle. Y tras él iba todo el ejército ratonil, danzando sin poder contenerse. Así, bailando y bailando, llegaron las ratas al río, donde fueron cayendo una tras otra, ahogándose por completo.

Sólo una rata logró escapar. Era una rata muy fuerte que nadó contra la corriente y logró llegar a la otra orilla. Corriendo sin parar, fue a llevar la triste noticia de lo sucedido a su país natal: Ratilandia.

Una vez allí, contó lo que había ocurrido:

—Igual les hubiera pasado a todas ustedes. En cuanto llegaron a mis oídos las primeras notas de aquella flauta, no pude resistir el deseo de seguir su música. Era como si ofrecieran todas las golosinas que encantan a una rata. Imaginaba tener al alcance todos los mejores bocados; me parecía una voz que me invitaba a comer sin parar, a roer cuanto quería, a pasarme noche y día en un eterno banquete, y que me incitaba dulcemente, diciéndome: "¡Anda, atrévete!". Cuando recuperé la noción de la realidad, estaba en el río, a punto de ahogarme como las demás. ¡Gracias a mi fortaleza me he salvado!

Esto asustó mucho a las ratas, que se apresuraron a esconderse en sus agujeros. Y, desde luego, no volvieron más a Hamelin.

¡Había que ver a la gente de Hamelin!

Cuando comprobaron que se habían librado de la plaga que tanto los había molestado, echaron a volar las campanas de todas las iglesias, hasta el punto de hacer retemblar los campanarios.

El alcalde, que ya no temía que lo arrastraran por las calles, parecía un jefe dando órdenes a los vecinos:

—¡Vamos! ¡Busquen palos y ramas! ¡Revisen los nidos de las ratas y cierren luego las entradas! ¡Llamen a carpinteros y albañiles y asegúrense entre todos de que no quede el menor rastro de las ratas!

Así hablaba el alcalde, muy ufano y satisfecho. Hasta que, de pronto, al volver la cabeza, se encontró cara a cara con el flautista mágico, cuya arrogante y extraña figura se destacaba en la plaza del mercado de Hamelin.

El flautista interrumpió sus órdenes con estas palabras:

—Creo, señor alcalde, que ha llegado el momento de darme mis mil florines.

¡Mil florines! ¿Qué se creía? ¡Mil florines!

El alcalde miró con desagrado al tipo extravagante que se los pedía. Y lo mismo hicieron sus compañeros del Concejo, que lo habían estado rodeando mientras daba órdenes.

¿Quién pensaba en pagarle a semejante vagabundo con capa multicolor?

—¿Mil florines…? —dijo el alcalde—. ¿Por qué?

—Por haber ahogado a las ratas —respondió el flautista.

—¿Tú ahogaste a las ratas? —exclamó con fingido asombro el alcalde, haciendo un guiño a sus concejales—. Ten muy en cuenta que nosotros trabajamos siempre cerca del río, y allí vimos con nuestros propios ojos cómo se ahogaba esa plaga. Y, según creo, lo que está bien muerto no vuelve a la vida. No vamos a regatearte un trago de vino para celebrar lo ocurrido, y también te daremos algo de dinero para rellenar tu bolsa. Pero eso de los mil florines, como puedes imaginarte, lo dijimos en broma. Además, con la plaga hemos sufrido muchas pérdidas... ¡Mil florines! ¡Vamos, vamos...! Toma cincuenta.

El flautista, a medida que escuchaba las palabras del alcalde, iba poniendo un rostro cada vez más serio. No le gustaba que lo engañaran con palabras melosas, ni mucho menos que se cambiara el sentido de las cosas.

—¡No diga más tonterías, alcalde! —exclamó—. No me gusta discutir. Usted hizo un pacto conmigo. ¡Cúmplalo!

—¿Yo? ¿Yo hice un pacto contigo? —dijo el alcalde, fingiendo sorpresa y actuando sin el menor remordimiento, aunque había engañado y estafado al flautista.

Sus compañeros del Concejo también declararon que tal cosa no era cierta.

El flautista advirtió muy serio:

—¡Cuidado! No sigan provocando mi cólera, porque puedo tocar mi flauta de otra manera.

Tales palabras enfurecieron al alcalde.

—¿Cómo es eso? —bramó—. ¿Piensas que voy a tolerar tus amenazas? ¿Que voy a permitir que me traten peor que a un sirviente? ¿Te olvidas que soy el alcalde de Hamelin? ¿Qué te has creído?

El hombre quería ocultar su falta de palabra a fuerza de gritos, como suele ocurrir con quienes actúan de ese modo.

Y siguió vociferando:

—¡A mí no me insulta ningún vago como tú, aunque tenga una flauta mágica y esos ridículos ropajes que luces!

—¡Se van a arrepentir!

—¿Aún sigues amenazando, pícaro vagabundo? —aulló el alcalde, mostrando el puño—. ¡Haz lo que te dé la gana, y sopla tu flauta hasta que revientes!

El flautista dio media vuelta y se marchó de la plaza.

Empezó a caminar por una calle cuesta abajo, y entonces se llevó a los labios la larga y bruñida caña de su instrumento, del que sacó tres notas. Tres notas tan dulces, tan melodiosas, como jamás músico alguno —ni el más hábil— había conseguido hacer sonar. Eran arrebatadoras; encandilaban al que las oía.

Se despertó un murmullo en Hamelin. Un susurro que pronto se convirtió en alboroto, producido por alegres grupos que se precipitaban hacia el flautista, atropellándose unos a otros en su apuro.

Numerosos piececitos corrían batiendo el suelo, menudos zuecos repiqueteaban sobre las losas, muchas manitas palmoteaban, y el bullicio iba en aumento. Y como pollitos en un gran gallinero cuando llega quien les lleva la comida, así salieron corriendo de casas y palacios todos los niños, todos los muchachos y las jovencitas que vivían en ellos, con sus mejillas rosadas y rizos de oro, sus ojitos chispeantes y dientecitos como perlas. Iban tropezando y saltando, corriendo gozosos tras el maravilloso músico, al que acompañaban con su vocerío y sus carcajadas.

El alcalde quedó mudo de asombro. Y los concejales también.

Quedaron inmóviles como estatuas, sin saber qué hacer ante lo que estaban viendo. Es más, se sentían incapaces de dar un solo paso o de lanzar el menor grito que impidiera aquella fuga de los niños.

No se les ocurrió otra cosa que seguir con la mirada —es decir, contemplar con muda estupidez— a la gozosa multitud que se iba en pos del flautista.

Sin embargo, el alcalde salió de su pasmo, y lo mismo les pasó a los concejales cuando vieron que el mágico músico se internaba por la calle Alta, camino del río.

¡Precisamente por la calle donde vivían sus propios hijos e hijas!

Por fortuna, el flautista no parecía querer ahogar a los niños. En lugar de ir hacia el río, se dirigió hacia el sur, encaminando sus pasos hacia la alta montaña que se alzaba cercana. Tras él siguió, cada vez más presurosa, la menuda tropa.

Esa ruta hizo que la esperanza aliviara los oprimidos pechos de los padres.

—¡Nunca podrá cruzar esa intrincada cumbre! —se decían las personas mayores—. Además, el cansancio hará que suelte la flauta y nuestros hijos dejarán de seguirlo.

Pero sucedió que, apenas empezó el flautista a subir la falda de la montaña, la tierra se agrietó y se abrió un ancho y maravilloso portón. Pareció como si alguna poderosa y misteriosa mano hubiese excavado repentinamente una enorme gruta.

Por allí entró el flautista, seguido por la turba de chiquillos. Y en cuanto el último de ellos hubo pasado, la fantástica puerta desapareció en un abrir y cerrar de ojos, quedando la montaña igual que antes.

Sólo quedó fuera uno de los niños. Era cojo y no pudo seguir a los demás en sus bailes y carreras.

A él acudieron el alcalde, los concejales y los vecinos, cuando se les pasó el susto por lo ocurrido.

Lo encontraron triste y cabizbajo.

Y como le reprocharon que no se sintiera contento por haberse salvado del destino de sus compañeros, respondió:

—¿Contento? ¡Al contrario! Me perdí todas las cosas bonitas con las que ahora se están recreando. También a mí me las prometió el flautista con su música, si lo seguía; pero no pude.

—¿Y qué les prometía? —preguntó su padre, curioso.

—Dijo que nos llevaría a una tierra feliz, cerca de esta ciudad, donde abundan los manantiales cristalinos y se multiplican los árboles frutales; donde las flores tienen colores más bellos, y todo es extraño y nunca visto. Allí los gorriones brillan con colores más hermosos que los de nuestros pavos reales; los perros corren más que los venados de por aquí. Y las abejas no tienen aguijón, por lo que no hay miedo de que nos piquen al quitarles la miel. Hasta los caballos son extraordinarios: nacen con alas de águila.

—Entonces, si tanto te atraía, ¿por qué no lo seguiste?

—No pude, por mi pierna enferma —se lamentó el niño—. La música se detuvo y quedé inmóvil. Cuando me di cuenta de lo que pasaba, vi que los demás ya habían desaparecido por la colina, dejándome solo, en contra de mi voluntad.

¡Pobre ciudad de Hamelin! ¡Qué caro pagó su avaricia!

El alcalde mandó gente a todas partes, con la orden de ofrecer al flautista plata y oro con qué llenar sus bolsillos, a cambio de que regresara con los niños.

Cuando se convencieron de que todo era en vano y de que el flautista y los niños se habían ido para siempre, ¡cuánto dolor sintieron las gentes! ¡Cuántas lamentaciones y lágrimas! ¡Y todo por no cumplir el pacto acordado!

Para que todos recordaran lo sucedido, el lugar donde desaparecieron los niños fue llamado "Calle del Flautista Mágico". Además, el alcalde ordenó que todo aquel que se atreviera a tocar una flauta o un tamboril en Hamelin perdiera su ocupación para siempre. Prohibió también que cualquier hostería o mesón que se instalara en esa calle profanara con fiestas o algarabías la solemnidad del sitio.

Luego, la historia fue grabada en una columna y también pintada en el gran ventanal de la iglesia, para que todo el mundo conociera y recordara cómo se perdieron aquellos niños de Hamelin.

QUINTA PARTE: HANS CHRISTIAN ANDERSEN

EL PATITO FEO

¡Qué lindos eran los días de verano! ¡Qué agradable resultaba pasear por el campo y ver el trigo amarillo, la verde avena y las parvas de heno apilado en las llanuras! Sobre sus largas patas rojas iba la cigüeña junto a algunos flamencos, que se detenían un rato sobre cada pata. Sí, era realmente encantador estar en el campo.

Bañada de sol se alzaba allí una vieja mansión solariega, rodeada por un profundo foso; desde sus paredes hasta el borde del agua crecían unas plantas de hojas gigantescas, las mayores de las cuales eran lo suficientemente grandes para que un niño pequeño pudiera pararse debajo de ellas. Aquel lugar resultaba tan enmarañado y agreste como el más denso de los bosques, y era allí donde cierta pata había hecho su nido. Ya era tiempo de sobra para que nacieran los patitos, pero se demoraban tanto, que la mamá comenzaba a perder la paciencia, pues casi nadie venía a visitarla.

Al fin los huevos se abrieron uno tras otro. "¡Pip, pip!", decían los patitos conforme iban asomando sus cabezas a través del cascarón.

—¡Cuac, cuac! —dijo la mamá pata, y todos los patitos se apresuraron a salir tan rápido como pudieron, dedicándose enseguida a escudriñar entre las verdes hojas. La mamá los dejó hacer, pues el verde es muy bueno para los ojos.

—¡Oh, qué grande es el mundo! —dijeron los patitos. Y ciertamente disponían de un espacio mayor que el que tenían dentro del huevo.

—¿Creen acaso que esto es el mundo entero? —preguntó la pata—. Pues sepan que se extiende mucho más allá del jardín, hasta el prado mismo del pastor, aunque yo nunca me he alejado tanto. Bueno, espero que ya estén todos —agregó, levantándose del nido—. ¡Ah, pero si todavía falta el más grande! ¿Cuánto tardará aún? No puedo entretenerme con él mucho tiempo.

Y fue a sentarse de nuevo en su sitio.

—¡Vaya, vaya! ¿Cómo anda eso? —preguntó una pata vieja que venía de visita.

—Ya no queda más que este huevo, pero tarda tanto… —dijo la pata echada—. No hay forma de que rompa. Pero fíjate en los otros, y dime si no son los patitos más lindos que se hayan visto nunca. Todos se parecen a su padre, el muy bandido. ¿Por qué no vendrá a verme?

—Déjame echar un vistazo a ese huevo que no acaba de romper —dijo la anciana—. Te apuesto a que es un huevo de pava. Así fue como me engañaron cierta vez a mí. ¡El trabajo que me dieron aquellos pavitos! ¡Imagínate! Le tenían miedo al agua y no había forma de hacerlos entrar en ella. Yo graznaba y los picoteaba, pero de nada me servía… Pero, vamos a ver ese huevo…

—Creo que me quedaré sobre él un ratito más —dijo la pata—. He estado tanto tiempo aquí sentada, que un poco más no me hará daño.

—Como quieras —dijo la pata vieja, y se alejó contoneándose.

Por fin se rompió el huevo.

—¡Pip, pip! —dijo el pequeño, volcándose del cascarón. La pata vio lo grande y feo que era, y exclamó:

—¡Dios mío, qué patito tan enorme! No se parece a ninguno de los otros. Y, sin embargo, me atrevo a asegurar que no es ningún crío de pava.

Al otro día hizo un tiempo maravilloso. El sol resplandecía en las verdes hojas gigantescas. La mamá pata se acercó al foso con toda su familia y, ¡plaf!, saltó al agua.

—¡Cuac, cuac! —llamaba. Y uno tras otro los patitos se fueron abalanzando tras ella. El agua se cerraba sobre sus cabezas, pero enseguida resurgían flotando magníficamente. Movían sus patas sin el menor esfuerzo, y pronto estuvieron todos en el agua. Hasta el patito feo y gris nadaba con los otros.

—No es una pava, por cierto —dijo la pata—. Fíjense en la elegancia con que nada, y en lo derecho que se mantiene. Sin duda que es uno de mis pequeñitos. Y si uno lo mira bien, se da cuenta enseguida de que es realmente muy guapo. ¡Cuac, cuac! Vamos, vengan conmigo y déjenme enseñarles el mundo y presentarlos al corral entero. Pero no se separen mucho de mí, no sea que los pisoteen. Y anden con los ojos muy abiertos, por si viene el gato.

Y con esto se encaminaron al corral. Había allí un escándalo espantoso, pues dos familias se estaban peleando por una cabeza de anguila, que, a fin de cuentas, fue a parar al estómago del gato.

—¡Vean! ¡Así anda el mundo! —dijo la mamá relamiéndose el pico, pues también a ella le entusiasmaban las cabezas de anguila—. ¡A ver! ¿Qué pasa con esas piernas? Anden ligeros y no dejen de hacerle una bonita reverencia a esa anciana pata que está allí. Es la más fina de todos nosotros. Tiene en las venas sangre española; por eso es tan regordeta. Fíjense, además, en que lleva una cinta roja atada a una pierna: es la más alta distinción que se puede alcanzar. Es tanto como decir que nadie piensa en deshacerse de ella, y que deben respetarla todos, los animales y los humanos. ¡Anímense y no metan los dedos hacia adentro! Los patitos bien educados los sacan hacia afuera, como mamá y papá… Eso es. Ahora hagan una reverencia y digan ¡cuac!

Todos obedecieron, pero los otros patos que estaban allí los miraron con desprecio y exclamaron en alta voz:

—¡Vaya! ¡Como si ya no fuéramos bastantes! Ahora tendremos que rozarnos también con esa gentuza. ¡Uf!… ¡Qué patito tan feo! No podemos soportarlo.

Y uno de los patos salió enseguida corriendo y le dio un picotazo en el cuello.

—¡Déjenlo tranquilo! —dijo la mamá—. No le está haciendo daño a nadie.

—Sí, pero es tan desgarbado y extraño —dijo el que lo había picado—, que no quedará más remedio que despachurrarlo.

—¡Qué lindos niños tienes, muchacha! —dijo la vieja pata de la cinta roja—. Todos son muy hermosos, excepto uno, al que le noto algo raro. Me gustaría que pudieras hacerlo de nuevo.

—Eso no se puede, señora —dijo la mamá de los patitos—. No es hermoso, pero tiene muy buen carácter y nada tan bien como los otros, y me atrevería a decir que hasta un poco mejor. Espero que tome mejor aspecto cuando crezca y que, con el tiempo, no se le vea tan grande. Estuvo dentro del cascarón más de lo necesario, por eso no salió tan bello como los demás.

Y con el pico le acarició el cuello y le alisó las plumas.

—De todos modos, es macho y no importa tanto —añadió—. Estoy segura de que será muy fuerte y se abrirá camino en la vida.

—Estos otros patitos son encantadores —dijo la vieja pata—. Quiero que se sientan como en su casa. Y si por casualidad encuentran algo así como una cabeza de anguila, pueden traérmela sin pena.

Con esta invitación, todos se sintieron allí a sus anchas. Pero el pobre patito que había salido el último del cascarón, y que tan feo les parecía a todos, no recibió más que picotazos, empujones y burlas, lo mismo de los patos que de las gallinas.

—¡Qué feo es! —decían.

Y el pavo, que había nacido con las espuelas puestas y que se consideraba por eso casi un emperador, infló sus plumas como un barco a toda vela y se le fue encima con un cacareo tan estrepitoso que toda la cara se le puso roja. El pobre patito no sabía dónde meterse. Se sentía terriblemente abatido, por ser tan feo y porque todo el mundo se burlaba de él en el corral.

Así pasó el primer día. En los días siguientes, las cosas fueron de mal en peor. El pobre patito se vio acosado por todos. Incluso sus hermanos y hermanas lo maltrataban de vez en cuando y le decían:

—¡Ojalá te atrape el gato, grandulón!

Hasta su propia mamá deseaba que estuviese lejos del corral. Los patos lo pellizcaban, las gallinas lo picoteaban y, un día, la muchacha que traía la comida a las aves le dio un puntapié.

Entonces el patito huyó del corral. De un salto pasó por encima de la cerca, con gran susto de los pajaritos que estaban en los arbustos, que se echaron a volar por los aires.

"¡Es porque soy tan feo!" —pensó el patito, cerrando los ojos. Pero así y todo, siguió corriendo hasta que, por fin, llegó a los grandes pantanos donde viven los patos salvajes, y allí se pasó toda la noche abrumado de cansancio y tristeza.

A la mañana siguiente, los patos salvajes levantaron el vuelo y miraron a su nuevo compañero.

—¿Y tú qué cosa eres? —le preguntaron, mientras el patito les hacía reverencias en todas direcciones, lo mejor que sabía.

—¡Eres más feo que un espantapájaros! —dijeron los patos salvajes—. Pero eso no importa, con tal que no quieras casarte con una de nuestras hermanas.

¡Pobre patito! Ni siquiera pensaba en el matrimonio. Solo quería que lo dejaran tranquilo entre los juncos y poder tomar un poco de agua del pantano.

Unos días más tarde, aparecieron por allí dos gansos salvajes. No hacía mucho que habían salido del nido: por eso eran tan atrevidos.

—Mira, muchacho —comenzaron diciéndole—, eres tan feo que nos caes simpático. ¿Quieres venir con nosotros? No muy lejos, en otro pantano, viven unas gansitas salvajes muy bonitas, todas solteras, que saben graznar de maravilla. Es la oportunidad de tu vida, feo y todo como eres.

—¡Bang, bang! —se escuchó en ese instante por encima de ellos, y los dos gansos cayeron muertos entre los juncos, tiñendo el agua con su sangre. Al eco de nuevos disparos, se alzaron del pantano bandadas de gansos salvajes, y comenzaron a tronar más tiros. Se había organizado una gran cacería y los cazadores rodeaban los pantanos; algunos hasta se habían trepado a las ramas de los árboles que se extendían sobre los juncos. Nubes de humo azul se esparcieron por el oscuro boscaje y fueron a perderse lejos, sobre el agua.

Los perros de caza aparecieron chapoteando entre el agua, y, a su avance, se doblaban aquí y allá las cañas y los juncos. Aquello aterrorizó al pobre patito feo, que ya se disponía a ocultar la cabeza bajo el ala cuando apareció junto a él un enorme y espantoso perro: la lengua le colgaba fuera de la boca y sus ojos brillaban con aspecto temible. Le acercó el hocico, le enseñó sus agudos dientes y de pronto… ¡plaf!… ¡allá se fue otra vez sin tocarlo!

El patito dio un suspiro de alivio.

—Por suerte soy tan feo que ni los perros tienen ganas de comerme —se dijo. Y se quedó allí muy quieto, mientras los perdigones repiqueteaban sobre los juncos y las descargas, una tras otra, sacudían el aire.

Era muy tarde cuando las cosas se calmaron, y aun entonces el pobre no se atrevía a moverse. Esperó varias horas más antes de arriesgarse a mirar, y en cuanto lo hizo, enseguida se escapó de los pantanos tan rápido como pudo. Corrió por campos y praderas; pero hacía tanto viento que le costaba mantenerse en pie.

Hacia el atardecer llegó a una pobre cabaña campesina. Se sentía tan mal que no sabía de qué lado caerse, y en la duda permanecía de pie. El viento soplaba tan fuerte alrededor del patito que tuvo que sentarse sobre su propia cola para no ser arrastrado. Entonces notó que una de las bisagras de la puerta se había roto, y que la hoja colgaba de modo que le sería fácil entrar por la rendija. Y así lo hizo.

En la cabaña vivía una anciana con su gato y su gallina. El gato, a quien la anciana llamaba "Hijito", sabía arquear el lomo y ronronear; hasta era capaz de soltar chispas si lo frotaban al revés. La gallina tenía unas patas tan cortas que le habían puesto por nombre "Chiquitita Piernascortas". Era una gran ponedora y la anciana la quería como a una hija.

Cuando llegó la mañana, el gato y la gallina no tardaron en descubrir al extraño patito. El gato lo saludó ronroneando y la gallina con su cacareo.

—Pero, ¿qué pasa? —preguntó la anciana, mirando a su alrededor. No veía muy bien, así que creyó que el patito feo era una pata regordeta que se había perdido—. ¡Qué suerte! —dijo—. Ahora tendremos huevos de pata. ¡Con tal que no sea macho! Le daremos unos días de prueba.

Así que al patito le dieron tres semanas de plazo para poner huevos, al término de las cuales, por supuesto, no había ni rastro de uno. Ahora bien, en aquella casa el gato era el dueño y la gallina la dueña, y siempre que hablaban de sí mismos solían decir: "nosotros y el mundo", porque opinaban que ellos solos formaban la mitad del mundo, y lo que es más, la mitad más importante. Al patito le parecía que sobre esto podía haber otras opiniones, pero la gallina ni siquiera quiso escucharlo.

—¿Puedes poner huevos? —le preguntó.

—No.

—Pues entonces, ¡cállate!

Y el gato le preguntó:

—¿Puedes arquear el lomo, o ronronear, o echar chispas?

—No.

—Entonces, mejor guardate tus opiniones cuando hablan personas sensatas.

Con eso, el patito fue a sentarse en un rincón, muy desanimado. Pero de pronto recordó el aire fresco y el sol, y sintió una nostalgia tan grande de nadar en el agua que —¡no pudo evitarlo!— fue y se lo contó a la gallina.

—¡Vamos! ¿Qué te pasa? —le dijo ella—. Bien se ve que no tienes nada que hacer; por eso pensás tantas tonterías. Se te pasarían muy pronto si te dedicaras a poner huevos o a ronronear.

—¡Pero es tan sabroso nadar en el agua! —dijo el patito feo—. ¡Tan sabroso zambullir la cabeza y bucear hasta el fondo!

—Sí, muy agradable —dijo la gallina—. Me parece que te estás volviendo loco. Preguntale al gato, ¡no hay nadie tan listo como él! Preguntale a nuestra vieja ama, la mujer más sabia del mundo. ¿Creés que a ella le gusta nadar y zambullirse?

—No me comprenden —dijo el patito.

—Pues si yo no te comprendo, me gustaría saber quién podría hacerlo. Seguro no pretenderás ser más sabio que el gato y la señora, sin hablar de mí. ¡No seas tonto, muchacho! ¿No encontraste un cuarto cálido y cómodo, donde te hacen compañía quienes pueden enseñarte? Pero no sos más que un tonto, y a nadie le agrada tenerte aquí. Te doy mi palabra de que si te digo cosas desagradables es por tu bien: sólo los buenos amigos nos dicen la verdad. Ahora hacé tu parte y aprendé a poner huevos o a ronronear y echar chispas.

—Creo que me voy a recorrer el mundo —dijo el patito.

—Sí, andate —dijo la gallina.

Y así fue como el patito se marchó. Nadó y se zambulló; pero ningún ser viviente quería acercarse a él por lo feo que era.

Pronto llegó el otoño. Las hojas en el bosque se tornaron amarillas o pardas; el viento las arrancó y las hizo girar en remolinos, y el cielo se volvió gris y frío. Las nubes colgaban bajas, cargadas de granizo y nieve, y el cuervo, que solía posarse en la cerca, graznaba "¡cau, cau!" del frío que tenía. Sólo de pensarlo daban escalofríos. Sí, el pobre patito feo no lo estaba pasando nada bien.

Cierta tarde, mientras el sol se ocultaba en un maravilloso crepúsculo, emergió de entre los arbustos una bandada de grandes y hermosas aves. El patito no había visto nunca unos animales tan espléndidos. Eran de una blancura resplandeciente y tenían cuellos largos y esbeltos. Eran cisnes. A la vez que lanzaban un fantástico grito, extendieron sus magníficas alas y remontaron el vuelo, alejándose de aquel frío hacia los lagos abiertos y las tierras cálidas.

Se elevaron muy alto, muy alto, allá en el cielo, y el patito feo se sintió lleno de una extraña inquietud. Comenzó a dar vueltas y vueltas en el agua como una rueda, estirando el cuello en la dirección en que ellos volaban, y él mismo se asustó al oír su propio graznido. ¡Ah, jamás podría olvidar a aquellas hermosas y afortunadas aves! En cuanto las perdió de vista, se sumergió hasta el fondo, y se hallaba como fuera de sí cuando regresó a la superficie. No tenía idea de cómo se llamaban aquellas aves ni a dónde se dirigían, pero sentía que eran más importantes para él que todas las criaturas que había conocido. No las envidiaba en absoluto: ¿cómo atreverse siquiera a soñar que ese esplendor pudiera pertenecerle? Ya se daría por satisfecho con que los patos lo toleraran, ¡pobre criatura tan rara!

¡Qué frío fue ese invierno! El patito se veía forzado a nadar sin parar para evitar que el agua se congelara a su alrededor. Pero cada noche el hueco en que nadaba se hacía más y más pequeño. Vino luego una helada tan fuerte que el patito, para que el agua no se cerrara por completo, tenía que mover las patas todo el tiempo sobre el hielo que crujía. Por fin, agotado por el esfuerzo, se quedó muy quieto y empezó a congelarse sobre el hielo.

A la mañana siguiente, muy temprano, lo encontró un campesino. Rompió el hielo con uno de sus zapatos de madera, lo levantó y lo llevó a su casa, donde su esposa se encargó de reanimarlo.

Los niños querían jugar con él, pero el patito feo tenía miedo de sus travesuras y, del susto, fue a parar a una olla con leche, que se derramó por todo el piso. Gritó la mujer y dio manotazos al aire, y él, más asustado aún, saltó al barril de la manteca, y de ahí se lanzó de cabeza al cajón de la harina, de donde salió hecho un desastre. ¡Había que verlo! La mujer gritaba y quería pegarle con la escoba, y los niños tropezaban entre ellos tratando de atraparlo. ¡Cómo gritaban y se reían! Fue una suerte que la puerta estuviera abierta. El patito salió disparado, se perdió entre los arbustos y se hundió en la nieve recién caída.

Pero sería demasiado cruel describir todas las miserias y trabajos que el patito tuvo que soportar durante aquel crudo invierno. Había buscado refugio entre los juncos cuando las alondras comenzaron a cantar y el sol a calentar de nuevo: llegaba la hermosa primavera.

Entonces, de repente, probó sus alas: el zumbido que hicieron fue mucho más fuerte que otras veces, y lo levantaron rápidamente hacia lo alto. Casi sin darse cuenta, se halló en un amplio jardín con manzanos en flor y fragantes lilas, que colgaban de las verdes ramas sobre un arroyo serpenteante. ¡Oh, qué agradable era estar allí, en la frescura de la primavera! Y en eso surgieron frente a él, desde la espesura, tres hermosos cisnes blancos, rizando sus plumas y dejándose llevar suavemente por la corriente. El patito feo reconoció a aquellas espléndidas criaturas que una vez había visto levantar el vuelo, y se sintió sobrecogido por un extraño sentimiento de melancolía.

—¡Volaré hasta esas regias aves! —se dijo—. Me darán de picotazos hasta matarme, por haberme atrevido, feo como soy, a acercarme a ellas. Pero, ¡qué importa! Mejor es que ellas me maten, que seguir sufriendo los pellizcos de los patos, los picotazos de las gallinas, los golpes de la muchacha que cuida las aves y los rigores del invierno.

Y así, voló hasta el agua y nadó hacia los hermosos cisnes. En cuanto lo vieron, se le acercaron con las plumas erizadas.

—¡Sí, mátenme, mátenme! —gritó la desventurada criatura, inclinando la cabeza hacia el agua en espera de la muerte. Pero, ¿qué fue lo que vio allí, en la corriente cristalina? ¡Era un reflejo de sí mismo, pero no el de un pájaro torpe y gris, feo y repulsivo, sino el de un cisne!

Poco importa haber nacido en un corral de patos, cuando se ha salido de un huevo de cisne. Se sentía verdaderamente feliz de haber pasado tantas penas y desgracias, porque eso le permitía ahora valorar mejor la alegría y la belleza que le rodeaban. Y los tres cisnes nadaban a su alrededor, acariciándolo con sus picos.

Al jardín habían entrado unos niños que lanzaban al agua pedacitos de pan y semillas. El más pequeño exclamó:

—¡Ahí va un nuevo cisne!

Y los otros niños gritaron de alegría:

—¡Sí, hay un cisne nuevo!

Y aplaudieron, bailaron y corrieron a buscar a sus padres. En el agua caían trocitos de pan y pastel, y todos decían:

—¡El nuevo es el más hermoso! ¡Qué joven y esbelto es!

Y los cisnes mayores se inclinaron ante él. Esto lo llenó de timidez, y escondió la cabeza bajo el ala sin saber por qué. Era muy, muy feliz, aunque no había en él ni una pizca de orgullo, pues este no cabe en los corazones bondadosos. Y mientras recordaba las humillaciones del pasado, oía cómo todos decían ahora que era el más hermoso de los cisnes. Las lilas inclinaron sus ramas hacia él, tocando casi el agua, y los rayos del sol eran cálidos y amables. Rizó entonces sus alas, alzó el cuello esbelto y se alegró desde lo más hondo de su corazón:

—Jamás imaginé que podría haber tanta felicidad... allá en los tiempos en que era solo un patito feo.

EL ABECEDARIO

Érase una vez un hombre que había compuesto versos para el abecedario, siempre dos para cada letra, exactamente como vemos en la antigua cartilla. Decía que hacía falta algo nuevo, pues los viejos pareados estaban muy sobados, y los suyos le parecían muy bien. Por el momento, el nuevo abecedario estaba solo en manuscrito, guardado en el gran armario-librería, junto a la vieja cartilla impresa; aquel armario que contenía tantos libros eruditos y entretenidos. Pero el viejo abecedario no quería por vecino al nuevo, y había saltado en el anaquel, dando un empujón al intruso, el cual cayó al suelo y allí quedó, con todas las hojas dispersas.

El viejo abecedario había vuelto hacia arriba la primera página, que era la más importante, pues en ella estaban todas las letras, grandes y pequeñas. Aquella hoja contenía todo lo que constituye la vida de los demás libros: el alfabeto, las letras que, quiérase o no, gobiernan al mundo. ¡Qué poder más terrible! Todo depende de cómo se las dispone: pueden dar la vida, pueden condenar a muerte; alegrar o entristecer. Por sí solas nada son, pero ¡puestas en fila y ordenadas!... Cuando Nuestro Señor las hace intérpretes de su pensamiento, leemos más cosas de las que nuestra mente puede contener, y nos inclinamos profundamente; pero las letras son capaces de contenerlas.

Pues allí estaban, cara arriba. El gallo de la A mayúscula lucía sus plumas rojas, azules y verdes. Hinchaba el pecho muy ufano, pues sabía lo que significaban las letras, y era el único viviente entre ellas.

Al caer al suelo el viejo abecedario, el gallo batió las alas, se subió de un vuelo al borde del armario y, después de alisarse las plumas con el pico, lanzó al aire un penetrante quiquiriquí. Todos los libros del armario, que, cuando no estaban de servicio, se pasaban el día y la noche dormitando, oyeron la estridente trompeta. Y entonces el gallo se puso a discursear, en voz clara y perceptible, sobre la injusticia que acababa de cometerse con el viejo abecedario.

—Por lo visto ahora todo ha de ser nuevo, todo diferente —dijo—. El progreso no puede detenerse. Los niños son tan listos, que saben leer antes de conocer las letras. "¡Hay que darles algo nuevo!", dijo el autor de los nuevos versos, que yacen esparcidos por el suelo. ¡Bien los conozco! Más de diez veces se los oí leer en voz alta. ¡Cómo gozaba el hombre! Pues no, yo defenderé los míos, los antiguos, que son tan buenos, y las ilustraciones que los acompañan. Por ellos lucharé y cantaré. Todos los libros del armario lo saben bien.

Y ahora voy a leer los de nueva composición. Los leeré con toda pausa y tranquilidad, y creo que estaremos todos de acuerdo en lo malos que son.

A. Ama
Sale el ama bien arreglada
por un niño ajeno honrada.

B. Barquero
Pasó penas y fatigas el barquero,
mas ahora reposa placentero.

—Este pareado no puede ser más soso —dijo el gallo—. Pero sigo leyendo.

C. Colón
Se lanzó Colón al mar ingente,
y se ensanchó la tierra enormemente.

D. Dinamarca
De Dinamarca hay más de una saga bella,
no cargue Dios la mano sobre ella.

—Muchos encontrarán hermosos estos versos —observó el gallo—, pero yo no. No les veo nada de particular. Sigamos.

E. Elefante
Con ímpetu y arrojo avanza el elefante,
de joven corazón y buen talante.

F. Follaje
Se despoja el bosque del follaje
en cuanto la tierra viste el blanco traje.

G. Gorila
Por más que traigan gorilas a la arena,
se ven siempre tan torpes, que da pena.

H. Hurra

¡Cuántas veces, gritando en nuestra tierra,
puede un "hurra" ser causa de una guerra!

—¿Cómo va un niño a comprender estas alusiones? —protestó el gallo—. Y, sin embargo, en la portada se lee: "Abecedario para grandes y chicos". Pero los mayores tienen que hacer algo más que estarse leyendo versos en el abecedario, y los pequeños no lo entienden. ¡Esto es el colmo! ¡Adelante!

J. Jilguero
Canta alegre en su rama el jilguero,
de vivos colores y cuerpo ligero.

L. León
En la selva, el león lanza su rugido;
verlo luego en la jaula, entristecido.

M. Mañana (sol de)
Por la mañana sale el sol muy puntual,
mas no porque cante el gallo en el corral.

—Ahora las emprende conmigo —exclamó el gallo—. Pero yo estoy en buena compañía, en compañía del sol. Sigamos.

N. Negro
Negro es el hombre del sol ecuatorial;
por mucho que lo laven, siempre será igual.

O. Olivo
¿Cuál es la mejor hoja, lo saben? A fe,
la del olivo de la paloma de Noé.

P. Pensador
En su mente, el pensador mueve todo el mundo,
desde lo más alto hasta lo más profundo.

Q. Queso
El queso se utiliza en la cocina,
donde con otros manjares se combina.

R. Rosa

Entre las flores, es la rosa bella
lo que en el cielo la más brillante estrella.

S. Sabiduría
Muchos creen poseer sabiduría
cuando en verdad su mollera está vacía.

—¡Permítanme que cante un poco! —dijo el gallo—. Con tanto leer
se me acaban las fuerzas. He de tomar aliento. —Y se puso a cantar de
tal forma, que no parecía sino una corneta de latón. Daba gusto oírlo —
al gallo, entiéndase—. ¡Adelante!

T. Tetera
La tetera tiene rango en la cocina,
pero la voz del puchero es aún más fina.

U. Urbanidad
Virtud indispensable es la urbanidad,
si no se quiere ser un ogro en sociedad.

—Ahí debe haber mucho fondo —observó el gallo—, pero no doy
con él, por mucho que trato de profundizar.

V. Valle de lágrimas
Valle de lágrimas es nuestra madre tierra.
A ella iremos todos, en paz o en guerra.
—¡Esto es muy crudo! —dijo el gallo.

X. Xantipa
—Aquí no ha sabido encontrar nada nuevo:
En el matrimonio hay un arrecife,
al que Sócrates da el nombre de Xantipe.
—Al final, ha tenido que contentarse con Xantipe.

Y. Ygdrasil
En el árbol de Ygdrasil los dioses nórdicos vivieron,
mas el árbol murió y ellos enmudecieron.
—Estamos casi al final —dijo el gallo—. ¡No es poco consuelo! Va
el último:

Z. Zephir
En danés, el céfiro es viento de Poniente,
te hiela a través del paño más caliente.

—¡Por fin se acabó! Pero aún no estamos al cabo de la calle. Ahora viene imprimirlo. Y luego leerlo. ¡Y lo ofrecerán en sustitución de los venerables versos de mi viejo abecedario! ¿Qué dice la asamblea de libros eruditos e indoctos, monografías y manuales? ¿Qué dice la biblioteca? Yo he dicho; que hablen ahora los demás.

Los libros y el armario permanecieron quietos, mientras el gallo volvía a situarse bajo su A, muy orondo.

—He hablado bien, y cantado mejor. Esto no me lo quitará el nuevo abecedario. De seguro que fracasa. Ya ha fracasado. ¡No tiene gallo!

EL ABETO

Allá en el bosque había un abeto, lindo y pequeñito. Crecía en un buen sitio, le daba el sol y no le faltaba aire, y a su alrededor se alzaban muchos compañeros mayores, tanto abetos como pinos.

Pero el pequeño abeto sólo suspiraba por crecer; no le importaban el calor del sol ni el frescor del aire, ni atendía a los niños de la aldea, que recorrían el bosque en busca de fresas y frambuesas, charlando y correteando. A veces llegaban con un puchero lleno de los frutos recogidos, o con las fresas ensartadas en una paja, y, sentándose junto al menudo abeto, decían:

—¡Qué pequeño y qué lindo es!

Pero el arbolito se enfurruñaba al oírlo.

Al año siguiente había crecido bastante, y lo mismo al otro año, pues en los abetos puede verse el número de años que tienen por los círculos de su tronco.

—¡Ay!, ¿por qué no he de ser yo tan alto como los demás? —suspiraba el arbolillo—. Podría desplegar las ramas todo alrededor y mirar el ancho mundo desde la copa. Los pájaros harían sus nidos entre mis ramas, y cuando soplara el viento, podría mecerlas e inclinarlas con la distinción y elegancia de los otros.

Le eran indiferentes la luz del sol, las aves y las rojas nubes que, a la mañana y al atardecer, desfilaban en lo alto del cielo.

Cuando llegaba el invierno, y la nieve cubría el suelo con su rutilante manto blanco, muy a menudo pasaba una liebre, en veloz carrera, saltando por encima del arbolito. ¡Lo que se enfadaba el abeto! Pero transcurrieron dos inviernos más y el abeto había crecido ya bastante para que la liebre tuviera que desviarse y darle la vuelta.

—¡Oh, crecer, crecer, llegar a ser muy alto y a contar años y años! ¡Esto es lo más hermoso que hay en el mundo! —pensaba el árbol.

En otoño se presentaban siempre los leñadores y cortaban algunos de los árboles más corpulentos. La cosa ocurría todos los años, y nuestro joven abeto, que estaba ya bastante crecido, sentía entonces un escalofrío de horror, pues los magníficos y soberbios troncos se desplomaban con estridentes crujidos y gran estruendo. Los hombres cortaban las ramas, y los árboles quedaban desnudos, larguiruchos y delgados; nadie los habría reconocido. Luego eran cargados en carros arrastrados por caballos y sacados del bosque.

¿Adónde iban? ¿Qué suerte les aguardaba?

En primavera, cuando volvieron las golondrinas y las cigüeñas, les preguntó el abeto:

—¿No saben adónde los llevaron? ¿No los han visto en alguna parte?

Las golondrinas nada sabían, pero la cigüeña adoptó una actitud cavilosa y, meneando la cabeza, dijo:

—Sí, creo que sí. Al venir de Egipto, me crucé con muchos barcos nuevos, que tenían mástiles espléndidos. Juraría que eran ellos, pues olían a abeto. Me dieron muchos recuerdos para ti. ¡Llevan tan alta la cabeza, con tanta altivez!

—¡Ah! ¡Ojalá fuera yo lo bastante alto para poder cruzar los mares! Pero, ¿qué es el mar y qué aspecto tiene?

—¡Sería muy largo de contar! —exclamó la cigüeña, y se alejó.

—Alégrate de ser joven —decían los rayos del sol—; alégrate de ir creciendo sano y robusto, de la vida joven que hay en ti.

Y el viento le prodigaba sus besos, y el rocío vertía sobre él sus lágrimas, pero el abeto no lo comprendía.

Al acercarse la Navidad, eran cortados árboles jóvenes, árboles que ni siquiera alcanzaban la talla ni la edad de nuestro abeto, el cual no tenía un momento de quietud ni reposo; le consumía el afán de salir de allí. Aquellos arbolitos —y eran siempre los más hermosos— conservaban todo su ramaje; los cargaban en carros tirados por caballos y se los llevaban del bosque.

«¿Adónde irán estos? —se preguntaba el abeto—. No son mayores que yo; uno es incluso más bajito. ¿Y por qué les dejan las ramas? ¿Adónde van?»

—¡Nosotros lo sabemos, nosotros lo sabemos! —piaban los gorriones—. Allá, en la ciudad, hemos mirado por las ventanas. Sabemos adónde van. ¡Oh! No puedes imaginarte el esplendor y la magnificencia que les esperan. Mirando a través de los cristales vimos árboles plantados en el centro de una acogedora habitación, adornados con los objetos más preciosos: manzanas doradas, pastelillos, juguetes y centenares de velitas.

—¿Y después? —preguntó el abeto, temblando por todas sus ramas—. ¿Y después? ¿Qué sucedió después?

—Ya no vimos nada más. Pero es imposible describir lo hermoso que era.

—¿Quién sabe si estoy destinado a recorrer también tan radiante camino? —exclamó gozoso el abeto—. Todavía es mejor que navegar por los mares. Estoy impaciente por que llegue la Navidad. Ahora ya estoy tan crecido y desarrollado como los que se llevaron el año pasado. Quisiera estar ya en el carro, en la habitación calentita, con todo aquel esplendor y magnificencia. ¿Y luego? Porque, claro está, que luego vendrá algo aún mejor, algo más hermoso. Si no, ¿por qué me adornarían tanto? Sin duda me aguardan cosas aún más espléndidas y soberbias. Pero, ¿qué será? ¡Ay, qué sufrimiento, qué anhelo! Yo mismo no sé lo que me pasa.

—¡Alégrate con nosotros! —le decían el aire y la luz del sol—, goza de tu lozana juventud bajo el cielo abierto.

Pero él permanecía insensible a aquellas bendiciones de la naturaleza. Seguía creciendo, sin perder su verdor en invierno ni en verano, aquel su verdor oscuro. La gente, al verlo, decía:

—¡Hermoso árbol!

Y he aquí que, al llegar la Navidad, fue el primero que cortaron. El hacha se hincó profundamente en su corazón; el árbol se derrumbó con un suspiro, experimentando un dolor y un desmayo que no le dejaron pensar en la soñada felicidad. Ahora sentía tener que alejarse del lugar de su nacimiento, tener que abandonar el terruño donde había crecido. Sabía que nunca volvería a ver a sus viejos y queridos compañeros, ni a las matas y flores que lo rodeaban; tal vez ni siquiera a los pájaros. La despedida no tuvo nada de agradable.

El árbol no volvió en sí hasta el momento de ser descargado en el patio junto con otros, y entonces oyó la voz de un hombre que decía:

—¡Ese es magnífico! Nos quedaremos con él.

Y se acercaron los criados vestidos de gala y transportaron el abeto a una hermosa y espaciosa sala. De todas las paredes colgaban cuadros, y junto a la gran estufa de azulejos había grandes jarrones chinos con leones en las tapas; había también mecedoras, sofás de seda, grandes mesas cubiertas de libros ilustrados y juguetes, que a buen seguro valdrían cien veces cien escudos; por lo menos eso decían los niños. Hincaron el abeto en un voluminoso barril lleno de arena, pero no se veía que era un barril, pues de todo su alrededor pendía una tela verde, y estaba colocado sobre una gran alfombra de mil colores. ¡Cómo temblaba el árbol! ¿Qué vendría luego?

Criados y señoritas corrían de un lado para otro y no se cansaban de colgarle adornos y más adornos. En una rama sujetaban redecillas de papeles coloreados; en otra, confites y caramelos; colgaban manzanas doradas y nueces, cual si fueran frutos del árbol, y ataron a las ramas más de cien velitas rojas, azules y blancas. Muñecas que parecían personas vivientes —nunca había visto el árbol cosa semejante—

flotaban entre el verdor, y en lo más alto de la cúspide centelleaba una estrella de metal dorado. Era realmente magnífico, increíblemente magnífico.

—Esta noche —decían todos—, esta noche sí que brillará.

«¡Oh! —pensaba el árbol—, ¡ojalá fuese ya de noche! ¡Ojalá encendiesen pronto las luces! ¿Y qué sucederá luego? ¿Acaso vendrán a verme los árboles del bosque? ¿Volarán los gorriones frente a los cristales de las ventanas? ¿Seguiré aquí todo el verano y todo el invierno, tan primorosamente adornado?»

Creía estar enterado, desde luego; pero, de momento, era tal su impaciencia, que sufría fuertes dolores de corteza, y para un árbol el dolor de corteza es tan malo como para nosotros el de cabeza.

Al fin encendieron las luces. ¡Qué brillo y magnificencia! El árbol temblaba de emoción por todas sus ramas; tanto, que una de las velitas prendió fuego al verde. ¡Y se puso a arder de verdad!

—¡Dios nos ampare! —exclamaron las jovencitas, corriendo a apagarlo.

El árbol tuvo que esforzarse por no temblar. ¡Qué fastidio! Le disgustaba perder algo de su esplendor; todo aquel brillo lo tenía como aturdido. He aquí que entonces se abrió la puerta de par en par, y un tropel de chiquillos se precipitó en la sala, que no parecía sino que iban a derribar el árbol; les seguían, más comedidas, las personas mayores. Los pequeños se quedaron clavados en el suelo, mudos de asombro, aunque sólo por un momento; enseguida se reanudó el alborozo. Gritando con todas sus fuerzas, se pusieron a bailar en torno al árbol, del que fueron descolgándose uno tras otro los regalos.

«¿Qué hacen? —pensaba el abeto—. ¿Qué ocurrirá ahora?»

Las velas se consumían, y al llegar a las ramas eran apagadas. Y cuando todas quedaron extinguidas, se dio permiso a los niños para que se lanzaran al saqueo del árbol. ¡Oh, y cómo se lanzaron! Todas las ramas crujían; de no haber estado sujeto al techo por la cúspide con la estrella dorada, seguramente lo habrían derribado.

Los chiquillos saltaban por el salón con sus juguetes, y nadie se preocupaba ya del árbol, aparte de la vieja ama, que, acercándose a él, se puso a mirar por entre las ramas. Pero sólo lo hacía por si había quedado olvidado un higo o una manzana.

—¡Un cuento, un cuento! —gritaron de pronto los pequeños, y condujeron hasta el abeto a un hombre bajito y rollizo.

El hombre se sentó debajo de la copa.

—Pues así estamos en el bosque —dijo—, y el árbol puede sacar provecho, si escucha. Pero les contaré sólo un cuento y no más.

¿Prefieren el de Ivede-Avede o el de Klumpe-Dumpe, que se cayó por las escaleras y, no obstante, fue ensalzado y obtuvo a la princesa? ¿Qué les parece? Es un cuento muy bonito.

—¡Ivede-Avede! —pidieron unos, mientras otros gritaban—: ¡Klumpe-Dumpe!

¡Menudo griterío y alboroto se armó! Sólo el abeto permanecía callado, pensando: «¿Y yo? ¿No cuento para nada? ¿No tengo ningún papel en todo esto?» Claro que tenía un papel, y bien que lo había desempeñado.

El hombre contó el cuento de Klumpe-Dumpe, que se cayó por las escaleras y, sin embargo, fue ensalzado y obtuvo a la princesa. Y los niños aplaudieron, gritando:

—¡Otro, otro!

Querían oír también el de Ivede-Avede, pero tuvieron que contentarse con el de Klumpe-Dumpe. El abeto seguía silencioso y pensativo; nunca las aves del bosque habían contado una cosa igual.

«Klumpe-Dumpe se cayó por las escaleras y, con todo, obtuvo a la princesa. De modo que así va el mundo», pensó, creyendo que el relato era verdad, pues el narrador era un hombre muy afable. «¿Quién sabe? Tal vez yo me caiga también por las escaleras y gane a una princesa.»

Y se alegró ante la idea de que al día siguiente volverían a colgarle luces y juguetes, oro y frutas.

«Mañana no voy a temblar —pensó—. Disfrutaré al verme tan engalanado. Mañana volveré a escuchar la historia de Klumpe-Dumpe, y quizá también la de Ivede-Avede.»

Y el árbol se pasó toda la noche silencioso y sumido en sus pensamientos.

Por la mañana se presentaron los criados y la muchacha.

«Ya empieza otra vez la fiesta», pensó el abeto. Pero he aquí que lo sacaron de la habitación y, arrastrándolo escaleras arriba, lo dejaron en un rincón oscuro, al que no llegaba la luz del día.

«¿Qué significa esto? —se preguntó el árbol—. ¿Qué voy a hacer aquí? ¿Qué es lo que voy a oír desde aquí?»

Y, apoyándose contra la pared, venga cavilar y más cavilar. Y por cierto que tuvo tiempo de sobra, pues iban transcurriendo los días y las noches sin que nadie se presentara; y cuando alguien lo hacía, era sólo para depositar grandes cajas en el rincón. El árbol quedó completamente oculto; ¿era posible que se hubieran olvidado de él?

«Ahora es invierno allá afuera —pensó—. La tierra está dura y cubierta de nieve; los hombres no pueden plantarme; por eso me guardarán aquí, seguramente hasta la primavera. ¡Qué considerados son, y qué buenos! ¡Lástima que sea esto tan oscuro y tan solitario! No se ve ni un mísero conejito. Bien considerado, el bosque tenía sus encantos, cuando la liebre pasaba saltando por el manto de nieve; pero entonces yo no podía soportarlo. ¡Esta soledad de ahora sí que es terrible!»

—Pip, pip —murmuró un ratoncillo, asomando quedamente, seguido a poco de otro; y, husmeando el abeto, se ocultaron entre sus ramas.

—¡Hace un frío de espanto! —dijeron—. Pero aquí se está bien. ¿Verdad, viejo abeto?

—¡Yo no soy viejo! —protestó el árbol—. Hay otros que son mucho más viejos que yo.

—¿De dónde vienes? ¿Y qué sabes? —preguntaron los ratoncillos, que eran terriblemente curiosos—. Háblanos del más bello lugar de la Tierra. ¿Has estado en él? ¿Has estado en la despensa, donde hay queso en los anaqueles y jamones colgando del techo, donde se baila a la luz de la vela y donde uno entra flaco y sale gordo?

—No lo conozco —respondió el árbol—; pero, en cambio, conozco el bosque, donde brilla el sol y cantan los pájaros.

Y les contó toda su infancia; y los ratoncillos, que jamás oyeron semejantes maravillas, lo escucharon y luego exclamaron:

—¡Cuántas cosas has visto! ¡Qué feliz has sido!

—¿Yo? —replicó el árbol; y se puso a reflexionar sobre lo que acababa de contarles—. Sí, en el fondo, aquellos fueron tiempos dichosos.

Pero a continuación les relató la Nochebuena, cuando lo habían adornado con dulces y velitas.

—¡Oh! —repitieron los ratones—, ¡y qué feliz has sido, viejo abeto!

—¡Digo que no soy viejo! —repitió el árbol—. Hasta este invierno no he salido del bosque. Estoy en lo mejor de la edad, sólo que he dado un gran estirón.

—¡Y qué bien sabes contar! —prosiguieron los ratoncillos; y a la noche siguiente volvieron con otros cuatro, para que oyeran también al árbol; y éste, cuanto más contaba, más se acordaba de todo y pensaba: «La verdad es que eran tiempos agradables aquellos. Pero tal vez volverán, tal vez volverán. Klumpe-Dumpe se cayó por las escaleras y, no obstante, obtuvo a la princesa; quizás yo también consiga una».

Y, de repente, el abeto se acordó de un abedul lindo y pequeñito de su bosque; para él era una auténtica y bella princesa.

—¿Quién es Klumpe-Dumpe? —preguntaron los ratoncillos.

Entonces el abeto les narró toda la historia, sin dejarse una sola palabra; y los animales, de puro gozo, sentían ganas de trepar hasta la cima del árbol. La noche siguiente acudieron en mayor número aún, y el domingo se presentaron incluso dos ratas; pero a estas el cuento no les pareció interesante, lo cual entristeció a los ratoncillos, que desde aquel momento lo tuvieron también en menos.

—¿Y no sabe usted más que un cuento? —inquirieron las ratas.

—Sólo sé este —respondió el árbol—. Lo oí en la noche más feliz de mi vida; pero entonces no me daba cuenta de mi felicidad.

—Pero si es una historia de lo más aburrida. ¿No sabe ninguna de tocino y de velas de sebo? ¿Ninguna de despensas?

—No —confesó el árbol.

—Entonces, muchas gracias —replicaron las ratas, y se marcharon a reunirse con sus congéneres.

Al fin, los ratoncillos dejaron también de acudir, y el abeto suspiró:

«¡Tan agradable como era tener aquí a esos traviesos ratoncillos, escuchando mis relatos! Ahora no tengo ni eso. Cuando salga de aquí, me resarciré del tiempo perdido.»

¿Pero iba a salir realmente? Pues sí; una buena mañana se presentaron unos hombres y comenzaron a rebuscar en el desván. Apartaron las cajas y sacaron el árbol al exterior. Cierto que lo tiraron al suelo sin muchos miramientos, pero un criado lo arrastró hacia la escalera, donde brillaba la luz del día.

«¡La vida empieza de nuevo!», pensó el árbol, sintiendo en el cuerpo el contacto del aire fresco y de los primeros rayos del sol. Estaba ya en el patio. Todo sucedía muy rápido; el abeto se olvidó de sí mismo: ¡había tanto que ver a su alrededor! El patio estaba contiguo a un jardín, que era una llamarada de flores; las rosas colgaban, frescas y fragantes, por encima de la diminuta verja; estaban en flor los tilos, y las golondrinas chillaban, volando: «¡Quirrevirrevit, ha vuelto mi hombrecito!» Pero no se referían al abeto.

«¡Ahora a vivir!», pensó este, alborozado, y extendió sus ramas. Pero, ¡ay!, estaban secas y amarillas; y allí lo dejaron, entre hierbajos y espinos. La estrella de oropel seguía aún en su cúspide, y relucía a la luz del sol.

En el patio jugaban algunos de aquellos alegres muchachitos que por Nochebuena habían bailado en torno al abeto y que tanto lo habían admirado. Uno de ellos se le acercó corriendo y le arrancó la estrella dorada.

—¡Miren lo que hay todavía en este abeto tan feo y viejo! —exclamó, subiéndose por las ramas y haciéndolas crujir bajo sus botas.

El árbol, al contemplar aquella magnificencia de flores y aquella lozanía del jardín, y compararlas con su propio estado, sintió haber dejado el oscuro rincón del desván. Recordó su sana juventud en el bosque, la alegre Nochebuena y los ratoncillos que tan a gusto habían escuchado el cuento de Klumpe-Dumpe.

«¡Todo pasó, todo pasó! —dijo el pobre abeto—. ¿Por qué no supe gozar cuando era tiempo? Ahora todo ha terminado.»

Vino el criado, y con un hacha cortó el árbol en pedazos, formando con ellos un montón de leña, que pronto ardió con clara llama bajo el gran caldero. El abeto suspiraba profundamente, y cada suspiro parecía un pequeño disparo; por eso los chiquillos, que seguían jugando por allí, se acercaron al fuego y, sentándose a contemplarlo, exclamaban:

—¡Pif, paf!

Pero a cada estallido, que no era sino un hondo suspiro, pensaba el árbol en un atardecer de verano en el bosque o en una noche de invierno, bajo el centellear de las estrellas; y pensaba en la Nochebuena y en Klumpe-Dumpe, el único cuento que oyó en su vida y que había aprendido a contar.

Y así, hasta que estuvo completamente consumido.

Los niños jugaban en el jardín, y el menor de todos se había prendido en el pecho la estrella dorada que había llevado el árbol en la noche más feliz de su existencia. Pero aquella noche había pasado, y con ella, el abeto… y también el cuento:

¡Adiós, adiós!

Y este es el destino de todos los cuentos.

UNA HOJA DEL CIELO

A gran altura, en el aire límpido, volaba un ángel que llevaba en la mano una flor del jardín del Paraíso, y al darle un beso, de sus labios cayó una minúscula hojita que, al tocar el suelo, en medio del bosque, arraigó en seguida y dio nacimiento a una nueva planta, entre las muchas que crecían en el lugar.

—¡Qué hierba más ridícula! —dijeron las demás.

Y ninguna quería reconocerla, ni siquiera los cardos y las ortigas.

—Debe de ser una planta de jardín —añadieron, con una risa irónica, y siguieron burlándose de la nueva vecina. Pero esta no dejaba de crecer y crecer, dejando atrás a las otras, y extendía sus ramas en forma de zarcillos a su alrededor.

—¿Adónde quieres ir? —preguntaron los altos cardos, armados de espinas en todas sus hojas—. Dejas las riendas demasiado sueltas, no es este el lugar apropiado. No estamos aquí para aguantarte.

Llegó el invierno, y la nieve cubrió la planta; pero esta dio a la nívea capa un brillo espléndido, como si por debajo la atravesara la luz del sol. En primavera se había convertido en una planta florida, la más hermosa del bosque.

Vino entonces el profesor de Botánica; su profesión se adivinaba a la legua. Examinó la planta, la probó, pero no figuraba en su manual; no logró clasificarla.

—Es una especie híbrida —dijo—. No la conozco. No entra en el sistema.

—¡No entra en el sistema! —repitieron los cardos y las ortigas.

Los grandes árboles circundantes miraban la escena sin decir palabra, ni buena ni mala, lo cual es siempre lo más prudente cuando se es tonto.

Se acercó entonces, bosque adentro, una pobre niña inocente; su corazón era puro, y su entendimiento, grande, gracias a la fe; toda su herencia aquí en la Tierra se reducía a una vieja Biblia, pero en sus hojas le hablaba la voz de Dios: «Cuando los hombres se propongan causarte algún daño, piensa en la historia de José: pensaron mal en sus corazones, pero Dios lo encaminó al bien. Si sufres injusticia, si eres objeto de burlas y sospechas, piensa en Él, el más puro, el mejor, aquel de quien se mofaron y que, clavado en cruz, rogaba: "¡Padre, perdónalos, que no saben lo que hacen!"».

La muchachita se detuvo delante de la maravillosa planta, cuyas hojas verdes exhalaban un aroma suave y refrescante, y cuyas flores brillaban a los rayos del sol como un castillo de fuegos artificiales, resonando además cada una como si en ella se ocultara el profundo manantial de las melodías, no agotado en el curso de milenios. Con piadoso fervor contempló la niña toda aquella magnificencia de Dios; torció una rama para poder examinar mejor las flores y aspirar su aroma, y se hizo luz en su mente, al mismo tiempo que sentía un gran bienestar en el corazón. Le habría gustado cortar una flor, pero no se decidía a hacerlo, pues se habría marchitado muy pronto; así, se limitó a llevarse una de las verdes hojas que, una vez en casa, guardó en su Biblia, donde se conservó fresca, sin marchitarse nunca.

Quedó oculta entre las hojas de la Biblia; en ella fue colocada debajo de la cabeza de la muchachita cuando, pocas semanas más tarde, yacía en el ataúd, con la sagrada gravedad de la muerte reflejándose en su rostro piadoso, como si en el polvo terrenal se leyera que su alma se hallaba en aquellos momentos ante Dios.

Pero en el bosque seguía floreciendo la planta maravillosa; era ya casi como un árbol, y todas las aves migratorias se inclinaban ante ella, especialmente la golondrina y la cigüeña.

—¡Esto son artes del extranjero! —dijeron los cardos y los lampazos—. Los que somos de aquí no sabríamos comportarnos de este modo.

Y los negros caracoles del bosque escupieron al árbol.

Vino después el porquerizo a recoger cardos y zarcillos para quemarlos y obtener ceniza. El árbol maravilloso fue arrancado de raíz y echado al montón con el resto:

—Que sirva para algo también —dijo, y así fue.

Mas he aquí que, desde hacía mucho tiempo, el rey del país venía sufriendo de una hondísima melancolía; era activo y trabajador, pero de nada le servía; le leían obras de profundo sentido filosófico y le leían, asimismo, las más ligeras que cabía encontrar; todo era inútil. En esto llegó un mensaje de uno de los hombres más sabios del mundo, al cual se habían dirigido. Su respuesta fue que existía un remedio para curar y fortalecer al enfermo: «En el propio reino del monarca crece, en el bosque, una planta de origen celeste; tiene tal y cual aspecto, es imposible equivocarse». Y seguía un dibujo de la planta, muy fácil de identificar: «Es verde en invierno y en verano. Tomen cada anochecer una hoja fresca de ella y aplíquenla a la frente del rey; sus pensamientos se iluminarán y tendrá un magnífico sueño que le dará fuerzas y aclarará sus ideas para el día siguiente».

La cosa estaba bien clara, y todos los doctores, y con ellos el profesor de Botánica, se dirigieron al bosque. Sí; mas, ¿dónde estaba la planta?

—Seguramente ha ido a parar a mi montón —dijo el porquero—, y hace tiempo está convertida en ceniza; pero, ¿qué sabía yo?

—¿Qué sabías tú? —exclamaron todos—. ¡Ignorancia, ignorancia!

Estas palabras debían llegar al alma de aquel hombre, pues a él y a nadie más iban dirigidas.

No hubo modo de dar con una sola hoja; la única existente yacía en el féretro de la difunta, pero nadie lo sabía.

El rey, en persona, desesperado, se encaminó a aquel lugar del bosque.

—Aquí estuvo el árbol —dijo—. ¡Sea este un lugar sagrado!

Y lo rodearon con una verja de oro y pusieron un centinela. El profesor de Botánica escribió un tratado sobre la planta celeste, en premio del cual lo cubrieron de oro, con gran satisfacción suya; aquel baño de oro le vino bien a él y a su familia, y fue lo más agradable de toda la historia, ya que la planta había desaparecido y el rey siguió preso de su melancolía y aflicción.

—Pero ya las sufría antes —dijo el centinela.

UNA HISTORIA DE LAS DUNAS

Esta es una historia de las dunas de Jutlandia, pero no comienza allí, no, sino muy lejos de ellas, mucho más al sur, en España. El mar es un gran camino para ir de un país a otro. Trasládate, pues, con la imaginación a España. Es una tierra espléndida, inundada de sol; el aire es tibio y del suelo brotan las flores del granado, rojas como fuego, entre los oscuros laureles. De las montañas desciende una brisa refrescante a los naranjales y a los magníficos patios árabes, con sus doradas cúpulas y sus paredes pintadas. Los niños recorren en procesión las calles, con cirios y ondeantes banderas, y sobre sus cabezas se extiende, alto y claro, el cielo cuajado de estrellas rutilantes. Suenan cantos y castañuelas, los mozos y las muchachas se balancean bailando bajo las acacias en flor, mientras el mendigo, sentado sobre el bloque de mármol tallado, calma su sed sorbiendo una jugosa sandía y se pasa la vida soñando. Todo es como un hermoso sueño. ¡Ay, quién pudiera abandonarse a él! Pues eso hacían dos jóvenes recién casados, a quienes la suerte había colmado con todos sus dones: salud, alegría, riquezas y honores.

—¿Quién ha sido nunca más feliz que nosotros? —decían desde el fondo del corazón.

Solo un último peldaño les faltaba para alcanzar la cumbre de la dicha: que Dios les diera un hijo, parecido a ellos en cuerpo y alma.

¡Con qué júbilo lo habrían recibido! ¡Con qué amor lo cuidarían! Para él sería toda la felicidad que pueden dar el dinero y la distinción.

Pasaban para ellos los días como una fiesta continua.

—La vida es, de suyo, un don inestimable de la gracia divina —decía la esposa—; y esta bienaventuranza, el hombre la quiere mayor todavía en una existencia futura, y que dure toda la eternidad. No llego a comprender este pensamiento.

—El orgullo humano jamás se da por satisfecho —respondió el marido—. Es un temible orgullo creer que viviremos eternamente, que seremos como Dios. Estas fueron también las palabras de la serpiente, que era el espíritu de la mentira.

—No dudarás, sin embargo, de la vida futura, ¿verdad? —preguntó la joven, y le pareció como si por primera vez una sombra enturbiara la luminosidad de sus pensamientos.

—La fe la promete, la Iglesia la afirma —contestó el hombre—, mas precisamente en la plenitud de esta dicha de que gozo, siento y comprendo que es orgullo, una tentación de la soberbia humana, pedir otra vida después de esta, una continuación de la felicidad. ¿No nos basta lo que se nos da aquí abajo? ¿Por qué no hemos de sentirnos satisfechos?

—Nosotros sí —dijo la joven—. Mas, ¡para cuántos miles de seres no es esta vida sino una dura prueba! ¡Cuántos son los condenados a la pobreza, a la ignominia, a la enfermedad y a la desgracia! No; de no haber otra vida después de la terrena, los bienes estarían muy mal repartidos, y Dios sería injusto.

—Aquel pordiosero de la calle siente goces tan intensos como los del rey en su palacio —replicó el joven—. Y aquella acémila que es tratada a latigazos, que pasa hambre y se fatiga hasta reventar, ¿crees que no se da cuenta de la dureza de su vida? Siguiendo tu razonamiento, tendría también derecho a reclamar otra existencia y decir que ha sido una injusticia el colocarla tan abajo en el reino animal.

—Cristo ha dicho: "En el reino de mi Padre hay muchas moradas" —contestó ella—. El reino de los cielos es infinito, tanto como el amor de Dios. También el animal es una criatura y —esta es por lo menos mi creencia— ninguna vida se perderá, antes todas obtendrán la bienaventuranza apropiada y suficiente a sus respectivas naturalezas.

—Pues, de momento, me basta con este mundo —exclamó el marido, abrazando a su linda mujercita.

Y salió a fumar un cigarrillo al abierto balcón, donde el aire estaba impregnado del aroma de los naranjos y los claveles. Llegaban de la calle sones de música y castañuelas, las estrellas titilaban en el cielo y dos tiernos ojos, los de su esposa, lo miraban encendidos de amor.

—Para un momento como este —dijo sonriendo— merece la pena nacer, gozarlo y desaparecer.

Su esposa levantó la mano con gesto de dulce repulsa. Pero se disipó la nube que había enturbiado su mente; eran demasiado dichosos.

Todas las cosas parecían porfiar en aumentarles los honores, las alegrías, la felicidad. Hubo un cambio, pero solo de lugar, y en nada había de afectar su fortuna y bienandanza. El joven fue nombrado embajador en la corte imperial de Rusia; era un puesto de honor, al que le daban derecho su nacimiento y sus conocimientos. Poseía una gran fortuna, y su joven esposa le había aportado en dote otra no menos cuantiosa, pues era hija de una de las familias más acaudaladas del comercio. Precisamente aquel año, uno de sus mejores barcos zarparía con rumbo a Estocolmo; en él efectuarían la travesía la hija y el yerno del armador, para proseguir luego hasta San Petersburgo. A bordo, todo fue dispuesto con el lujo propio de un rey: blancas alfombras, seda y magnificencia por doquier.

Todo el mundo conoce una antigua balada, llamada "El príncipe de Inglaterra". También este navegaba en un barco espléndido; sus anclas estaban guarnecidas de oro, y las cuerdas, forradas de seda. Esta nave podía hacer pensar en la que iba a zarpar de España. También esta era fastuosa, y fue despedida con el mismo pensamiento: "¡Quiera Dios volvernos a unir en paz y alegría!"

El viento soplaba favorable desde la costa española, y los adioses fueron breves. Con buen tiempo rendirían viaje en unas pocas semanas. Pero una vez en alta mar, amainó el viento y el mar quedó en calma; rielaban sus aguas bajo las centelleantes estrellas. Las veladas eran maravillosas en el lujoso camarote.

Al fin, todo el mundo a bordo empezó a suspirar por la llegada de un viento propicio, pero inútilmente. Cuando soplaba, era siempre contrario. Así pasaron semanas, y hasta dos meses enteros. Al fin se levantó viento del sudoeste. Y he aquí que, cuando estaban entre Escocia y Jutlandia, arreció como en la vieja canción del "Príncipe de Inglaterra":

Rugió la tempestad, se agolparon las nubes;
y el navío, no encontrando puerto ni abrigo,
echó al mar su ancla de oro; mas el huracán
lo arrojó hacia las costas de Dinamarca.

Hace ya mucho tiempo de lo que les vengo contando. El rey Cristián VII ocupaba el trono de Dinamarca, y era aún muy joven. ¡Cuántas cosas han ocurrido desde entonces! Lagos y pantanos han sido transformados en exuberantes prados, y eriales desérticos en tierras fértiles. Resguardados por las casas, manzanos y rosales crecen incluso en la costa oeste de Jutlandia; hay que buscarlos bien, de todos modos, pues, huyendo de los fuertes vientos del oeste, se refugian en lugares protegidos. A pesar de los cambios habidos, no es difícil imaginar cómo sería aquella región en tiempos de Cristián VII y aún mucho antes. Como entonces, también ahora en Jutlandia el erial se extiende durante millas enteras, con sus monumentos megalíticos, sus laberínticos caminos accidentados y arenosos. Al oeste, donde caudalosos riachuelos se vierten en las bahías, hay praderas y cenagales limitados por altas dunas que, con sus montañas de arena acumulada, se elevan frente al mar. Solo de trecho en trecho son cortadas por laderas fangosas, de las que un año sí y otro también el mar se traga trozos enormes con su boca gigantesca, derribando colinas y faldas como lo haría un terremoto. Tal es el aspecto que presentan aún hoy día, y que presentaban muchos años atrás, cuando los felices esposos navegaban por aquellos mares a bordo de la rica nave.

Era un soleado domingo de fines de septiembre. Llegaba hasta ellos el sonido de las campanas desde los pueblos de la bahía de Nissum. Las iglesias de aquellas tierras están construidas a modo de bloques graníticos; cada una es una peña, capaz de resistir impávida los embates del mar del Norte. La mayoría no tienen campanario; las campanas cuelgan al aire libre, entre dos vigas. En conjunto ofrecen una sensación de fría soledad.

Había terminado el servicio religioso. Los fieles salían de la casa de Dios y se dirigían al cementerio. Lo mismo que ahora, no crecían en él árboles ni arbustos, y en las tumbas no había flores ni coronas. Montículos informes señalaban las sepulturas. Una hierba hirsuta, azotada por el viento, invade todo el camposanto. A guisa de monumento, alguna que otra tumba estaba adornada con un tronco desgastado por la intemperie, tallado en forma de ataúd. ¿De dónde procedía? Lo trajeron del bosque de Poniente, del mar. De él extraen los moradores de la costa las vigas trabajadas, las tablas y los troncos. El viento y las nieblas marinas no tardan en corroer las maderas de acarreo. Una de estas yacía sobre una tumba infantil, a la que se dirigió una de las mujeres que salían del templo. Se quedó de pie, contemplando la talla medio carcomida; junto a ella, a su espalda, estaba su marido. No cambiaron ni una palabra. Él la tomó de la mano, y así enlazados se alejaron de la sepultura, saliendo al pardo erial y caminando en silencio largo rato por el suelo pantanoso en dirección a las dunas.

—Ha sido un buen sermón el de hoy —dijo al fin el hombre—. Si no tuviéramos a Dios nuestro Señor, no tendríamos nada.

—Sí —respondió la mujer—. Él manda las alegrías y las penas. Tiene derecho a hacerlo. Mañana nuestro hijito cumpliría cinco años, si lo hubiéramos podido conservar.

—No te abandones a la tristeza —le dijo él—. Se ha salvado de las penas de este mundo. Ahora está allí, donde rogamos a Dios que un día nos deje llegar.

Callaron de nuevo y avivaron el paso hacia su casa, entre las dunas. De repente, de una de ellas, donde la avena silvestre no conseguía fijar las arenas, se elevó como una columna de humo. Era una ráfaga de viento que, al dar contra el montículo, arremolinaba en el aire las finísimas partículas de arena. Siguió un segundo embate, que lanzó contra la pared de la casa el pescado puesto a secar y colgado de una cuerda. Luego todo quedó en calma; el sol ardía.

Los dos esposos entraron en la casa. Se quitaron a toda prisa los vestidos de fiesta y corrieron hacia las dunas, que parecían enormes ondas de arena paralizadas bruscamente. La hierba y la avena loca, con sus rudos tallos verdeazulados, contrastando con el blanco del suelo, ponían una nota de color en el paisaje. Acudieron algunos vecinos y se ayudaron mutuamente a retirar más adentro los botes. El viento arreciaba, y el frío se hacía más intenso. Al regresar por entre las dunas, las arenas y piedrecitas les azotaban el rostro. Las olas encrespadas avanzaban cubiertas de blanca espuma. Y el viento, al barrer sus crestas, enviaba a gran distancia el agua pulverizada.

Llegó el crepúsculo; un silbido, que crecía por momentos, llenó el aire; parecía un aullido, el lamento de mil demonios desesperados. Este horrible ruido dominaba el del mar, aunque la casa estaba muy cerca de la playa. La arena tamborileaba en los cristales de las ventanas, y de vez en cuando llegaba una ráfaga que estremecía la casa hasta sus cimientos. La oscuridad era absoluta, pero a medianoche salió la luna.

El cielo se fue aclarando, sin que en el mar profundo y negruzco cediera la tempestad. Los pescadores se habían acostado temprano, pero no había manera de pegar un ojo con aquel tiempo abominable. De pronto, alguien golpeó la ventana, se abrió la puerta y una voz gritó:

—¡Un gran barco ha encallado en el último arrecife!

Todos los pescadores saltaron del lecho y se vistieron rápidamente.

La luz de la luna hubiera bastado para hacer visibles todas las cosas, de no haber sido por los torbellinos de arena que cegaban los ojos. Había que agarrarse para no ser arrastrado por el viento; había que avanzar a rastras, aprovechando el intervalo entre dos ráfagas. Del otro lado de las dunas, la espuma y el agua pulverizada se elevaban en el aire como plumas de cisne, mientras las olas se precipitaban contra la costa en furiosa catarata. Solo un ojo muy avezado podía descubrir el barco encallado. Era un magnífico velero de tres palos. En aquel preciso momento, el mar lo levantó por encima del arrecife, a tres o cuatro brazas de tierra; arrojado hacia la orilla, quedó embarrancado en el segundo escollo. No se podía pensar en auxiliarlo: el mar estaba demasiado embravecido. Las olas batían el navío y barrían su cubierta, saltando por la banda opuesta. Los aldeanos creyeron oír voces de socorro, gritos de mortal angustia; veían ajetrearse a los tripulantes, en inútil actividad. De súbito, llegó una oleada gigantesca que, cual peñasco destructor, se precipitó contra el bauprés y lo arrancó de cuajo, levantando la popa a gran altura sobre el agua. Se entrevió entonces cómo dos personas saltaban al mar, cogidas del brazo. Unos minutos después, una de las olas más furiosas que rompió contra las dunas arrojó a la playa un cuerpo: una mujer. La dieron por muerta. Unas mujeres la recogieron y creyeron observar en ella un soplo de vida. Por encima de las dunas la llevaron a la casa de los pescadores. Era hermosa y delicada; seguramente una dama de alcurnia.

La depositaron sobre el pobre lecho. Las sábanas eran toscas, y para abrigo había un vasto paño de lana.

Volvió en sí, aunque presa de una delirante fiebre. No sabía nada de lo ocurrido, ni dónde se encontraba, afortunadamente para ella, pues lo que tenía de más querido estaba ahora en el fondo del mar. Era como en la antigua balada:

El barco, todo en pedazos, que partía el corazón.

Restos del naufragio, maderos y astillas, fueron arrojados a tierra; de todos los viajeros, ella era la única superviviente. El viento seguía aullando y barriendo la costa. La infeliz tuvo unos instantes de reposo, pero muy pronto empezó a sentir dolores que la hicieron gritar angustiosamente. Abrió sus hermosos ojos y pronunció unas palabras que nadie pudo comprender.

Y he aquí que, en premio a sus sufrimientos y luchas, se vio con un niño recién nacido en brazos. Debía de haber reposado en la lujosa mansión, en una soberbia cama con cortinas de seda. Habría sido recibido con júbilo, destinado a una vida rica y gozosa, pero Dios nuestro Señor lo hizo venir al mundo en aquel rincón oscuro. Ni un beso recibió de su madre.

La mujer del pescador puso a la criatura en el pecho de la madre, sobre un corazón que había dejado de latir: la dama había muerto. El niño, llamado a crecer entre la dicha y las riquezas, había sido arrojado por el mar a las dunas, para compartir el destino y los duros días de los pobres pescadores.

Y otra vez nos vuelve a la memoria la vieja canción del príncipe, pues también él hubo de pasar por la vida afrontando sus rudos combates.

El barco había naufragado al sur del fiordo de Nissum. Hacía ya mucho tiempo que no se practicaba en Jutlandia la bárbara costumbre de saquear a los náufragos. En lugar de ello, eran auxiliados con amor y espíritu de sacrificio, sentimientos que en nuestra época se han manifestado de manera patente y nobilísima. La madre moribunda y el infeliz recién nacido habrían sido objeto de cuidados y atenciones dondequiera que los hubiese arrojado el mar; pero en ninguna parte hubieran encontrado la cordial acogida que les dispensó la pobre mujer del pescador, que aún la víspera visitara, con el corazón dolorido, la tumba donde reposaba el hijito que aquel día habría cumplido cinco años, si Dios le hubiese concedido más larga vida.

Nadie sabía quién era la mujer muerta, ni de dónde venía. Los restos del naufragio no arrojaron ninguna luz.

En España, la noble mansión no recibió jamás cartas ni noticias acerca de la hija y el yerno. No habían llegado al puerto de destino. En las últimas semanas se habían desencadenado fuertes tempestades. Esperaron durante meses y meses. «¡Perdidos! ¡Todos muertos!». Esto era lo que sabían.

Y, sin embargo, allá en las dunas danesas, en la casa de los pescadores, vivía un retoño de los españoles.

Donde Dios da de comer para dos, siempre quedan migajas para un tercero, y en la costa siempre hay un plato de pescado para llenar una boca hambrienta. Al pequeño lo llamaron Jorge.

—Debe de ser judío —decían—, ¡es tan moreno!

—También podría ser italiano, o español —opinó el párroco.

Para la mujer del pescador, los tres pueblos venían a confundirse en uno mismo, y se contentó con hacerlo bautizar. Creció el niño, la sangre noble cobró energías a pesar de la humilde comida; se hizo un muchacho robusto en la mísera casita.

Fue su lengua la danesa, tal como la hablan los jutlandeses. La semilla del granado español se transformó en un tallo de ballueca en la costa de Jutlandia. ¡A tanto puede llegar un hombre! Con todas las fibras de su infantil corazón se agarró a la nueva patria. Hubo de sufrir hambre y frío, la opresión y las privaciones de la pobreza, pero también experimentó sus goces y alegrías.

La infancia tiene sus puntos luminosos, cuyos rayos iluminarán toda la vida posterior. ¡Cómo jugó el niño y cómo se divirtió! Por espacio de millas y millas se extendía ante él la playa, cubierta de juguetes: guijarros de todos los colores: unos, rojos como corales; amarillos, otros, como ámbar; o blancos y redondos como huevos de pájaro. Los había de todos los colores, limados y pulimentados por el agua. Y, además, esqueletos de peces, plantas acuáticas secadas por el viento, varecs de un blanco reluciente, largos y estrechos como cintas: todo era un goce para los ojos y un instrumento para el juego.

El muchacho era despierto y avispado, en él dormitaban muchas y grandes aptitudes. ¡Qué bien recordaba las historias y las canciones que había oído, y qué diestras eran sus manos! Con piedras y conchas construía barcos completos, así como cuadros dignos de servir de adorno a las paredes de la casa. A pesar de ser aún tan pequeño, sabía expresar sus ideas transportándolas a una madera tallada, como decía su madre adoptiva.

Poseía además una hermosa voz, y las melodías acudían espontáneamente a su lengua. Muchas cuerdas resonaban en su pecho, cuyos sones habrían encontrado eco en el mundo, de haberse criado el niño en un lugar distinto de la casa de pescadores del Mar del Norte.

Un día encalló un barco, y las olas arrojaron a la orilla una caja llena de exóticos bulbos de tulipanes. Algunos fueron recogidos y plantados en un tiesto, creyendo que serían comestibles; otros quedaron en la playa, donde se pudrieron. Ninguno llegó a desplegar la magnificencia de colores, la belleza que encerraba. ¿Sería más afortunado el pequeño Jorge?

Las plantas pronto terminaron su carrera, pero él tenía por delante muchos años de lucha.

Ni a él ni a ninguno de sus compañeros se les ocurría jamás pensar que su jornada fuera monótona; ¡había tantas cosas que hacer, que ver y que oír! El mar era un gran libro abierto, que cada día presentaba una página distinta: calma, marejada, viento y tormenta; los naufragios señalaban los momentos culminantes.

La ida a la iglesia equivalía a una visita dominguera, pero, entre los concurrentes a la casa del pescador, había uno particularmente simpático, que se presentaba con toda regularidad dos veces al año: el hermano de la madre, un pescador de anguilas que residía a unas millas más al norte. Llegaba con un carro pintado de rojo, cargado de anguilas; el vehículo parecía una caja cerrada, adornada con tulipanes pintados en azul y blanco. Era arrastrado por dos bueyes overos, en los que Jorge podía montar.

El vendedor de anguilas era un guasón, un alegre huésped que siempre llegaba provisto de una enorme botella de aguardiente. Cada uno era obsequiado con una copa, o, a falta de esta, con una taza; el propio Jorge, a pesar de su corta edad, recibía un dedalito de licor. Era necesario para poder digerir la grasa anguila, decía el pescador; y contaba la historia, siempre la misma, y si el auditorio se reía, la repetía enseguida a los mismos oyentes.

Es esta una costumbre de todas las personas parlanchinas, y como Jorge, tanto de niño como luego de hombre, solía contarla también y le hallaba muchas aplicaciones; bueno será que la oigamos.

Nadaban en el río las anguilas, y la madre dijo a sus hijas, un día que le pidieron permiso para remontar solas la corriente un breve trecho:

—No se alejen demasiado, que si lo hacen, vendrá el horrible pescador de anguilas y las atrapará a todas.

Pero ellas se alejaron demasiado, y de las ocho hijas, solo tres regresaron a casa, lamentándose:

—Estábamos a unos pasos de la puerta cuando se presentó el feo pescador y ensartó a nuestras cinco hermanas.

—¡Ya volverán! —las consoló la madre.

—¡No! —contestaron las hijas—, pues les arrancó la piel, las cortó en pedazos y las frió.

—¡Ya volverán! —repitió tercamente la madre.

—¡Pero es que después de comérselas bebió aguardiente! —exclamaron las hijas.

—¡Ay, ay! ¡Entonces no volverán jamás! —aulló la madre—. ¡El aguardiente entierra a las anguilas!

—Y por eso hay que beber siempre un vasito de aguardiente después de comer anguilas —terminaba el comerciante.

Este cuento tuvo una especial significación y trascendencia en la vida de Jorge. También él deseaba "remontar el río un breve trecho", es decir, irse por esos mundos en un barco, y su madre le decía, como la madre anguila:

—¡Hay muchos hombres perversos, muchos malos pescadores!

Pero alejarse un poco más allá de las dunas, adentrarse un poco en el erial, eso sí podía hacerlo. En su vida infantil había cuatro días felices y alegres que proyectaban en su recuerdo una luz maravillosa. Toda la belleza de Jutlandia, todo el gozo, todo el sol de la patria se contenían en ellos. Iba a asistir a un convite, aunque fuera un convite fúnebre.

Había fallecido un pariente acomodado de la familia del pescador; su finca estaba en el interior, "al este, rumbo al norte", como se dice en la jerga marinera. Debían asistir el padre y la madre, y Jorge los acompañaría.

Partiendo de las dunas, a través de eriales y turberas, llegaron a los verdes prados por donde abre su cauce el río Skjärum, aquel río tan rico en anguilas donde vivía la anguila madre con sus hijas, aquellas mismas que los hombres malos ensartan y cortan en pedazos. Sea como fuere, a menudo los hombres no proceden mucho mejor con sus semejantes.

Allí mismo, al borde del río, se levantaban las ruinas del castillo que, hace más de quinientos años, hizo construir el caballero Bugge, mencionado por una vieja canción popular. Fue asesinado por unos bandidos; y él mismo, a pesar de hacerse llamar "El Bueno", ¿no había intentado dar muerte al arquitecto que le edificara su castillo, con la torre y sus gruesos muros?

El muro podía verse aún, pero alrededor todo eran escombros. Allí había dicho el caballero Bugge a su escudero, cuando el arquitecto acababa de despedirse:

—Síguelo y dile: "¡Maestro, la torre se cae!". Si se vuelve, lo matas y le quitas el dinero que le di; pero si no se vuelve, déjalo que se marche en paz.

Obedeció el criado, y el arquitecto no se volvió, sino que dijo:

—La torre no se cae, pero un día vendrá del oeste un hombre envuelto en un manto azul, que la derribará.

Y, en efecto, así sucedió cien años después, cuando irrumpió el mar del Norte y echó la torre abajo. Pero el que entonces era dueño del castillo, Predbjörn Gyldenstjerne, construyó otro más arriba, al final de la pradera, y este aún sigue en pie y se llama Nörre-Vosborg.

Por allí hubo de pasar Jorge con sus padres adoptivos. Durante las veladas invernales había oído contar muchas cosas sobre aquellos lugares, y ahora podía contemplar con sus ojos el castillo con su doble foso, los árboles y arbustos del jardín. Majestuoso se alzaba el muro, cubierto de helechos, pero lo más hermoso eran los altos tilos, que, esbeltos y elegantes, alcanzaban hasta el remate del tejado, impregnando el aire de suavísimos aromas. Del lado noroeste había en un ángulo del jardín un gran arbusto con flores blancas como nieve en medio del verdor estival.

Era un saúco, el primero que Jorge veía. El saúco y los tilos siguieron vivos en su recuerdo, evocando el perfume y la belleza de Dinamarca, que persistieron ya en su alma para siempre.

El viaje prosiguió sin interrupción y con comodidades cada vez mayores, pues justo frente al castillo, allí donde estaba el florido saúco, encontraron acomodo en un coche. Coincidieron en aquel lugar con otros invitados, quienes los admitieron en su carruaje; cierto que debieron sentarse en la parte trasera y sobre una caja de madera con aplicaciones de hierro, pero mejor era eso que ir a pie. El camino cruzaba el escabroso erial.

Los bueyes que tiraban del vehículo se detenían cada vez que un manchón de hierba fresca asomaba entre los brezos. El sol calentaba, y resultaba maravilloso ver, a gran distancia, una nube de humo que se balanceaba de arriba abajo y, sin embargo, era más diáfana que el aire. Era como si los rayos de luz, en constante movimiento, bailaran encima del erial.

—Es Lokemann, que apacienta sus rebaños —dijeron; y bastó aquello para que Jorge creyera entrar en el encantado país de las aventuras, y, sin embargo, estaba en el mundo real.

¡Qué calma reinaba allí! Grande, inmenso, se extendía el erial, semejante a una preciosa alfombra. Los brezos se hallaban en plena floración, los enebros, con su verde de ciprés, y los tiernos vástagos del roble sobresalían como grandes ramilletes. Todo invitaba a revolcarse por el suelo, de no haber sido por las muchas víboras ponzoñosas que tenían allí sus madrigueras. Se habló de ellas y de los numerosos lobos que en otros tiempos pululaban en aquellos parajes; de ahí le venía al condado el nombre de Wolfsburg. El viejo que llevaba las riendas contó escenas de la época de su padre, cuando los caballos tenían que sostener con frecuencia duras luchas con los toros salvajes, hoy extintos. Una mañana había visto allí un lobo al que un caballo hirió mortalmente a patadas; pero el vencedor había salido del lance con la carne de las patas hecha jirones.

Avanzaban rápidamente por la pedregosa landa y las espesas arenas, y así llegaron a la casa mortuoria, llena ya de forasteros, por dentro y por fuera. Había muchos carruajes alineados, y caballos y bueyes pacían en buena paz y compañía en el magro pastizal. Altas dunas se elevaban, exactamente como al borde del mar del Norte, detrás de los cortijos, extendiéndose en todas direcciones.

¿Cómo habían llegado hasta allí, a tres millas tierra adentro, tan altas y pujantes como las de la costa? El viento las había levantado y arrastrado; también ellas tenían su historia.

Se cantaron himnos fúnebres, y algunos de los presentes derramaron lágrimas. Aparte de este detalle, le pareció a Jorge que todo discurría muy alegremente. Fueron servidas en gran abundancia comidas y bebidas, aquellas magníficas y grasas anguilas que requerían un vaso de aguardiente.

—Ayuda a la digestión —había dicho el pescador.

Y todos estaban de acuerdo en que la buena digestión es una gran cosa.

Jorge entraba y salía sin cesar. Al tercer día se movía allí tan a sus anchas como en la casa del pescador, allá en las dunas, donde había pasado toda su vida. El erial tenía también sus tesoros, aunque distintos de los de la playa: una orgía de brezos, fresas y arándanos que lo invadían todo; tan espesos estaban, que por mucho cuidado que uno pusiera, los pisaba, por lo que el rojo jugo goteaba de las plantas.

Se alzaba aquí un túmulo, allí otro; columnas de humo se encaramaban en el aire. Era el "incendio de hierbas", como lo llamaban, que al atardecer se veía a gran distancia.

Llegó el cuarto día, y con él terminó el festín funerario. Era hora de volverse desde las dunas del interior a las de la costa.

—Las nuestras son las verdaderas —dijo el padre—. Estas no tienen fuerza.

Trataron de cómo se habrían trasladado hasta allí, y se vio que la cosa era perfectamente comprensible. En la orilla había sido hallado un cadáver, los campesinos lo habían transportado al cementerio, y desde aquel momento empezaron las ventoleras y las irrupciones del mar. Un entendido en la materia aconsejó que abrieran la tumba y vieran si el sepultado se chupaba el pulgar; si era así, se trataría de un hombre del mar, y el océano embestía para llevarse lo que era suyo. Abrieron la tumba y, efectivamente, el muerto se chupaba el dedo; lo cargaron, pues, enseguida en una carreta tirada por dos bueyes, que, como picados de tábanos, echaron a andar hacia el mar, a través del erial y las tierras pantanosas.

Entonces cesaron las irrupciones del mar y de la arena, pero las dunas se quedaron allí. Todo esto lo escuchó Jorge y lo guardó en la memoria, como recuerdo de los más bellos días de su infancia, los días de la fiesta funeraria.

CONTENIDO